世相

周瘦鹃 —————— 著

对邻的小楼

周瘦鹃小说集

Zhou
Shou Juan
XIAOSHUOJI

中国文史出版社
CHINA CULTURAL AND HISTORICAL PRESS

图书在版编目（ＣＩＰ）数据

周瘦鹃小说集．世相·对邻的小楼／周瘦鹃著．--

北京：中国文史出版社，2018.1

ISBN 978-7-5205-0743-1

Ⅰ．①周… Ⅱ．①周… Ⅲ．①短篇小说－小说集－中

国－当代 Ⅳ．① I247

中国版本图书馆 CIP 数据核字（2018）第 257862 号

责任编辑：梁玉梅

出版发行：中国文史出版社

社　　　址：北京市海淀区西八里庄 69 号院　　邮编：100142

电　　　话：010-81136606　81136602　81136603（发行部）

传　　　真：010-81136655

印　　　装：北京温林源印刷有限公司

经　　　销：全国新华书店

开　　　本：16 开

印　　　张：14.75

字　　　数：203 千字

版　　　次：2019 年 7 月北京第 1 版

印　　　次：2019 年 7 月第 1 次印刷

定　　　价：49.80 元

辑一 ◎ 家

试　探

　　那时正是深秋天气，院落中一树梧桐，撑着它瘦干儿战着西风，萧萧槭槭地做出一派潮声来。那树上早有好几十瓣黄叶飘落在地，被风儿刮着，兀在那里打旋子，倒像生了脚，满地里乱跳乱舞的一般。有一二瓣，却像鸟儿似的飞到一扇玻璃窗中，打在一个少年人的头上。

　　这少年正拈着一支笔，呆坐着想什么似的，被这落叶一打，才微微地动了一动。当下就拈着那叶瓣儿，带笑自语道："我正在这里想那开场的几句点缀文字，兀地想不起来。如今蓦地里飞来这瓣梧桐叶，我倒有了句子了。"于是把那笔在砚上蘸了一蘸，动手写道："秋深矣，落叶如潮……"

　　不道刚写得两句，却听得呀的一声，门开了，蹕进他的小厮小云来，提着嗓子说道："主人，外边有一个人求见。衣儿脸儿都很肮脏的，我问他要名刺，他却给我一个白眼。我回他说主人此刻不见客，他却老不肯走，说定要一见呢。"

　　那少年怒勃勃地答道："小云，我正忙着，不能见他，可是那《秋声》杂志里正催着我的短篇小说，明天须要交卷的。他倘要见我，唤他停一天来就是了。"说着，动笔又写。

　　小云忙道："主人，这个不行。他说主人倘若不见他时，他自管闯进来咧。况且那人又活像是个钟馗，怪怕人的，我倘出去回绝他，却要吃他一个耳刮子。"

那少年皱了皱眉，把笔儿向桌子一丢，大声道："天杀的！不知道那厮是个什么路数，偏偏这样打扰人！小云，你且去领他进来。"

小云答应着，一路走将出去，一会儿就领着个五尺来长、四五十岁化子似的人闯进门来。

那人进了门，便张开了一张血盆大口，笑了一笑，露出那一半儿像黄蜡、一半儿像黑炭的牙齿来。那少年一见这人，几乎吓了一跳，想小云说他像钟馗，委实一点儿不错呢。瞧他身上，穿着一件又肮脏又破烂的棉袄，也不知道它本来是什么颜色。上边又满着无数的窟窿，一个个好像蜂房似的，那半黑半白的棉絮也落在外边。下边一条犊鼻裤，恰正相得益彰，头上那头花白的头发，蓬蓬松松地堆着，多半是那虱类的殖民地。就那嘴边的须儿，也像乱草一个样儿。两只脚上，一只穿着草鞋，一只穿着破靴子，靴尖开着个老虎口，伸出五个脚趾来。

那少年打量了好久，呆得说不出话儿。那人抬着两个铜铃似的血眼，向四下里溜了一下子，接着就劈毛竹般放声问道："你可就是什么小说家，唤作陈乐天的是么？"

少年答道："正是。你要瞧我，可有什么事？"

那人老实不客气，鞠了个大屁股，在一把雪白椅套的安乐椅上坐下来，直把个陈乐天恨得牙痒痒的，却又不能发作。那人搁起了那只穿着破靴子的脚儿，五个乌黑的脚趾，也就和陈乐天行一个正式的相见礼咧。

半晌，那人才道："陈先生，我委实苦极了！日中既没饭吃，晚上又没宿头，眼见得天已渐渐冷了，如何挨得过去？你可能可怜见我，收我在这里充一个下人吧？"

乐天勃然道："我这里已有小厮，又有老妈子，不必再用什么下人。"

那人又道："先生，你瞧我样儿虽然不大好看，然而抹桌扫地倒便壶，都是一等的名手。府上虽已有了小厮老妈子，添一个下人也算不得多。先生很有好心的，请收了个可怜人吧！"

乐天道："对不起，此刻我正有着事，可没有空儿和你歪厮缠，快些出去，别噜苏了。"

那人现着哀求的样子，说道："先生，你瞧上天分上，赏赐一个饭碗给我。人家都拒绝我，人家的儿子们都撵我出来，只你总得体着上天的好心，赏我一个脸。就不肯收我做下人，可能听我说……"

乐天很不耐地说道："但我没有这许多闲工夫呢！"

那人道："先生虽没有闲工夫，可能从百忙中腾出十分钟的工夫来？要知我如今堕落到这般田地，情节很曲折的。先生既是个小说家，可要得一篇小说资料么？我的事儿，简直好做得一篇小说。先生听了，倘说好的，只消赏给三四角钱，我也好挨过两三天咧。"那涎沫好像急雨跳珠般，飞在乐天脸上。

乐天忙把自己的椅子拽得远了一些，一边想那人的事倘能做得小说资料，倒也不恶。况且近来正苦没有资料，脑中又挖不出许多，单造那空中楼阁，究竟也不能持久。我不妨听他一下子，可不是浪费光阴呢！想到这里，便点上了一支纸烟，吸着说道："如此你快说来，我便破了十分钟的工夫听着你。你要是胡说乱道，我便唤小厮撵你出去。"

那人点了点头，忽从耳朵里挖出小半截的纸烟来，取了乐天手中的烟去接了火，一连吸了几口才抛在地毯上边，把脚一阵子乱踏。乐天瞧了这种情景，心中甚是着恼。

不一会那人便开口说道："十五年前，我也是个很得意的人，年壮志大，手头也有几个钱。一年上，我忽地发一个狠，想到美国营商去。好在我早年断弦之后，并没续弦，但有一个儿子，年纪还只十岁，我就把他托给一个好友，动身走了。不道船到了半路上，忽地触礁沉没，一时大哭小喊，闹得个不亦乐乎。妇人和孩子们都坐了小船，纷纷逃命，我们男子只索一个个跳入海中。会游水的，自然保全了性命；不会游水的，都葬身海底。我平时原不会游水，只是徼天之幸，却飘飘荡荡地飘到了一个所在。幸而上天又可怜见我，给我遇了一位慈善的老牧师。老牧师见我落魄异乡，也不是事，就收我在家中做他的下人……"

乐天道："且慢，那艘沉没的船，唤作什么名？"

那人答道："那船唤作'宝星'。遇难的时期，已在十五年前，那时先生怕还是个小孩子在学堂里读书咧。"

乐天很诧异地说道："咦，奇了。十五年前，我老子也坐了那'宝星'出去的。半个月后，陡地得了个恶消息，说那船儿已在半路上遇了难咧。我老子一去，也就永不回来。那时我虽是个小孩子，已懂得人事，自问自己变做了个没爹没娘的孤儿，好不悲痛，往往对着黄浦，下几行思亲之泪。然而酸泪入水，可也流不到美国去呢。如今你既说当年也搭着那'宝星'出去的，如此恰好和我老子同在一艘船上，不知道你可曾见过我老子？或者也认识他么？"

那人愣了一愣，答道："我认识的朋友们中并没有姓陈的，加着那船上虽然大半是外国人，内中却也有好几十个中国人，我可不能一个个认识他们呢。"

乐天道："只你唤作什么名？"

那人支吾了一会，才道："我唤作丁通山，不过流落了十多年，几乎把这名儿都忘了。那些化子朋友，都称我做老丁。因此上你倘不问我时，我竟记不起来。"说完，把身儿牵动着，伸手到那破棉袄里去搔爬一会子。接着伸出手来，把指甲儿轻轻一弹，就有一个小黑团铅珠似的着在乐天脸上。

乐天愣了一愣，又颤声问道："你，你唤作什么？"

那人答道："我唤作丁通山。"

这当儿乐天口中含着的一支纸烟，立时掉在地上，睁着两眼呆注着那人，又咕哝道："丁通山？怎么也是丁通山？"

那人接口道："正是，我便是丁通山，便是十五年前的丁通山。只到了如今，人家怕已不认识我了。咦！先生，你怎么满脸现着奇怪的样子？难道十五年前你也曾听得过这名儿么？"

乐天一声儿不响，兀在室中往来踱着。抬眼瞧那壁上挂着一幅大小说家施耐庵遗像，倒像在那里向他冷笑的一般。他一行踱，一行心口自语道："这是哪里说起？这么一个化子似的人，却是我的老子？瞧他的举动，分明是个下流人；瞧他的面目，又可怕煞人。然而他的名儿，却唤作丁通山，却是我的老子！十五年前，我不是也姓丁么，只为他动身出门时把我寄在一个朋友家中，后来听说他已在半路上遇了难了，便把我当作了义子，改姓了陈。直到如今，依旧用着义父的姓。然而我老子却回来了！唉，这是哪里说起？我一个大名鼎鼎的小说家陈乐天，却有这么一个化子似的老子，给人家知道了，可不要笑话我？况且我夫人又是个出身高贵的女学生，脸儿既俊，肚子里又有学问，平日间又最重贫富贵贱的阶级。凡是穷苦些的人，都让她瞧不起的。此刻我怎能领着这化子似的老子去见她？还向她说道，这化子便是你的公公，你便是他的媳妇？那时我夫人吃了这大打击，受了这大耻辱，怕要迸碎芳心，立刻晕去咧！幸而此刻她不在家里，尽能瞒着她。照情势上瞧来，唯有不认他是老子，把他敷衍了出去。好在他已不认识我，不怕事儿破裂呢。"想到这里，就住了脚，说道："以后怎样，快说下去。"

那人净了净嗓子，在地毯上连吐了三口痰，又把两个指儿做了个双龙入洞势，探到鼻孔中去挖了几挖，随手把旁边圆桌上的一张白毯子，抹着鼻子。一会儿，便把他十五年中种种的艰难困苦说了出来，其中还夹着些不名誉的事。

乐天侧耳听着，好不难堪。等他说罢，就从身边掏出一张十块钱的钞票，授给他道："你的事怪悲惨的，我很可怜你。此刻你就取了我这十块钱，快些去吧。"

那人唰地伸出一只很肮脏的手来，立时接了去，凑在眼儿上，瞧了好久，又把那纸弹了几下子，接着带笑说道："先生，多谢你！我已好久没有见过这东西咧。你听见我的事，竟赏我这许多钱，你实是一个活菩萨，实是一个大慈善家。那老天一定保佑你，保佑你的夫人，保佑你的公子，保佑你的千金，更保佑你的老太爷。"说罢，又一连谢了好几声，起身趑趄将出去。

乐天呆呆地眼送他出去，自语道："十五年中，没有一点儿消息，我当他总已死的了。谁知却没有死，却回来了，却又变作了这个样儿！唉，我怎能还认他是老子？怎能还唤他一声阿父？"

当下里他便扑地投身在椅中，把手掩住了脸，一会儿才抬头来，把眼儿注在窗外。只一时他已忘了那桌上放着的稿纸，已忘了那"秋深矣，落叶如潮"的句子，其余的事也一股脑儿都忘了。只暗暗想道：但我做下了这件事，可合道理么？我可能把十块钱卖掉一个老子么？摸着良心自问，究竟有些过不去。可是他堕落虽然堕落，老子仍然是我的老子。我既是他的儿子，万不能做这丧尽天良的事。他虽堕落下去，我须得扶他起来，做了儿子，自该尽这儿子的天职呢。万一我将来也像他一个样，我儿子也抄了我的老文章，如此我飘泊在外，可搁得住么？想着恰又一眼望见了那梧桐树上一个鸟巢，每天早上它总和爱妻一块儿靠在楼窗上，瞧那小鸟们衔了东西回来，给老鸟吃。此刻一见了这鸟巢，心便大动起来。

于是发了狂似的飞一般奔到门外，向四下里望时，却已不见了他老子。但见一个送信的邮差，踏着一辆自由车过来。乐天忙截住了他，问道："对不起，你一路过来，可瞧见一个衣服稀烂、四五十岁模样的人么？"

邮差道："可是一个化子么？我瞧见的，他正在那横街上边，慢吞吞地踱着呢。"

乐天不则一声，拔脚就奔。不多一会，已到了横街上。抬眼瞧时，却见他老子正坐在一家后门的檐下，低着头把那钞票一条条地撕着。

乐天不敢怠慢，气嘘嘘地赶将过去，向他说道："你老人家，可能跟着我来？我有一件很奇怪的事告诉你，怕你老人家听了，定要咄咄称怪咧。"

他老子却不理会，依旧撕他的钞票。

乐天愕然道："咦，你老人家，怎么把这好好儿的一张十块钱的钞票撕做纸条儿了？"

他老子嗤地笑了一声，仰着脖子说道："这到底是什么东西，我委实不认识它。只为耳朵里痒痒的，手头又没耳扒子，不得不借着这劳什子的造它一个。"说时，取了两条在手掌中搓着，搓成了个细条子，在耳中一阵子乱扒。

乐天瞧了，伸出了半截舌子，缩不进去，于是即忙拉着他老子三脚两步回到家里，恭恭敬敬地请他进了书房，只把个小云睁着两个乌溜溜的小眼珠，瞧得呆了。

到了书房中，乐天便跪在地上，亲亲切切地呼道："阿父，你回来了！我便是你的儿子！便是你十五年前寄给个朋友的儿子！"

他老子带着诧异的样儿，忙道："咦，怎么说？你是我的儿子？我姓丁，你姓陈，彼此可不相干的。快起来，你这样跪着，可要折煞我化子了。"

乐天急道："阿父别说这话！刚才孩儿不过一时误会，并不是有意不认你是老子。十五年前，孩儿原也姓丁，只为那时听得了'宝星'遭难的消息，道是阿父也落了劫数。你那朋友见我没了老子娘，怪可怜的，因此上把我做了义子。从此以后，我也就姓了他家的姓。如今阿父既回来了，那是天大的喜事！委实说，这十五年中孩儿也刻刻记挂着阿父呢！"

到此他老子便把他扶了起来，紧紧地拥抱着，嘀嘀地说道："我的儿！我的儿！上天可怜见我们，使我们父子俩今天合在一起咧！"

乐天抬头瞧他老子时，只见那血红的眸子中已满着眼泪。

父子俩拥抱了好久，猛听得外边叮叮地起了电铃之声。

乐天忙道："阿父，你媳妇回来了！像这样儿，如何和她相见？"

他老子道："正是，这便怎么处？常言道，丑媳妇怕见公婆，如今却变了个丑公公怕见媳妇咧！"

乐天一声儿不言语，拉着他老子飞也似的赶上楼去。先领他到浴室中，给他洗了脸，又取了自己的衣服靴帽，唤他更换，一面三步并作一步地奔下楼来，到那客堂里头。

这时他夫人却已姗姗地走进来了。见了乐天，便呆了一呆，娇声呖呖地呼道："咦，乐天，你到底为了怎么一回事？脸儿白白的，像是受了什么刺激咧。"

乐天同她进了书室，柔声说道："婉贞，今天平地里来了一件喜事，很奇怪的，你听了一定也要说奇怪。往时我不是和你说，我阿父已在十五年前在一艘船上落了难么？不想过了十五年，他老人家却好好儿回来了！"乐天说到这"好好儿"仨字，却微微皱了皱眉。

他夫人白瞪着一双凤眼，说道："乐天，你可是发了疯么？公公早已葬身海底，怎能回来？"

乐天慢吞吞地答道："已回来咧。那时他并没有死，却飘泊到一个所在，被一位老牧师收留了。以后一连十多年，兀和恶运交战，吃尽了困苦。此刻回来，委实不成个样儿，然而他究竟是我的老子，我须得爱他。你瞧我分上，也须得孝顺他。"

他夫人欣然道："做媳妇的原该孝顺公公，还用你教我么？乐天，你阿父回来了，这是我们天大的喜事。不过这事儿来得突兀，简直好像是梦境呢！乐天，公公此刻在哪里？快和我说。"

乐天道："别响，他已经楼上下来咧。"说时，那扶梯上果然起了一片脚步声。

一会儿，他老子已入到室中，指着他夫人问道："乐天，这可就是我的媳妇么？"

乐天答应了一声"是"，只呆瞧着他老子。

原来他老子此时似乎已受了幻术，全个儿变了，刚才那种下流人的神气一些儿都没有，态度又庄严又大方，俨然是个上流社会中的老绅士。刚才那双血红的眸子和那血盆的大口，也都变了个样。那种乱草似的须儿发儿，也整整齐齐的，只带着些花白之色。乐天瞧着他老子，直当作大剧场中的名优化了妆咧！

他老子却悄悄地说道："乐天，你瞧了你老子这个样，可不失望了么？我已在这十分钟中，学那《西游记》中齐天大圣的法儿，变了一变咧!"

乐天呆着说道："我不明白! 我不明白!"

他老子微笑道："现在你不明白，停会儿我就使你明白。"说时吸着一支雪茄，连吐了几口烟。乐天的夫人只在旁边呆瞧，一时倒做了丈二的和尚，摸不着头脑起来。

一会那老头儿便伸着一只手，搁在乐天肩上，带笑说道："我的儿，我这回特地来试验你的，你险些失败呢!"

乐天垂倒着脖子，低声答道："请阿父恕了孩儿! 孩儿很觉惭愧!"

他老子道："你没有什么惭愧，我也决不责备你。上星期我既回到了这里，知道你已成了个有名的小说家了。听说你仗着一个笔头，做得很有出息，于是我想先和你玩耍一下子，然后和你说明。哪知你竟险地上了我的当儿!"

乐天道："阿父，只你十五年中到底在哪里? 做了些什么事?"

他老子道："那时我既到了那老牧师家中，做了三个月的下人，老牧师见我为人诚实，又能书算，便把我升做了书记。以后我却认识了几个美国朋友，彼此十分投契。这样过了一年，他们要到加利福尼亚去找寻金矿，约我一块儿去。我们困苦颠连，挨了三个年头，别说金矿没有找到，连金屑都不见一粒。末后乞食度日，流转到了墨西哥。仗着我们两年中的热心毅力，竟找到一个金矿了。从此我们几个乞儿便变作了富人，大家合开了几爿大公司，生意非常发达。十年中我恋着美国，不想回来，只如今钱太多了，一个人尽着使用也用不了千分之一，于是我便想回来，找我十五年前分手的儿子。恰好上月有几个同国的人要回来，就同着他们合伙儿走了。"

乐天道："阿父，但你刚才那种样儿，如何扮得很像化子? 连那脸儿也可怕煞人!"

他老子笑道："这是很容易的事。我这里还有一个老友在着，恰开着个戏园子。我便央他班中的戏子们，替我化了妆，暨将回来，自然活像是个化子了。"

乐天拍着手儿笑道："好耍子！好耍子！但孩儿那张十块钱的钞票，须要阿父赔偿呢！"

他老子嗬嗬地答道："我的儿，赔偿你就是。任你要一百张、一千张、一万张，我都有呢！"说完，伸着两手挽着他儿子和媳妇，咧开着嘴不住地笑。

那时小云已在门罅里张了好久，到此便也走将进来。乐天拉着他的耳朵，笑着道："小鬼头，你该向着这钟馗，喊一声老太爷！"小云便扑倒在地，做了个鬼脸儿，喊道："钟馗老太爷！"于是三人大家相觑着，磔磔格格地笑个不住，连那窗外梧桐树上的鸟儿，也似乎发着笑声咧。

父 子

　　一阵子风片雨丝，把那红桃碧柳都葬送尽了，春光几时来的，人还不大觉得，一转眼却已远去。城内外几家中学堂、高等学堂都开着运动会，入场券上面刻着"春季运动会"，其实春光老去，春已不成春咧。

　　一天新雨初霁，阳光从云端里探出头来，对着人微微地笑，照到城西成仁中学堂的操场上，正开着个极大的运动会。几千百个男女来宾环着个绳圈儿坐着，都把全副精神注圈儿里那些活泼泼的学生们的身上，操场的四周插了好多旗帜，花花绿绿地在风中翻动，好像一双一双的彩蝶在那里飞舞相扑。乐亭里头，有乐队奏乐，鼓声角声闹得震天价响。这时，人人脸上都有一种欢欣鼓舞的神情，任是老头儿也没了颓唐气，学生们短衣秃袖，照着秩序单，做一样样的运动，更是精神百倍。每种运动完毕，看客没命地拍手，运动员大踏步退下场去，心中不知不觉地生出傲气来，有得奖的，那更得意极了。

　　撑篙跳一门，是成仁学堂中最擅长的运动。一个撑篙跳的架子，搭得像小屋那么高，瞧它在风日中微微摇动着，也似乎现着得意之状。一会儿，有几个身体强大的学生排着队出来，在离架五十步外立住了，擦掌的擦掌，试竹竿的试竹竿，号令一下，各人便挨着号数开始赛跳，那当中横架的竿儿，搁得比他们身体还高，却个个腾身撑将过去，不上一刻钟，已一步步地加得很高了。看客眼望着半空，拍手欢呼，好似发了疯的一般，连一般矜持的女郎也禁不住拍着纤掌，眉飞色舞，在伊们眼中瞧去，简直个个都是英雄咧。

那时在下也是看客中的一分子，抬着一双近视眼，从玳瑁边圆眼镜中注到那架上，随着那些运动员的身体上去下来，顿觉自己的身体也轻了许多，时时要从座中跳起来。回想十年以前，我也是这么一个龙骧虎跃的人物，十种运动中，参与过六种的运动，身上穿着白色红边的半臂，一色的短裤，跳来跳去好不得意。十年以来，我出了学堂的圈儿，此刻自顾一身，倒像是一个充军的犯人咧。

我正看得出神，呆呆地回想当年，猛听是邻坐中起了呜咽之声。我好生诧异，斜过眼去瞧，却见一位白须白发的老先生正揾着泪眼，抽抽咽咽地哭。我动了好奇心，便也不顾冒昧，把他袖儿扯了一下，低声问道："老先生，平白地为什么这么伤心？有话请说给我听，我来安慰你。"

那老人住了哭，对我瞧了一眼，含悲答道："我瞧着这班虎虎如生的青年，不觉想起我的亡儿来，眼中热溜溜的，再也忍不住了。"

我心中一动，想这几句话中，定有我的小说材料在着，可不能放过。当下急忙问道："老先生的文郎，先前可是也在这里读书的么？"

老人道："怎么不是？三年以前，每逢春季、秋季开运动会时，我总到这来参观。那孩子也是一个撑篙跳的能手，身体腾向空中，在那横竿上过去，足有一丈多高，哪一回不是带了第一名的奖品回去？老朽虚荣心是很大的，瞧在眼中，也自暗暗欢喜，听人家的拍手欢呼，倒像是赞美我呢。今天我瞧了人家的儿子，一个个撑篙跳，触景生情，哪得不想起亡儿来？"说到这里，早又老泪婆娑，扑簌簌地掉将下来。

我道："这也难怪，人生在世，不遭丧明之痛便罢，遭到了又哪得不伤心？敢问老先生尊姓大号？里居何方？令郎又是怎么死的？"

老人答道："老朽姓陈，草字萱卿，原籍杭州，作客海上已三十年了。至于小儿的死，全为的是我，流干了一身血死的。老朽平日一见了血和红的颜色，往往想起小儿的血，从他的总血管中通入皮管，流到我身中来。我这一颗心，委实痛得要碎开来咧。唉！那孩子已死了三年，他遗下的东西，我已烧个干净，怕留在眼前，勾起我的痛苦。然而他一身的血，在我的身中往来流动，又哪里忘得下？我念极时，仿佛听得血儿流动的音声，还一声声唤着阿爷呢！"说完，眼泪早又湿了他一脸，在阳光中晶晶地亮着，一边掏出帕子来乱抹。

我听了血的话，更觉奇怪，忙问他："是怎么一回事？"

老人叹了口气答道："说来话长，一时也说不完，敢请先生留下姓名住址，停一天再走访奉告吧。"

我道："这里有应接室，我们何不到那边去谈谈？好在此刻大家正在运动场上瞧热闹，料来那边是没有人的。"

老人想了一想，便道："也好，我坐在这里瞧他们运动，只是添我的感慨，索性把这段事告诉先生，也能泄泄我心头闷气。"

当下我便站了起来，同着他走向应接室去。

我们到了应接室中，那老人又长吁短叹了一会，才开口说道："先生，老朽已是个六十岁的人了，老妻早故，膝下曾有三子，长、次都在十年前染时疫死的，第三子就是我所要说的这一个，死时也二十五岁咧。唉！我不知道犯了什么大罪恶，触怒了上天，因此不许我有这三个儿子，一个个夺了去，如今单剩我一个孤老头儿，形单影只，过这凄凉寂寞的光阴。最伤心的，实是我三儿的死，他本可不死，却是代我死的。其实像我这么一个老头儿，也应该死了，倒没来由葬送了一个大好青年，好似一株郁郁葱葱的嘉树，将来正能做栋梁用的，却横加一斧，把它砍去咧！这一着不但难为了我那孩子，委实也对不起中国，因为我把她的栋梁毁了。"说到这里，又摇头叹了一声，少停又道："论我平日的待他，也不见得好，可是我一向抱着严厉的主义，不肯姑息儿子。他每天从学堂中回来，我总监督着他，不许躲一躲懒，他读书，我冷颜坐在一旁。灯下两点钟的自修，没有一分钟白白放过的。就是礼拜日，我只带着他出去散步，或是到公园中去吸些子新鲜空气，不给他同着那些不长进的学生们叉麻雀、打扑克、逛游戏场，坏他的人格。有时他不听我的话，做下了什么逆我意的事，我生性本是很暴躁的，总得一个耳刮子打过去，打得他一佛出世，二佛生天，心想小孩子应当受这样的教训，不给他手段看，往后可要爬到老子头上来咧。

"当着这高唱非孝的时代，老子早已退处无权，照理该向儿子尽尽孝道才是，哪里还说得到一个'打'字？然而我那孩子却服服帖帖的，什么都甘心忍受，并没一句怨我的话。他的同学们见他给我管束住了，不能伴他们玩去，便暗暗撺掇我孩子，快起家庭革命，宣告独立，和我脱离关系，那孩子却兀是不听，反沉着脸责备那些同学，说是离间我们父子。他曾向亲戚们说道：'阿爷虽然待我很严，我心中并不抱怨，还感激得什么似的。可是他老人家单有我一个儿子了，哪得不疼我？他的管束我，也就是疼我的一种表示，要我敦品立行，做一个有人格的人，没的在这少不更事的时代，失足走到歧路中去，因此上任是怎样骂我、打我，唯有感激他罢了。'唉！先生，你瞧这孩子是这么样一个好青年，现在的世界上可找得出第二个来么？"

我叹美道："难得，难得，真是一个孝子，但是令郎大号还没有请教。"

老人道："他叫作克孝。"

我忙道："好！好！这才是名副其实，不是孝子，可也当不起这个名字。"

老人不作声了半晌，又道："他的天性固然好，资质又聪明得很，不论哪一种功课，都在九十分以上，就是那种缠绕不清的几何、三角之类，他也抽蕉剥茧似的，弄得清清楚楚。说他是读死书呢，却又不然，跳高、赛跑，什么都来得，又拍得一手好网球，最拿手的要算是撑篙跳，每一回开运动会，总给他夺得锦标。所以老朽今天瞧着人家撑篙跳时，就触动了心事，心目中还有那种撑篙腾身的姿势，何等的自然。唉！不知道他的魂儿，也来参与这运动会么？"说着眼圈儿又红了。

我道："像令郎这样的青年，真是使人佩服，可不是合着文武全才一句俗话么？有了这么一个儿子，做老子的哪得不得意？"

老人长叹道："然而有了好儿子，也须有福分去消受。我抚育他到二十五岁，前途正有无限的希望，却眼巴巴瞧他化作异物，又偏偏是为了救我一个老头儿死的。天下原多伤心的事，怕没有比这事更伤心的了。"

我道："令郎是怎样死的？内中可是有一节惊天地、泣鬼神的事在着么？"

老人道："怎么不是！老朽且奉告先生，还请先生给他表扬一下子，好使人知道非孝声中，还有一个孝子在着，并且这孝子并不是一个脑筋陈旧的老腐败，却也一样是个新派的学生。先生听着，待我把儿子殉身的历史慢慢道来。"

"三年前的一天早上，我到南京路大庆里去访一个朋友。那时是在九点钟光景，中西人士在洋行中办事的，都忙着上写字间去，汽车、马车、人力车横冲直撞，都像发了疯的一般。先生是知道的，近来汽车这东西，简直是一种杀人的利器，轮子转处，霎时间血肉横飞，一年中不知道有多少无辜的男女老小，都做了这汽车轮下的冤鬼，任是做了鬼，还没处去伸冤呢。这一天也是我活该有事，穿过马路时，曾向两面一望，不见什么汽车，却不想支路中，陡地冲出一辆汽车来。不知怎的，连喇叭都不曾响一响，它一个小转弯，就斜刺里把我一撞。我喊声'哎哟'，早已来不及，但觉得眼前一阵乌黑，有什么重重的东西在我身上压过，以后就没有知觉了。

"到得醒回来时，我已在医院中，一会儿神志清明了些，就略略记起被汽车撞倒的事，一时倒暗自侥幸，没有送了老命，想在床上翻一个身，猛觉得全身都痛得紧，好似有千百把钢刀在那里乱戳，止不住嚷起痛来，这才知道我已受了重伤了。当下忽又听得我儿子克孝的声音，在枕边很恳切地唤道：'阿爷！阿爷！你觉得怎样？'我张眼瞧了一瞧，眼角里不觉淌出泪珠儿来，要回他的话，却兀自放不出声。旁边似乎还有医生和看护妇在着，一时也瞧不清切，我挣扎了好久，才迸出一句话来，问道：'我可要死么？'克孝忙道：'阿爷，你放心。据医生说，这一些子伤是不打紧的，不上一个月就复元了。'

当下他斟了一匙药水给我吃，我就渐渐儿睡了过去。

"这一天克孝老守在病榻旁边伴着我，晚上也不回去，助着看护妇侍奉汤药，瞧他脸色凄惶，分明是急得什么似的。夜中我不能安睡，但觉周身作痛，暗地咬着牙齿，痛恨那万恶的汽车，瞧克孝时，仍是呆坐在榻旁，眼睁睁地望着我，向他说道：'孩子，你快去睡吧，老守在这里做什么来？'他摇头道：'阿爷，孩儿不想睡，阿爷正挨着苦痛，又怎能高枕安睡呢？'我道：'不相干，你是明天要上学堂读书的人，怎能不睡？这里横竖有看护妇，不用你伴我。'克孝道：'看护妇是不可靠的，虽然服侍得很周到，究竟不及自己儿子，阿爷快睡吧，别多话伤了神。'说完，又给我吃了一匙药水，我就睡将过去。

"第二天，医生和我说，我身上伤了好几处，失血过多，须得加些新血进去才是。我道：'算了，像我这样年纪，也死得不算早了，用什么新血旧血，累你们多费一种手续。'医生道：'不是这般说，你既到了我们医院中来，我们总须救你的命，不过这新血向哪里设法，这倒是一个问题。'我问道：'用畜生的血行么？'医生道：'不行，不行，一样要人血。'

"我不作声，吐了几口气，蓦地听得我儿子说道：'医生，要人血容易得很，把我的血给我父亲，不是很现成么？'医生脸上霍地一亮道：'这样再好没有，老先生的性命有救了。'我急忙插嘴道：'你不要这样胡闹，我已老了，不久总是要死的，你正在青春年少，性命何等宝贵，前途正有好多事要做，可不是当耍的。'我儿子笑道：'阿爷放心，分一些血给你，哪得便死？孩儿身体很强健，平日是运动惯的，血比什么人都好，送到阿爷身中，定很有益；即使有意外的事，也不算什么，孩儿的身体本是阿爷所生，如今还与阿爷，也算是报了抚育之恩。'

"那时我听了克孝的话，心中原很感动，但总不愿瞧他为了我冒险，当下便截住他道：'孩子，你不要和我歪厮缠，我是不依的。'我儿子道：'阿爷，为什么如此固执？这不过尽我做儿子的天职，天经地义，不容推辞的，要是孩儿袖手旁观，父亲有个三长两短，将来给人家知道了，说孩儿不肯救阿爷，间接说来，直是孩儿杀死阿爷的，往后的日子正长，怎样立在社会上做人？'说完，顿了一顿，脸色已很坚决，接着却又向医生道："医生，你不用再问我父亲了，这事由我做主，快请施手术就是。'我待要反对已来不及，那医生不由分说，早给我上了麻醉药，昏昏地不省人事。

"不知道过了多少时候，才醒回来，一眼瞧见我儿子躺在一张邻床上，脸色白得像纸儿一样，我唤道：'克孝，你真是孝子，为父的很感激你。'克孝横过脸来，微微一笑道：'阿爷，这哪里说得上感激二字，孩儿不过尽职罢了，孝子的头衔，也不愿承受的。'这一天我身中得了克孝的新血，顿觉精神强了一些，痛苦也似乎减了。

"唉！先生，哪知老朽的命虽保了，却牺牲了我的好儿子，真使我伤心无限，无限伤心。这天夜中，克孝不知怎的，总血管下针处忽地破裂了，我先还不知道，看护妇也没来。第二天早上，我唤了好几声克孝，不听得答应，抬头一瞧，却见他流了一床的血，僵卧在血泊里头，这一惊非同小可，急忙唤看护妇。看护妇摩挲着倦眼，赶将进来，一会儿医生已到，说是总血管破裂，血已流尽，气也绝了。

"我一听这话，放声便哭，悲痛得什么似的，然而我虽悲痛，却并没有死，在医院中留住一个月，竟复元了。回家葬了克孝，就一个人过这凄凉寂寞的光阴，只仗着几个下人在旁服侍，有时闷极了，便出去听听戏，散散心，或是到杭州、苏州去盘桓几天，想借着好山好水，忘我的悲痛。然而我心中总深深嵌着克孝，哪能忘怀？我周身的血，一大半是克孝的，在世一日，就留给我一种极深刻的纪念，克孝死了，他的血还活着，可也是无可奈何中一种慰情的事。我本想给他表扬一下子，向官中请旌表，只是追想他平日的言论，很不赞成这么一回事的，因此作罢。但我心坎里头，早就给他造起了孝子的牌坊咧。"

老人说完，又掉了几滴眼泪，我急忙安慰他，又着实赞美了孝子几句。

那时外面的运动会，还是兴高采烈地在那里进行，时时送进拍手欢呼声来，斜阳在窗槛上，照着老人木乃伊似的面庞。他眼含着泪，定注在空中，我知道他又想起儿子了。

九华帐里

　　周瘦鹃道：大中华民国六年二月十九那天，我在也是园中成婚。证婚人包天笑先生运着他粲莲之舌，发了一番咳珠吐玉的妙论，劈头就说瘦鹃是个爱情小说的老作家，他那言情之作不知道有多少，我们见了他，便好似读一篇言情小说。今天我们见了他们一对佳偶，更好似读一篇极愉快极美满的言情小说。然而他以前的著作都是理想的，以后的著作就要入于实验的。我们料知不上几时，瘦鹃定能做几篇事实的言情小说，饱大家的眼福呢。这一番话儿，又给《小时报》登了出来。还有一位陈蝶仙先生，握着他那支生花之笔，做了四首半庄半谐的好诗，当日登在《申报·自由谈》上。于是我的新婚倒被人家做了个插科打诨的资料。

　　隔了一天，我那好友丁慕琴、王钝根、李新甫闯进门来，赶着问新婚第一夜，可在九华帐里说了些什么情话？多半把平日间做言情小说的几句妙语搬运尽了。我忙道："你们真要听我九华帐里的情话么，这也使得，但你们须得耐性些儿，停几天就《小说画报》中瞧吧。"

　　当下我就在怀兰室中静坐了会儿，托着腮子，想了一想。一时茶香砭骨，花影上身，不知不觉地动了文兴。忙唤凤君焚了一盘香，揭开了百叶窗上的白茜纱，提起笔来，在蛮笺上写了四个现现成成的字道："九华帐里。"

凤君啊，今天是我们新婚的第一夜，今天是我们家庭生活的开幕日！我们以后的闺房是天堂，是地狱，便在今天开场；我们以后的光阴是悲苦，是快乐，便在今天发端。所以今天这一天，实是我们一辈子最可纪念的日子，任是受了千魔万劫，永永忘不了的。

从今天起，你便是我家的人，你那胡凤君三个字儿上边，已加上了一个周字。你既进了我姓周的门，自然要替我姓周的出些子力。我们一家的重担，须我们两口子合力挑去，一半儿搁在你肩上，一半儿搁在我肩上，彼此同心同德，排除前途无限的困难。堂上老母，须得好好儿侍奉；家中百事，须得好好儿料理。有时我有什么愁闷，你须得体贴我，怜惜我。

要知夫妇之间，重在一个爱字。这爱字便从体贴中怜惜中发生出来。夫妇俩要是相亲相爱，白首无间，如此我们一辈子的岁月，直好似在花城月窟之中，寸寸光阴都像镀着金，搽着蜜糖，大千世界也到处现着玫瑰之色。我们耳中，常听得好鸟的歌声；我们眼前，常瞧着好花的笑容。一年四季，都觉得风光明媚，天地如绣，虽在严风雪霰中，也自酝酿出一片大好春光来。所以夫妇相爱，实是要着，其余富贵穷通都是小事。倘若有了金钱没有爱情，红丝无赖，又不容你摆脱，如此名义上虽是夫妇，实际上还有什么乐趣？从古以来，不知道坑死了多少好女子咧。

今天是我们的新婚第一天，总得想一个永远保持爱情的法儿，日后天天晤对，两下里该当掏出心儿，相印相照。去年我有一位朋友新婚，曾送他一副喜联，叫作"郎是地球侬似月，卿作香车我作轮"。我以为夫妇倘能相爱到这般地步，才是家庭中莫大的幸福。做丈夫的好似地球，做老婆的好似月轮，彼此吸引着，相绕而行，任是亿万斯年，可也分不开去。或者一个做车身，一个做车轮，同行同止，相依相附，次一层说，也是好的。你听了我这番话，心中可明白么？

我在平日，并不想娶妻。古人说得好：书中自有颜如玉，书中自有黄金屋。就我自己所做的小说中，也正有无数的好女子在着，我只守着一个，也能算得我精神上理想中的贤内助。只为了老母分上，又不得不略尽人事。如今你过了门，我很盼望你做一个贤妻。古今中外，贤妻也着实不少，有助着丈夫从军杀敌的梁红玉，有助着丈夫著书立说的托尔斯泰夫人，有助于丈夫福国利民的格兰斯敦夫人。在我才疏学浅，一无所能，原不敢比那些古今中外的名贤，然而我期望你的心，却很不小，愿你努力前途，做我的内助。

前天晚上，我曾接到一封南京来的西文信，是我一位好友黄君的手笔。那信中连篇累牍都是祝颂的话头，说他虽没见过你一面，但从理想中揣测起来，定像海勃（希腊神话，海勃为司春之女神）那么美丽，定像鲍梯霞（莎翁《肉券》剧中人物）那么名贵，定像周丽叶（莎翁《铸情》剧中人物）那么温柔，自配得上生受我的爱情。和我一块儿在花城中并肩走去，你像那夏天的暖日，我像那秋夜的明月。这一段姻缘，不但是夫妇俩口儿的幸福，也是一家腾达之兆。瞧来爱神解事，特地把金箭射中了我们的心儿，才能结成一对美满的鸳鸯呢。这几句话，都是黄君信中的话头。我很望我们俩能够依着他的话，也算不负好友千里外传来的一片好意。别使我们两人中间，隔入一层云幕。要知一丝微云，就能全个儿打消我们的家庭幸福咧！

至于我的身世，你或者知道一二，当初订婚时，曾由介绍人转达。可是我是个贫家子，一些儿不用讳饰的，长夜未央，不妨把详情说给你听。我在六岁时候，就变作了个孤儿。可怜阿父生了一场伤寒重症，竟自撒手归天，父子间的缘分，单有这很短很短的六个年头。我瞧人家父子，往往同到白头，就到了潘鬓成丝的当儿，还能向着白头老父亲亲切切喊一声"阿爷"。如今我即使喊破了喉咙，可也没一个人答应，就这声声唤爷之声，可也达不到九泉之下呢。

阿父死时，恰是庚子年，北京城中闹得个沸反盈天，不想家忧国恨，竟罩在一个六岁小孩子的头上。阿父在日，本是个放浪形骸的达人，家人生产一概不放在心上，所以一朝撒手，家中就半个钱儿都没有。加着病了一个多月，医药费也花了着实不少，一切首饰衣服，都当的当、卖的卖。阿母椎心泣血，但求阿父平安，日夜地苦唤上天，愿将身代。半夜里独到中庭，焚香拜天，磕得额儿上边起了一个个大疙瘩。末后钱儿没有了，不能再请什么医生。瞧阿父病势，也一天重似一天。

一天晚上，阿母便发了一个狠，从臂儿上割了一大块肉，煎了给阿父吃。阿父并不知道阿母割股，一口喝了下去。第二天瞧见了洋纱衫上血痕外透，方始觉得，止不住长叹一声，落了几滴眼泪，向阿母说："我终对不起你了！"

阿父临死，好似发了狂的一般，陡地从床上跳将下来，赶到外室直着嗓子仰天大呼道："兄弟三个，英雄好汉！出兵打仗！"喊了这三句，才又回到床上。不多一刻，气绝了。

如今我追想遗言，很觉奇怪；细细味去，分明有唤我们兄弟从军的意思。然而我们不肖，依旧埋首牖下。阿兄既不长进，我也日就堕落，清夜扪心，好不惭愧死呢！阿父死后，什么都很困难，连那殡殓之费，也没着落，亏得几位亲戚仗义相助，好容易把阿父殓了。送往苏州祖坟上安葬，然而以后的日子，也很难过。

那时阿兄只十岁，我六岁，阿妹四岁，阿弟还不到一岁。阿母赤手空拳，带着四个小孩子，如何度日？有几位亲戚便劝她把我、弟、妹，送给了人家，免得多这三个口腹之累。阿母却咬着牙关，抵死不依，说这是阿父一线血脉，万不忍抛弃的。从此她便含辛茹苦，把我们兄弟四个抚育起来。亲戚们见她可怜，也贴补她几块钱。她又仗着十指，日夜地做着女红。每月四五块钱的收入，已够敷衍那开门七件事。我们的房租原是最便宜的，平房三间，每月不过一千六百钱。那屋子也破旧不堪，檐牙如墨，墙壁又乌黑的。我和阿兄、阿妹、阿弟，都生在里头，一连住了二十多年。这三间平房之中，委实渍着我无数泪痕！你倘到小东门内县西街瞧去，便能见洽升弄底有两扇黑的门儿，这黑门里头，便是我一辈子最可纪念之地。现在我偶然走过，还觉得无限低徊呢。

那时阿母既要做女红，又要看顾我们，未免顾此失彼，幸而外祖母到来助她一臂。这外祖母的大恩，实是我刻骨铭心忘不了的。七岁时上学读书，外祖母也着实操心。每天日映纱窗，领着我一同上学，等到斜阳下树，又来领我回家。一路上提携保抱，何等怜惜！我在学堂中，倘受了同学们的欺负，外祖母知道了，总来告诉先生，替我报复。到了晚上，外祖母总得和我温字，一灯相对，孜孜不倦，目光书影，赶去那几点钟的光阴。更漏声中，往往夹着我的朗朗书声，到了夜半才罢。如此过了三年，我委实得益不少。

十岁时抛了私塾，进养正小学读书。只为那时恰好没有义额，一年中好容易出了十块钱的学费。我进这养正，也是出于一时的高兴，因为阿兄已在那里读了一年，年底回来，得了奖赏；我瞧着他，好不眼热，于是整日价闹着阿母，定要进那养正小学去。阿母拗不过我，就答应了。难为她做了两三个月的苦工，换到了十块钱！我见钱儿来处不易，自然用心向学，暑假年假大考，居然也得了奖赏回来。第二年上，恰空了个义额，校长便把我补了。第三年养正停办，我就转到一个储实两等小学里头，依旧不出学费，做一个苦学生，读了两年，渐有门径。慈母的辛苦，也已达到了极点。

这年年底，我已毕业，明年春上，升进了民立中学。校长知道我是个孤儿，又从储实升过来的，因此也不收学费，只消买些书籍，一节上倒也有十块八块钱。临时没法应付，只得到处张罗。亲戚们见我有志读书，自然也肯借贷。我进了民立，益发认真，往往夜深人静还在读书灯下。外祖母见我寂寞，总在旁边做伴。难为她白头老人，常把心儿系在我身上！我受恩深重，哪得不感激涕零呢？

阿母到此，已守了十年的节，人世间的忧患困苦，什么都已受到。年年压线，十指欲折，就是我们兄弟四人的衣儿帽儿鞋儿，也都出于慈母之手。外祖母竭力相助，不辞劳瘁。但是想前思后，大家都不免落几滴伤心之泪，所希望的只在我们兄弟罢了。

不上几时，外祖母也归了天。阿母失了右臂，何等悲痛！我从小生受她的感情，自也分外伤心。风清月白之夜，还仿佛瞧见她老人家巍巍颤颤地坐在我读书灯畔咧。十七岁上，我已升到了正科第三年级，眼见得去毕业还有一年了。我一边用心求学，一边却在那里想谋生之道。可是光瞧着阿母日夜劬劳，挣饭给我们吃，寸心耿耿，如何搁得下去？

那时我读书之暇，很喜欢看几部小说。这年暑假，没有什么事儿做，不知不觉地发了小说热，竟胆大妄为地想做起小说家来。那一片热心，真比了那满地的骄阳加上几十倍热！暗想我倘做了一万二万字的小说，卖给哪一家书坊里，倘能换它十块二十块钱，也能分去阿母一半儿的劬劳。这一件事瞧来很做得呢！打定主意，便动起笔来。然而写来写去，总觉不像小说。

一天偶然见了人家一种剧本，心想这个似乎比小说容易，说白是说白，动作是动作，上下只消话头搭凑，文势不必相连，我倒要老着脸试它一试。于是就借着一本杂志里一段笔记，唤作"情葬"的，铺排出一本《爱之花》剧本来。一幕接上一幕，一共做了十二幕，约莫一万五六千字。好容易做了一个月光景，总算大功告成，便署了个泣红的假名，投到《小说月报》，一面瞒着阿母，不给她知道。

一连几天，我心中怀着鬼胎，想这第一回出马，怕不免要失败呢。谁知过了一礼拜，《小说月报》社中竟差一个人送了十六块钱来，还附着一封信，说"你的稿儿很好，我们已收用了"。阿母见平白地来了这十六块钱，喊了一百声"奇怪"。当下我和她说明了缘由，她就欢喜起来。这一下子，我也好似一跤跌到了青云里头，真个栩栩欲仙。因为我们弄笔墨的初出茅庐，自有这一种快乐。后来那稿儿印在报上，我还翻来覆去地看了几遍。其实这种狗屁文章，可不值识者一笑呢。

然而这《爱之花》虽是儿戏之作，却也上过台盘。那时我朋友汪优游、王无恐、凌怜影一班人，正在湖南开演新剧，不知怎样却看中了它，改了个《儿女英雄》的名儿，竟在红氍毹上演将起来。一时名将美人，演得有声有色，拍手喝彩之声，腾满了汉水两岸。三年后来到上海，也着实受人欢迎。

我先还并没知道，也并没去瞧过，后来遇了郑正秋，才知《儿女英雄》即是《爱之花》。这一件小事，也算是我当时的得意事呢。

入秋开学，我已进了第四年级，明年的暑假照例能够毕业了。不想到明年五月中间，忽地吐起血来。阿母劝我在家中休息，不许上学。这么一来，就错过了毕业的大考。

隔了半年，我病体已经复元，那民立中学的校长苏颖杰先生便唤我去担任预科的教务。我担任了一年，却把课堂当作了恐怖之窟。因为学生们都是我的同学，不肯听我的教诲，我年纪又轻，没法制服他们。

这年年底，我就辞了职出来。好在这一年中，我已做了好几种短篇长篇的小说，分投各种日报杂志，收用的很多，打回票的也有，我只修改了一遍，仍能投将出去，那时我"瘦鹃"俩字，就像丑媳妇见公婆似的，渐渐和社会上相见了。

第二年春上，我便把这文字生涯继续下去。这一年正是小说最发达的时代，所以我小说的销场也很广大。到此我便和那二十年息息相依的三间平房告别而去，住在法租界恺自尔路一所小洋房里头。每日伸纸走笔，很有兴致，一切用度，还觉充足。阿父的遗债，也还清了好些。

我见阿母辛苦了十多年，没享过一天清福，便劝她抛去了活计，节劳休养，说以前阿母养我，以后我该养阿母了。这样过了一年，我就进了中华书局。两年来笔耕墨褥，差足温饱。不过生性多感，常觉得郁郁不乐，只当着阿母又不得不勉强装出笑容来。阿母本来很知足的，见衣食不用担心，已很得意。但我侍奉无状，问心有愧，对着老母总觉抱歉万分呢。

唉，凤君啊！我的身世已经说得很明白，你听了，便能知道我是从千辛万苦中血战肉搏过来的。阿母更不必说，比我还要辛苦万倍。我如今二十三岁了，阿母二十三年的精诚血泪，也就聚在我身上。以后第一要着，我们就要孝顺阿母。你须当她是自己的阿母，时时体贴她，使她快乐。你倘爱她，便是爱我。我宁可见你分了爱我之情，全个儿加在阿母身上。因为我的阿母，比不得人家的阿母，你该另眼相看，特别优待。你倘逆她一些，上天可也不许的呢。况且阿母不但是个十七年苦守清贫的节妇，也是个孝感天心的孝女。

从前外祖母六十岁时，生了一场大病，医生们都已束手，说是不救的了。亏得阿母割股，才从死神手中夺回了外祖母的性命。外祖母醒回来时，曾向阿母说："你这一片孝心，已延了我十二年的寿命。"后来外祖母归天时，一算恰是十二年。这一件事，直能使人天感泣呢！现在阿母左臂上，还有两个割股的瘢痕，高高地隆起着，一个便是为了外祖母，一个便是为了阿父。以前我瞧了往往落泪。外祖母晚年生了眼疾，阿母清早起来替她舔眼，病时日夜看护，衣不解带。近来的女子，哪有这种血性？怕她们母亲病死在床，她们还在戏园子里看戏行乐咧！从今以后，我们该当追想她的前事，力尽孝道，就在我们俩口儿的心窝之中，替她竖一个孝女碑，造一座节妇坊，使她桑榆晚景，常在春风化雨中呢。

凤君，天将要亮了，从明天起便是你做媳妇的第一日。以后年年月月，你须得记着这新婚第一夜九华帐里的一夕话。别忘了！别忘了！

女冠子

春雨廉纤，一连已好几天。满天的湿云阁住了春晴，使人闷损极了。那天也正是春雨廉纤的一天，有一家亲戚在妙莲华庵中做佛事。上海的风俗，做佛事也像请人吃喜酒一样，邀请一般亲戚前去热闹。只须送些锡箔、香烛、草篓等类，便可去吃一天，玩一天。骨牌噼啪之声和钟鱼叮当声相应和，也正是佛门中的奇观啊。这一天我恰没有事，并且因亲戚的关系，不能不去叩一个头，因便随着母亲，同到妙莲华庵中。

妙莲华庵是个尼庵，地点很幽静。门前一条小河，宛宛地流着，也有几枝杨柳梧桐做那院子里的点缀物。此时春寒料峭，只有空枝筛雨，料想到了初夏初秋的当儿，定有柳丝梳风、梧叶蔽日咧。我们既礼过了佛，母亲坐在经堂中，和几位老太太坐在一起念"阿弥陀佛"，把锡箔折成一只只的锭儿。我空着身体没有事做，将大殿上的几尊佛像都看熟了，便闲闲地踱出去。好在庵中占地还不小，倒容我在前院后院中往来踱着。

我踱过了后院，见后院的背面还有一弓之地，种着些青菜，着了雨，绿油油地甚是可爱。在这菜田的一面，有一间矮屋，门口挂着许多面筋干菜，分明是厨房了。我沿着菜田踱过去，若有意若无意地向厨房中探头一望，望见里面黑魆魆的，仿佛有一座灶头。灶上放着一个油盏，鬼火荧荧，晕作一丝丝的惨绿色，照见一个法衣破旧的老尼，正坐在一条矮凳上流泪。

这老尼分明是专司烧饭煮菜的，那件七穿八洞的法衣上，差不多被油垢占了一半的位置。此时只为伊正在流着泪，那前襟上没有油垢的所在，都被眼泪沾湿了。我借着门外的天光和灶上的火光，倒把那老婆子瞧得很清楚。估量伊的年纪，总已在六十以外，额上脸上，一道道都是皱纹，端为嵌着油垢和灰尘，便分外地分明了些。可怜伊一双老眼，日夜地烟薰火逼，又为的流泪太多，一半儿似已瞎了。

我瞧了这么一个独坐流泪的老尼，瑟瑟缩缩地伏在灶脚边，和外面那些法衣净洁、满面春风的女尼们截然不同，早就料到伊身上定有一段伤心史了。也许伊在年轻的时候，失意情场，爱心灰死，因此逃入空门，借着蒲团贝叶自忏么。要是并非逃情，那么为了遇人不淑，婚姻上的不幸，也往往逼得一般好女子抛却尘缘，借空门作归宿之地。我瞧这可怜的老尼，二者中必居其一了。只要是二者中必居其一，便大可供我做小说的资料。我心中这么一想，立时放大了胆，走进厨房中去。

那老尼听得了我的皮鞋声音，很吃惊似的抬起头来，接着也就颤巍巍地从矮凳上站起来。我即忙满面堆了笑，走上去柔声说道："老师太，你为什么一个人坐在这里流泪，可是有什么不快意的事情么？"

老尼定了定神，便开口说道："我这个半死的老婆子，只有挨骂受气的份儿，还有什么快意的事情？流泪也是我天天的家常便饭，不算一回事的。先生怎么不在前面殿院里坐地，却到这腌臜的厨房中来，关心到老身呢？"说时，伊那双朦暗的眼睛，直注在我的脸上，现出一种怀疑的神色来。

我忙答道："没有什么，我只为闲着没事，满庵子地踱着。正踱过这厨房门口，恰见老师太流泪，因此动问一声。老师太可有多少年纪，出家怕已很久了么？"

老尼道："先生，老身已是六十三岁的人了，出家却不过六个年头。唉，倘不是为了儿子不争气，那又何必出家，何必受这许多苦楚，不也像旁的老太太，那么安坐在家里享福么？就是我那老丈夫也尽可仗着薄产度日，为什么要撑几根老骨头，再出去像牛马般做事情，给儿子偿还余欠呢？"

我听到这里，暗暗欢喜，想这位老师太话匣子开了，以后定然大有可听咧。果然，那老尼不等我开口动问，先就接下去说道："唉，先生，我那不肖的儿子，怕还比先生的年纪要叨长些咧。我三十岁时才生下他来，因为是个头胎，挨了两日两夜难产的痛苦。谢天谢地，总算下来了。生了他后，从此不再生养。我们夫妇俩对于独生之子，当然是疼得什么似的。他年幼时，身体单薄，不时地害病，一年三百六十天，几乎一百八十天是在病中过去的。我们好生着急，总是衣不解带地日夜看护他。那时家况不好，手头很拮据，也得当了钱或借了钱来给他延医服药。甚至把我们的衣食也节省下来，做他的医药费。好容易停辛伫苦，将这孩子抚养长大了。"说到这里，顿了一顿，咳了一阵子嗽。

我搭讪着说道："是啊，我们立地为人，哪一个不是父母费尽心血、千辛万苦抚育起来的。不过令郎自幼多病，自不免更使父母多费些心血、多挨辛苦了。"

当下老尼又道："我们爱这孩子，比无论什么都爱，真的是风吹怕肉痛，含在嘴里又怕融化。吃啊用啊，都不肯待亏了他。因此上把他娇养惯了，到十岁上才送他进学堂去念书。那时我丈夫经营布业，很为顺利，手头宽绰了不少。对于儿子的学业，分外注意，打算一步一步给他读上去，直读到大学堂，再出洋去。奈何我们那孩子和书卷不很近情，读到十七岁，由高等小学里毕业出来，就不肯再读上去了。他说，不识字的人也可以发财，何必多读书？我们不能勉强他，只索依他的主张。他逛了一年，似乎逛腻了，便要求他父亲送到一家金子店中去学业。我们见他自愿学业，欢喜得什么似的，以为他将来成家立业，光大门楣，更要胜过父亲十倍百倍咧。"

我又凑趣道："可不是么，金子店本来是一种很有出息的营业，令郎投身其间，每年定能挣得很多的钱吧。"

老尼叹息道："任他挣得怎样多的钱，我们做父母的可不曾看见半个，反把我们养老送死的本钱都断送了。唉，说来话正长，他先前原是学业，每月只有几个鞋袜钱剃头钱，到年底才有一笔花红。他在家里是吃惯用惯的，自然不够用，每月总向我要这么一二十块钱去，贴补他的用度。我还不敢给他父亲知道，只索把我自己名下的零用钱也给了他。

"三年满师以后，他便升做了跑街，钱挣得多了，用得也厉害，每月仍要我贴补他。他本来住在店中的，如今住在家里了，每夜总是更深夜半地回来，说是为了店中事忙之故。我不忍先睡，总一个人伴了盏灯坐着，侧耳静听着叩门之声。听得他叩了第一下，便立时去开。因为我知道他性子很急，叩了三下，要是不开门，他就得发火了。我本来是个很胆小的人，夜半听得一些儿声音，总是疑神疑鬼，一颗心别别地乱跳。但我为了爱子之故，心中虽很害怕，也依然硬了头皮老等着。夏季大热的天气，倒还可乘乘风凉，只到了冬季，却很为难受。等到二三点钟，连两条腿也冻僵了。

"那孩子做了好几年的跑街，我也做了好几年的守夜。他父亲虽有话说，我总是竭力替他辩护。后来亲戚们悄悄地告诉我，说你们的孩子在外边花天酒地，你们在家中可知道么？我兀自不信，摇着头，回说没有这回事，把亲戚们都弹走了。但每夜见儿子回来，总是喝得醉醺醺的，并且他的衣袋里，又常常发现女人的绣花帕子，一阵阵浓烈的香水香，直熏得脑都发昏。我于是也不得不有三分相信了，口头还不敢教训他，生怕他着了恼，反而赌气不回来。心想他既爱女人，不如快快给他娶一房媳妇，我们也好早日抱孙子。和我丈夫一商量，也很以为然，奈何那孩子偏又不答应，为了这婚姻的事，和我们闹了好几场，我们也只索罢了。"

我见那老尼好像开了自来水机括一般，滔滔不绝地讲来，虽很着意地听着，然而也已连打了几个呵欠，一边便懒洋洋地问道："以后怎样呢？"

老尼长叹道："唉，上海地方，真是一个可怕的陷阱。少年人陷落在这阱中不能自拔的，正不知有多少。我们那孩子，不幸也陷下去了。直到那八年前的一个春季，他生了毒病回来，躺在床上哼哼唧唧，我方始相信先前亲戚们对我说的话，原是千真万确的。那时我可又忙苦了，一面既须瞒过他父亲，一面便四下里给他弄丹方，服侍他。末了还是仗着外国医生打了针，方始全愈。我一把眼泪一把鼻涕地劝告他，以后不可再在外边胡闹了。他赌神罚咒，说从此好好地做生意，决不再去胡闹，于是重又到店中去了。谁知贪嘴的猫儿性不改，背地里又轧上了姘头，打得一片火热。一礼拜中，总有二三夜不回来，累得我终夜坐守，眼睁睁地守到天明。到此我的心可真痛极了。"

老尼说到这里，早又泪下如雨，抽抽咽咽地哭了起来。

我忙又问道："以后怎样呢?"

老尼含悲说道："以后更闹出大事情来了。那年是七年前的一个冬季，忽然当天一个霹雳，直打到我们老夫妇的头上。说我们那孩子在金子店中亏空了十万银子逃跑了，我们得到这恶消息时，恰在风雪之夜，两下里急得没了主意，冒着大风大雪赶出去，很无助地到处去找寻那孩子。整跑了一夜，终于没有找到。我们俩却晕倒在雪中了。第二天早上，便有包打听和巡捕上门来，把我老丈夫带往巡捕房去。事后调查，才知道那孩子亏空了店中五万银子，另外又偷了银箱中五万现钞，带着他那姘头一同逃跑的。

"那时我丈夫气瘫了半个身体，一颗心也早已打得粉碎了。当下他承认给儿子料理这件事，把布店和屋产田产全数变卖，一共得了八万银子，交给金子店中。还短少两万银子，却没法可想。金店主人苦逼着，非得到全数不行。我丈夫没奈何，便和他软商量，说我年虽老了，还可以做事，可能许我顶替儿子的职司，慢慢地挣出这二万银子来，清偿余欠。店主人见石臼中榨不出油来，也就答应他这么办了。

"我丈夫经了这个变故，却把我恨得牙痒痒的，对我说道:'你生儿不肖，平日间又处处瞒着我，纵容他做坏事，才弄到这个地步。算了，从此以后，我撑着这一身老骨头，给好儿子还债去。还清了债就死，你也自管走你的路吧。'说罢，头也不回地走了。

"我没奈何，只得投身到这里庵中来。然而出家也是要钱的，我只为没有钱，因此老师太不喜欢我，也不给我念经礼佛，只派了我一个厨房里烧饭的职司。伊们又分外地难服侍，动不动骂我打我，六年来委实是吃尽苦楚了。料想我老丈夫此时，也一定没有好日子过，辛苦了这几年，多半还没有还清儿子的债。但那孩子是带着五万银子出去的，多半能吃饱着暖，不像我为娘的这般挨苦吧。唉，只要他不挨苦，也就罢了。"说完，抹着眼泪。

　　我听完了这番话，觉得没有话可说，也没有适当的话可以安慰伊。呆望着门外春雨廉纤，仿佛和慈母眼泪同流咧。

大水中

　　这一星期的倾盆大雨，仿佛千军万马一般，从天上倒将下来，顿时定永河中的水高涨起来，冲塌了河坝，泛滥上岸。可怜这一个富饶的秦家村，一大半淹没在水中，不但村中男女死伤了不少，连猫狗鸡鸭也都牺牲了小性命。

　　这一天雨止了，水退了，太阳出来了，那一道道金色的阳光，也不管人家的惨痛，又照常照遍了全村。除了高处的屋子还完好外，其余低下的地方都是墙坍壁倒，变作了一堆堆的瓦砾。瓦砾之中有时还发现一具两具浸渍的尸体，真使人惨不忍睹啊！

　　慈善医院的院长秦老医士，带了一个助手，提着药包，在那里挨门挨户地救治伤人。他老人家是全村中最恺恻慈祥的人物，平日间村人们倘有什么病症忧苦等事，他总是掬着笑容，好好儿安慰他们。但今天眼瞧着这一片劫后的惨象，那一头银丝似的白发之下，也不由得现出一张沉郁的面庞，老眼之中，似乎还隐隐含着泪痕咧。

　　秦老医士一路巡视过来，已救治了好多伤人，此刻便到了陈寡妇家。她家因为是去年新造的屋子，造得又很坚实，所以没有冲塌。水退以后，一母一子仍厮守在那里。陈寡妇不知怎的，忽地疯了。她共有两个儿子，大儿平，十五岁，头上受了伤，正躺在床上；次儿威，十四岁，却不知被水冲到哪里去了。

陈寡妇坐在床边，哭着嚷着道："阿威，阿威，你到哪里去了？快回来！快回来！"秦老医士不理会她，自管察看平的头额，唤助手舀了盆水来，洗净了伤口，敷了药，用绷布裹好了。

床后忽然转出了一个老妈子来道："老先生，我们的二官官被水冲去了，不知他的尸骨落在哪里？好苦啊！奶奶一气，就气偏了心，竟发起疯来。您老人家可给她诊一诊，诊好了，那么阿弥陀佛，也是阴功积德的事。"

秦老医士给陈寡妇搭了搭脉，说道："这种病不是一时可以诊得好的，这里湿湿的，也不能住，还是把他们娘儿俩送到我医院里去吧。"

这时平也开口说道："好的，秦老先生。我的伤不打紧，但求您医好我母亲的疯病。她竟为了二弟疯了。"

正说着，陈寡妇忽又嚷起来道："阿威，阿威！你到哪里去了？快回来！快回来！"

陈寡妇在慈善医院中歌哭无端地疯了十天，口中一声声唤着"阿威，阿威"，一天到晚，总要唤这么一二百遍，又不住地把手向空中抓着，似乎要拉他回来的一般。秦老医士费了好多心力，才把她的疯病渐渐治愈。每天常能安睡，不再哭闹了，不过态度上还是呆木木的，似乎在那里想什么心事的样子。

一天，秦老医士诊断陈寡妇的疯病已经痊愈，可以出院了。陈寡妇忽地现出一派局促不安的神情，又像有话要说而不敢说似的。

秦老医士忙柔声说道："陈夫人，你有什么话要说，尽管向我说来，我能安慰你的。"

陈寡妇拉住了秦老医士衣袖，很恐怖地说道："我不敢回家去！到了家里，眼瞧着门前屋檐，就仿佛见阿威那天落水时怒目向我的情景，怕我又要发疯了。"说到这里，涌出两道眼泪，忽又抽抽咽咽地哭着说道："秦老先生，我今天可要和你说个明白了。要是一辈子隐瞒着不说，良心上的痛苦实在难受，并且死了之后，不但见不得阿威之面，也怎么样去见先夫啊？我如今说了出来，也许能减少一分罪恶。唉！秦老先生，我已决定了，今天我向你画了供状，明天便须投身到尼寺中去度此余年，也忏悔我这杀人之罪。"

秦老医士一听了这"杀人之罪"四字，不觉大惊道："怎么说？怎么说？你怎么会杀起人来？"

陈寡妇指着一把椅子，很镇静地说道："秦老先生，你请坐了，听我慢慢地说来。吾家阿威的死，不是大家都知道的——他是在发水时溺死的，因为水势极猛，把他不知冲到哪里去了。其实呢，水势虽猛，我也尽可救他。然而我却坐视不救，并且扳掉了他攀住在屋檐上的手，把他推落水中。秦老先生，你听着，我委实是个女杀人犯，生生地杀死阿威了。"说着两眼霍霍地向四下里乱射，一会儿把双手掩住了脸，又哭了。

秦老医士疑她的疯病又发作起来，忙抚着她的背说道："陈夫人，你快静静心，不要胡思乱想。这一回大水中溺死的人，也不止你家二公子一人，你又何必如此气苦，竟说是你杀死他的？你虽是这般说，我可也一百个不信呢！至于二公子为人，又聪明又诚实，原是一个好孩子，村校中师长们都称赞他。便是你家陈先生在日，也非常疼他的。"

陈寡妇道："原是啊！他是先夫最疼爱的儿子，至于我表面上虽也疼他，心中却并不疼他，因为他是别一个妇人生的，并不是我的骨血！"

秦老医士很惊讶地瞧着她，以为她又疯了，接着说道："陈夫人，你住到这村中来，已有十二三年了，人人都知道你有两个儿子，如今怎说二公子不是你的骨血呢？"

陈寡妇道："你不要当我说疯话，我此刻神志很清明，一点儿也不疯了。可是这十多年来，我绝不披露此中的秘密，你们当然不会知道。要知阿威实是我先夫外室的儿子，是一个窑子里的姑娘生的。待我把过去的事情一一对你说破了吧！"说到这里，顿了一顿，向秦老医士要了一口茶喝，便又接下去说道："我和先夫的婚事，原是二十年前旧式的婚姻，是凭着父母之命、媒妁之言而结合的。我的面貌，自己知道很平常，但也读书明理，努力做他的贤内助。婚后一年中，两下里原也如胶如漆，感情极好。然而我夫生性风流，最喜欢拈花惹草，寻芳猎艳，可不是我一个面貌平常的妻子所能拘管住他的。

"婚后第二年，我即生了一个儿子，他在窑子里却相与了个名唤菊芳的姑娘，竟给她脱了籍，同住在一起，从此便恋着菊芳，不大回家了。我心中虽很气苦，也奈何不得他。况且做丈夫的纳妾，原是社会上惯有的事。我只索守着自己新生的儿子，鼓起了勇气，挨受那无可告诉的苦痛了。这样过了一年，我夫似乎和菊芳打得火热，也生了一个儿子，但是不上半年，两下里却渐渐冷淡下来。我夫回来得勤了，回来时总满脸现着不高兴的神情，在我身上寻事出气。我心中却暗暗地快乐，知道他和菊芳快要分手咧。

"有一天晚上，他抱了个小孩，垂头丧气地回到家中说：'菊芳卷逃了，抛下这孩子，只得抱了回来。'

"我忙道：'你抱回来做什么？'

"他很苦痛似的说道：'我要求你好好抚养他，像抚养你自己的儿子一样。'

"我一时妒火中烧，脱口呼道：'不不！这一个娼女的贱种，可不干我的事！'

"我夫悄然说道：'他虽不是你生的，然而也是我的骨血，你难道不能瞧我的分上收下他来么？'

"我仍很坚决地一叠连声嚷道：'不能不能！我为了那娼女已挨了两年多的苦痛了，如今还要把这贱种来累我么？'

"我夫含泪说道：'你不要开口贱种，闭口贱种，我万万不能抛下他，就和他一同去了。'说完抱着那孩子，回身走出门去。

"我这才急了，即忙扯住了他，当下便答应他把这孩子抚养起来。我夫才平了气，不再出去。过后登报招寻菊芳，连登了好几天，也没有什么消息。他心灰意懒，不愿再住在城中，常多伤感，就迁居到这秦家村来。

"村中的人都以为这两个孩子同是我所生的，我未便否认，可也不能声明。阿平、阿威又并不知道，彼此相亲相爱，好似亲兄弟一般。我对他们俩的待遇虽是一样，心中自然爱着亲生之子。但我夫却似乎专爱阿威一人，他常把菊芳的照片对着，说阿威活脱是菊芳的小影，他仍还爱着菊芳，就把爱菊芳之情都移在阿威身上，对于我和阿平，简直说不上一个'爱'字了。末后我夫毕竟为了想念菊芳之故，郁郁而死，遗下一份薄产，就由我把阿平、阿威抚养长大起来。我为了先夫分上，也不敢难为阿威，吃啊，着啊，两兄弟都是一样，并不分什么薄厚。不过我心中却牙痒痒地恨着菊芳：为了她，才使我夫杀减了爱我之情，害我挨受了多年的痛苦；也为了她，才使我所爱的丈夫葬送了性命，累得我一辈子做这凄凉的寡鹄。我便暗暗立一个誓，我以后倘遇见她时，定要一报此仇。"陈寡妇说到这里，握拳切齿表示她心中深嵌着的仇恨。

一会儿又继续说道："那晚大水来时，我正在楼上做针线，两个孩子坐在一旁读书。先还没有知道水涨，直到邻家呼喊起来，却见我家楼下也已浸在水中，那水还是不住地升高，竟浸到楼上来了。两个孩子着了慌，忙拉了我赶上阁楼，打开天窗，爬到屋顶上去。阿平先上去，不知怎样，一根街灯的长木杆倒过来，恰打在他头上，把他打倒了，躺在屋顶上昏晕过去。阿威跟着也上来了，他脚下正穿着皮鞋，陡地一滑，便从这斜屋顶上滑了下去。他大喊一声，滑到了屋檐，即忙把双手抓住，但他身体已悬空了。他唤着我，唤我拉他一把，好拉上屋顶来。

"我这时似乎已疯了，我眼中瞧他，明明是一个菊芳悬空在那里。眼啊！鼻啊！嘴啊！头发啊！——都是菊芳！于是我自己对自己说：报仇的时间已到了，此刻不报仇，更待何时？心中这样想，便立时咬一咬牙，唰地伸过手去，没命地扳掉他那攀住在屋檐上的手指，一手刚去，那一手恰又一滑，可怜的阿威便掉到下面水中去了。他掉下去时，似乎曾怒目向我瞧了一眼。从此我再也不能忘怀，我于是疯了。"说完，扑倒在床上，又抽抽咽咽地哭个不住。

秦老医士不知道应该说什么话安慰她，只是呆呆地坐在一旁。

第二天，陈寡妇把大儿平和十多年来没有使用完的薄产，全都重托了秦老医士。她自己便投身到尼寺中去，借着蒲团经卷，消磨她负疚的余生了。

孝子贤媳

　　无论在阴雨还是烈日之下，那西门某女学校灰色墙根旁边，总跪着一个六十多岁的瞎眼老婆子，口口声声嚷着"老爷少爷、奶奶太太"，兀自不停。两只手还合着掌，向人膜拜。行人们走过时，有的可怜见她，抛一个铜子或是几个铜钱，有的连正眼儿却不瞧，一掉头走过了。但那婆子不管，不论有钱没钱，她自管没口子地嚷。就是走过的狗咧马咧，也都能消受她"老爷少爷、奶奶太太"的尊称。这样总要嚷半天，嚷得口干喉哑，都不觉得。邻近人家听了这种不绝口的嚷喊之声，没一个不生厌，总说这老婆子怎么如此不知趣。连路边那株白杨树也听了不耐，常在风中把枝叶磨擦着，做出萧萧槭槭的声响，搅乱她"老爷少爷、奶奶太太"的呼声。

　　然而这老婆子岂是自愿如此！实是为了她的孝子贤媳，又为她的老命未绝，须要同她的孝子贤媳一块儿度日，因此不得不尽她一部分的责任。虽是跪断了腿子，嚷破了喉咙，她哪敢抱怨？有心人细细听她那种呼声里头，委实包含着无穷的苦泪呢。

　　江北人杨小狗子，是个游手好闲之徒，生着一把懒骨，向来不肯做事。拉车子怕用腿，做小工怕用手，一天到晚便借着管闲事，敲几文钱竹杠，胡乱度日。他那老婆也像他一样懒，整日不管什么事，拖着一双绰板脚，走街坊,闯邻舍。丈夫吃什么,她也吃什么,不用担心事;没有饭吃时,横竖大家没得吃的。

这一家中,做事的人就是杨小狗子的母亲。她做的事,就是每天下半天的街头乞食。小狗子见敲竹杠不很可靠,不能天天稳有钱到手,因便利用他母亲的瞎眼年老,每天午后唤老婆牵着她到那某女学校的墙外,跪在地上乞食,自己上茶坊吃茶去。到傍晚六七点钟时,才自去领着老母回家。这样半天的工夫,倒总有三四十个铜子稳稳到手。虽是苦了他老母两条腿一个喉咙,可也顾不得了。有时节不利市,半天中求不到三四十个铜子时,可怜她老人家还得受儿子媳妇的责骂,说她偷懒不肯嚷,罚她没夜饭吃。老婆子倘敢咕哝时,还不免挨打咧。

唉,好一对孝子贤媳!这样一连半年,杨小狗子夫妇两个全仗着老母挣钱回来供养他们,坐了吃,吃了逛,好不逍遥自在。他们俩简直把老母当作一种造钱的机器,不费他们什么力,天天自有钱回来。

他的朋友徐阿二,是要猴子戏的。每天牵着绵羊和猴子出去,要哼曲儿要打锣,又要绵羊、猴子一块儿串戏,忙了一天,也只挣到三四十个铜子。不如他把老母送上街头,自管吃茶去,到晚上一样有这许多钱。两下比较,在他可省力多咧。人家有绵羊、猴子挣钱,他有老母挣钱,这是何等的幸福!

冬天到了,西北风刮得虎吼般响。一天寒气,酿成了雪,把世界变作了个银世界。这一天已下了半天的雪了,天气冷得紧,凡是穿皮袄的人也还缩着脖子,没口子呼冷。这天午后,雪已停止,杨小狗子夫妇俩见这种冷天气正是挣钱的好机会,哪肯放瞎眼的母亲老坐在家里享福?因又牵着她老人家到那女学校墙外去。她老人家身上穿一件破棉袄,冷得发抖,然而怕给儿媳打骂,不敢不去。到了那边,就一个人跪在雪中,忕愣愣地嚷着"老爷少爷、奶奶太太"。身子既抖个不住,那声音也随着抖了。

这样过了两点钟,因为行人稀少,也求不到几个铜子。她的下半身已被雪水湿透,冻得像冰块一般,鼻子里拖出清水,结成了两条小冰柱。无情的西北风,还没命地向她身上刮来,直刮到她身体里头。她虽还有着气,口中还颤声低喊,然而已和死境相去不远了。傍晚时雪又下了,雪花像手掌般大,片片飘落。那老婆子微温的心中,还希望她儿媳快来领她回去。她的背靠在墙上,全身都冻僵了,再也动弹不得。一点钟一点钟地过去,她的儿媳妇仍没有来。夜阑了,天明了,她的儿媳始终没有来。白漫漫的雪,已盖满在那老婆子的身上。身上的温度和心坎中的温度,全都没有了。一只手露在雪外,却还坚握着几个铜子,等她儿媳来取。

这一夜,杨小狗子夫妇正在同乡卖烧饼的王老大家中吃喜酒,肚子里灌足了黄汤,乐极了,便忘了他们瞎眼的母亲在外乞食。

唉,好一对孝子贤媳!

珠珠日记

　　斜曛似梦，落叶如潮，轻飔薄帘腰入窗，已含秋意。新雁叫风，曳残声过小楼，若告人以秋至。瘦鹃氏积病乍愈，袭重衣，斜倚沙发上，手执英国大诗人摆伦氏悲剧脚本《佛纳》（WERNER）一册，披阅自遣，而心则如万丈游丝，胃晴空而袅，渺渺弗属。书中何语，乃一不之省。因抛书于侧，流目他顾，无意中遽及月份牌，则见赤字作血色，映入眼帘，上为"九月"二字，略小，下则大书曰"二十五"，屈指一病颠连，几及两月。笔墨荒落，砚田不治，能不令人心痗？

　　回忆初病时，夏木鹂声，尚婉转送入吾耳，横塘中莲叶田田，亦未零落净尽，而曾几何时，已是秋风黄叶之天。光阴容易，如电走空，刹那间已飘瞥无痕。则吾人厕身斯世，亦如飘流过客，悠悠数十年，直转眴间事耳。迨至数十年后，一棺既盖，长眠黄土之下，纵令后死者千呼万唤，付之弗闻，而生前角逐名利场中所得之俘虏品，至是究亦安在？争名夺利无一非空，名本虚幻，直同空气，而灿灿黄金，死后亦弗能携以俱去。即使墓碑十丈，镌其一生逸事，岿立墓前，或足以昭垂一时，然而此墓碑亦滋难恃，苟为数十年风雨所剥蚀，苔痕蚀满其上，黝然作黯碧，或有好事者过，扫此苔痕，求其故实，作游记中之资料，借以生色。而字已模糊不可复读，并姓名亦不之识，然尚可问之故老，得其一二，更数十年者，故老已弗存，则其姓名逸事一例成尘，人遂不复知此墓中人为谁矣。

念至是，则为之低徊不置。当是时，阿母适入，掬其笑容于瘦靥之上，辴然向予，次即至吾侧，偻其身，展手以抚吾额，复絮絮问寒否？疲否？思茶否？继见沙发上书，则立取之，发为恳挚之声曰："吾儿久病方痊，急宜休养，乌可读书以劳神思。药在壶中沸久矣，进药之时已届，汝其须之，吾当往取。"遂直其身，而风动帘波，斜阳漏一线入，灿若黄金，适烛母面，眉宇间如幂慈云，温蔼无伦。帘动斜阳，金光摇漾，寻及其首，如作环形，则吾几疑圣母顶上之圆光矣。

须臾，母已带此斜阳而去，旋以药碗入，坐吾次，手碗进吾，吾饮之立尽，觉此药碗在阿母手中，药乃立失其苦，一入吾口，且似化为醇醪，弥觉甘芳。饮罢，母始起去。

既而天已暝黑，遂以灯至，予就灯下窥母，心乃弥痛。盖吾一病之后，乃使阿母容光，较前此瘦损多矣。缘吾病中，母实况瘁万状，日中奔走为吾料量汤药，夜亦必数数起，潜来视吾，或按吾额，或抚吾胸，热少增，则颦蹙弗展其眉，热少减，则不禁色然而喜。予每值阿母抚摩时，吾身似已返于儿时，密裹褓襁之中，就阿母怀抱，听其拂拭。顾忽忽数旬，母劳无已，吾心亦滋惴惴，惧吾病未瘳，而母病遽作。

母知吾意，则悄然谓予曰："吾滋愿代儿病，唯恨弗能。儿病而能即愈，吾病又何足恤？"

嗟夫！慈母爱子之深，乃至于此。予生于赤贫之家，一身外无长物，阿父弃世时，亦一无所遗，特遗此慈母，直较百千万之巨产为尤可贵，自顾此身，不殊富贵，予生平既无所有，亦无所长，唯有此慈母，实足以骄人也。

予方陶然自得，陡闻履声跫跫然起于梯上，予平日因习闻此声，立谂来者为吾知友慕琴。慕琴每上梯，辄作急步，予尝窃喻之，谓如蚱蜢跃登稻茎也。既上，予已启关以俟其入，则立出一裹授予，谓此裹殆为君友所遗，寄至中华图书馆编辑所者。君或不即出，故吾为君代取。予视里面，字迹初非素识，亟启视之，则为西纸簿一，上署时日，似为日记，字亦为钢笔所书，罗罗清晰，初不草率，外附书曰：

瘦鹃先生鉴：今夕于《礼拜六》第六十七期中，得读尊著《噫，病矣》一篇，令人无限感慨，足以唤醒不孝子之迷梦，亦足以成全孝子之心志，先生苟能时作此等小说，则赖先生以感化者多矣，敢为吾可怜之中国贺也。溯自读尊著以来，最令人可歌可泣可钦可敬者，有数种，如《孝子碧血记》《铁血女儿》（见《小说时报》）、《绿衣女》（见《妇女时报》）等，欲令人不歌不泣不钦不敬，不可得也。近读《噫，病矣》，则一片孝亲之思，又溢于字里行间，于以知先生天性之笃厚。兹特奉上日记数则，每则或可作小说一篇，若以先生之才，即作三篇四篇，亦殊易易。若刊于《礼拜六》中，每篇又可得十元二十元之润资，以奉先生之慈母，借博慈颜一粲，不亦乐乎？唯先生不可以吾书及日记付刊，以老师至严，知之必加呵责。然何故寄此日记？则以先生之母，亦如吾阿母之慈爱，吾爱母甚，故亦爱先生之母，即借此不足道之文字，以表吾诚，先生或亦许吾乎？吾年幼，读书不多，此日记宁独力所能成？斟字酌句，半实得阿母阿兄之助。钩月入帘，明灯乍灿，即为吾埋头窗下、拂笺把笔之时，时或一记，亦不自觉其苦也。吾书已竟，愿上帝永永加福于先生。

十二岁女子珠珠上言。

其日记曰

一月五日　晨起，见晓日已嫣红如玫瑰，映吾窗纱，一室都红，并白色之帐帏，亦作粉霞之色。早餐时，仆妇何妈，谓今日寒甚，急宜加衣。吾曰："身上着如许衣服，尚云寒甚，彼街头丐者，又将如何？"何妈闻语，恻然心动，即倾筐倒箧，自觅旧衣数袭，持往街头寻丐者，空其手而归，盖何妈亦具佛心肠也。餐罢，阿母为吾理发，对镜视吾，谓吾曰："此即乡谚所谓，身着棉花都话冻，可怜街上乞儿公也。"吾心有所触，因足成小歌一，信口歌曰：林凋雪下近残冬，冽冽寒威飒飒风，身着棉花都话冻，可怜街上乞儿公。杜工部"朱门酒肉臭，路有冻死骨"句，正同此意。

三月二十日　吾不作日记久矣。非关懒也，以阿母前患感冒，久久弗瘥，日夜呻吟，令吾焦灼欲死。顾又不能代阿母病，俾得祛其痛苦，脱能使阿母安者，儿身又何恤？幸今则已瘥，又健全如平昔矣。前年主日大聚集，得识一巴陵婴儿院中之女子，把臂未久，已成莫逆，临行属吾他日访彼，依依如不忍别。后此吾因数乞阿母偕往，以事集不果。今日午后，母适无所事，乃携吾过婴儿院，访彼婴女。院在观涵道，四周植修竹，新翠欲滴，入其内，则白屋数间，蛎粉之墙，尽作雪色，似别一天地。后进谒院中主事之德国姑娘，则皆和蔼可亲，视诸婴如己出，吾不觉为诸婴贺，失母之后，重复得母也。姑娘又偕母及吾参观院中各处，若为科堂，若为卧室，若为养疴房，若为游戏场，以及食堂、浴房，靡不整洁周备。追至四句半钟，已为诸婴晚餐时，食堂中长桌凡二，婴之自五岁至十二三者，列坐焉。其有过稚不能自哺者，则十四五岁者哺之。当诸婴未食之先，各整立于座外，俯其首，恭立祈祷，声喃喃然，似含悲意。吾闻之，几于泣下，急投母怀，不忍听也。食品无他物，饭一瓯，佐以青菜及鱼肉数片。以设此院者为德意志人，方今欧战未已，本国经济弥窘，院中经济已停寄，故凡百都从节省也。嗟夫！以皇皇之大中华民国，而一般孤苦无依之婴儿，乃弗能自养，仰食于外人，滋足愧矣。当吾去时，尝携饼干糖果数磅，因俟诸婴膳后，即出而分赠之。诸婴最知让，得一饼后，如再与以他饼，即举让他人，不复自取。吾平日辄与阿兄争物，自见诸婴谦让之风，不觉内愧，厥后设有所得，即一一让之阿兄，不敢复争矣。归时，吾向诸姑娘再三申谢，又与相识之婴女作小语，始从母出。而眉月一弯，已揭云幕而出，如美女郎作新妆也。

四月二日　午后忽大雨，凉风飒飒然，挟雨势壮其声威，气候因亦转为微寒。同学之婢仆辈，纷纷送衣至，阿母亦命何妈以夹衣来，恐吾受寒也。嗟夫！父母爱子之心，无微不至，在家时问燠嘘寒，固无待言，儿或在校亦刻刻不能去怀。起风矣，下雨矣，天微寒矣，送伞送衣，粜六万状。吾尝窃怪天下为父母者，何若是之不惮烦耶？即吾每日上学放学，阿母亦必命何妈伴送，一若中道有狼，择人而噬，而何妈足以翼卫吾者。四时许，何妈又来，携吾归家。归后，阿母招吾至其膝前，谓午后天气骤有寒意，儿亦觉寒否，继又问今日读书熟否，写字佳否，算学得十分否。吾答曰："儿衣夹衣，已不觉寒，书亦熟，字亦佳，算学亦得十分。"母乃大喜，抚吾双颊，以示爱，并出饼饵糖果饲吾，时时向吾微笑。夫勤敏读书，分内事耳，阿母又奚用其厚奖？入晚，阿母尚虞吾寒，又为吾加半臂。然吾恨甚，恨吾夜中酣眠，必至天曙始醒，弗能起为阿母加被也。

四月二十一日　吾今日以细事掌婢频，掌后悔甚，啜泣可一小时，匿不使阿母见，后至母前请罪，心始少安。平日吾每有过失，自责甚重，苟不自责，则入夜辄转侧不能成寐，觉精神上有无限之痛苦。幸吾时萌悔心，故虽有过，而亦甚少，且下次亦不复犯。然吾何由萌此悔艾之良心乎？乃得诸天帝，学自圣贤，养之父母，成于师长，是以吾恒深感天帝圣贤父母师长之赐吾以良心也。

五月十八日　凌晨入学，见途中有两童共挟一童殴之，既又力蹴其腰，令仆，仆则复殴，被殴之童啼哭，束手不敢还殴，且作惶恐之色。吾见之，大愤，见二童犷甚，知进劝亦弗能止其殴。吾又孱弱无力，未能效游侠子，攘臂而出，平此不平，遂舍之去。迨既入学，而吾心中尚愤愤弗置。

七月一日　放学归，小立门前游眺，见斜阳方留邻家屋角，恋恋弗去，碧空有鸦影过，鸦背斜阳，闪烁如金，为状乃奇丽，寻何妈至，携吾出游。途经一小巷，狭如羊肠且幽暗弗洁，人家之秽水，即由此巷通于明渠，而汇于河，终日潺潺然弗绝也。吾睹之忽有触于怀，念潺潺山水，水也，潺潺渠水，亦水也，同是水也，而人经山水处，则五内皆爽，经渠水处，则掩鼻过之，是奚故？清浊不同也。清，水之本性也，浊，岂水之本性哉？幸则为深山幽谷之清泉，不幸则为秽渠污沟之浊流，幸不幸之别，俨若天壤，人亦犹是也。一念之起，为善为恶，相差虽仅毫厘，顾其品质已相去如天渊矣。曩者阿父亦尝以此言教吾，吾谨记之，弗敢忘。

七月二十五日　今日为祖父忌辰，吾今又忆及祖父矣。祖父之貌，蔼若春温，吾每立其遗像之前，辄觉祖父方含笑视吾，一如生时。吾或夜梦，往往梦见祖父，有时在未睡时，似亦见其立于左右。吾以为鬼也，后念不然，世上必无鬼。凡人既丧其所亲戚友，则所亲戚友之声音笑貌，平日所接于耳目者，此时必深印于脑中，偶一念及，即幻为其人之状态，或见于梦，或见于醒时。而世之人则骇汗相告曰："吾见鬼矣！吾见鬼矣！"实则鬼即生者脑中所印死者生前之状态也，无有所谓鬼者。迨为日渐久，脑中所印死者生前之状态，亦渐消灭，生者之梦中乃不常见，而世之人又哗然曰："死者死已久，殆投生去矣，故吾梦中乃不之见。"此特臆测之词耳。死者投生与否，孰则知之哉？

八月十九日　今夕薄云如秋罗，衬出一丸明月，月光自邻家之窗隙，射入吾家屋后栏干曲处。吾以小镜迎之，令返射入吾卧室，荡其光于帐上，时方有微飔入，吾帐遂似化为云幕，扶月动荡弗已。吾乃大悦，盖吾殊弗欲见此明明之月，独照邻家也。吾走告阿兄，来助吾捉月，兄谓吾童性未除，憨态犹昔，且谓渠年已十五，不当与吾嬉，防为人见，笑其偷懒不知读书，尚作稚子态。予笑之曰："阿哥老成人哉！吾自憨态犹昔耳。"因复入室弄月，且弄且观，益觉其美，第恨吾弱于文，又弗能作绘事，不尔当草一记，名之曰弄月记，更调铅杀粉，绘一弄月图矣。

二十六日　晚餐既罢，方挑灯治手织物，姑丈至，为吾言一故事，吾女子闻之，可以兴起。姑丈曰："吾乡有一至高至坚之石室（乡名霞席，在广东凤城左近），登楼一望，全村历历在目。室四围皆桑麻，新碧中间以黄白，弥望都是。少远则为沙亭海，帆船无数，往来如织，帆影点点，远望似海鸥。村中富豪，以石室坚，各以贵重之物储藏其中，盖此村多盗贼也。守石室者为一女子，石室富于藏，盗贼睨伺已久，连劫三次，不得入。及第四次，又以百余人至，女闻声立醒，贼尚未入，急登天台，堆石子碎瓦于四周使高，贼攻之急，则尽推之下，以击贼，此瓦石盖平日备以御贼者。是晚，贼力攻之不少退，瓦石尽，死贼数十，攻益力，女虞不能支，心急甚，即力毁天台之围墙，墙圮，砖石雨下死贼无算。天将曙，贼遂退，生还者仅二十余人，临行大骂，谓将生得女而甘心，始泄今夕之愤，然是晚终不得石室也。明日村人俱来谢女，女不居功，至夜回忆贼临行言，颇中慑，因自经死，以身犹未字，惧受辱也。又明日，村人始觉，已不救，厚葬之，并立木主于石室之第一层，以为纪念。厥后每值盗贼攻石室，守者但呼守室女，胆力立为之壮云。"吾闻其事，吾敬石室女子御贼之勇，顾又怜其寂寂以死也。

附复书：

珠珠女士惠鉴：

损书谨悉，甚佩甚佩。拙著伦理小说，辱承加以刮目，赐以奖借，荣幸何如？唯舍《铁血女儿》《孝子碧血记》《绿衣女》外（诸篇均为杜撰，初非译作），尚有《卖花女郎》（见《妇女时报》第六期）、《阿母》（见《游戏杂志》第五期）、《孤星怨》（见《小说月报》第二年临时增刊）、《死声》（见《时报》短篇小说第二集）、《孝女歼仇记》（见《礼拜六》第三十五期）诸作，亦可参观。方今风颓俗敝，人欲横流，为人子女者，几不知孝之一字作何解释。往往自适其适，弃其所亲于弗顾，吾知他日必有人杀其父母于市上，而人且拍手哗赞之者，更指点其人啧啧相告语曰："此孝子也！此孝子也！"非吾过甚其词，将来或且有此一日，亦殊难必。女士方在髫年，已知孝亲之道，求之斯世，殊属难得。鹃也无状，能不心折？拜读尊著日记，措词造意，具见慧心，教孝教仁，用意良苦。属衍为小说，本拟遵命，唯是小说之作，情节与文字并重，尊著情节过少，滋难措手。用持删去数则，略加润色，与大札并刊《礼拜六》上，默揣尊意，或不谓然。然鹃以为女士之作，均无背于礼法，而有稗于世道。令师虽严，当亦不致以呵责相加。擅专之罪，尚祈恕之。兹于吾书结束之际，尚有忠告进之女士。昔苏格兰有女郎上书于英国大小说家乔治·密列狄司氏（George Meredith）（生1828年，卒1909年），求其墨迹，措词隽妙无伦，氏读之，颇为所动，立草一书为答，称许备至。末则谓女子凤慧，实属非福，端居多暇，尚宜多事运动，以强体魄，留为他日用云云。以鹃之不学无术，宁敢自比于密氏，顾不得不以密氏忠告苏格兰女郎之语，忠告女士俾善自保养，以成完才。他日者出其所学，光大女界，蜚声于吾大中华民国全土，即驽拙如鹃，尝与女士订一时文字之交者，亦有光矣。前途如锦，正复无量，幸为国自爱，余不白。

瘦鹃　谨上

烛影摇红

　　W城自被围以来，已半个多月了。城中的守兵，都是些幽并健儿，由N军中一个愚忠耿耿的老将统率着，死守这落日孤城，兀自不肯投降。虽有一般人眼见得城已危在旦夕，终于不能守了，劝他偃旗息鼓，好好地降了S军，一方面既保全了残军的性命，一方面也使枪林弹雨中的苦百姓得了救，岂不是两全其美？他们还愿意多多地贡献些金银玉帛，做那和平解决的代价咧。但那老将却执迷不悟，斩钉截铁的，一定不肯屈服下来。他说老夫奉主帅之命，死守着这座危城，城存俱存，城亡俱亡，万万不愿做降将军。谁敢逼我的，只要他有本领，请取了我这脑袋去，不然便教他看看我的宝刀。说客们经不得这一吓，一个个都吓退了。于是他老人家整理了他那百战余生的一万残兵，将几个城门牢牢守住，城墙上也团团守着兵士，备着炸弹，架着机关枪，把这W城守得像铁桶。

　　S军都是血气方刚的青年，本抱着"直捣黄龙与诸君痛饮"之志，如今见N军深沟高垒，顽抗不降，可就着恼起来。仗着他们新占据了邻近一座H城，有居高临下之势，便尽着把大炮轰将过来，日夜连珠似的轰轰不绝。一面又派了飞机，像苍鹰般在半空里盘旋，随时掷一个炸弹下来。可是炮弹和炸弹没有眼睛，N军并没受多大损失，偏又苦了许多小百姓。有的轰死了爸爸，有的炸伤了妈妈，有的吓疯了弟弟妹妹，弄得骨肉飘零，家庭离散。有的把住着的屋子给轰成了一片白地，累累如丧家之狗，无家可归，真的是可怜极了。

P门内一条L街，是炮火最烈的所在。街上的商店和住宅，差不多已轰去了十之五六，到处颓井断垣，伤心触目。在那瓦砾堆中，还可以看见一条腿，一条臂，或一个烂额焦头，露出在外。原来他们来不及逃出，被炮火连带轰死在内的。便是大街之上，也随处陈着残缺不全的尸体，血肉模糊，十分可怕。只为无人掩埋，天天日晒雨淋，发着恶臭。那些猫狗也不幸生在乱世，再没有鱼屑肉骨可吃，饿得没做理会处，可就不得不吃这些不新鲜的人肉了。

那时L街上一条巷中，有一家大户人家，叫作黄大户。他们是啬刻传家，好几代代代如此，所以拥了一百多万的家产，竟不大在外流通，只是积谷满仓，积金满箧，都保守在家门以内。那位主人翁黄守成确是个十足的守成之子，遵奉先人遗训，整日价躺在家里抽鸦片，看守家产。此外就舍不得再有花费，任是早上吃一碗大肉面，也得打着算盘算一算的。这一次战事起时，有几家亲戚都迁移到别处去了。当初也劝他们早自为计，奈何黄守成啬刻性成，生怕迁移时又要花费好一笔钱。而这么一所偌大住宅，无论一砖一瓦，都很爱惜，也是万万抛撇不下的。加着他平日对于这N军甚是信仰，以为旗开得胜，马到成功，料不到会一败涂地，使这W城陷于被围的地位。

就这么一二夜的工夫，N军被S军冲破了阵线，竟翻山倒海似的退下来，一径退入城中。仗着W城四面都是高高的城墙，即忙把各城户一齐关住，架了枪炮，总算把S军挡在城外。另有一部分N军，却折损了无数军马，仓仓皇皇地退向北方去了。黄守成这时要逃已逃不得，只索像L将军一样地死守。好在他家屋子大，围墙高，门户又坚固，只须炮火不来光临，此外强盗溃兵都可不怕。于是外边的风声虽急，谣言虽大，而他却好似被铜墙铁壁保护着，自管抽着鸦片，过他烟霞中的生活。

S军见N军死守着一座W城，困兽犹斗，大有坚持到底的样子，他们恨极了，决计要攻破了W城，来一个瓮中捉鳖。当下召集了敢死队，演讲一番，便分成几组，开始总攻击了。

　　那天半夜子时，敢死队分做了好几十班，每班由二人抬了一乘梯子，八人掩护着，每人都执着一支驳壳枪和一颗手榴弹，都向着城墙拼命前进，直到城下。但他们一路前去，城上守兵没命地把机关枪向下面扫射，牺牲了不少的人。但是死的死了，活的早又继续上去，毕竟有好多架梯子直竖地竖在墙上。那些不怕死的军官军士，都争先恐后地向上爬去，那城上的守兵不敢怠慢，便乱掷炸弹乱开机关枪抵敌。一时弹雨横飞，硝烟四布，可怜那些一身是胆的健儿，有的没爬上梯子先就倒地而死，有的爬上了一二级就跌下来，有的爬到了中间，蓦地中了弹，尸体便悬搁在梯格的中间。每一乘梯子下边，总得积着无数尸体，一堆堆全是模糊的血肉。而后来的人仍还勇气百倍地踏着尸体爬上去，然而能爬到梯顶的，却不过五六人。这五六人又因墙高梯短，不能爬上城墙。

　　内中有一二人仗着好身手，竟爬上墙了，便用手榴弹和驳壳枪击死近身的敌兵，但因后方没有人接踵而上，终于吃了敌弹跌下城墙去了。最壮烈的是一个营长，他奋勇先登，竟达到了梯子的顶上，口中只喊了一声"S军万岁"，而墙上一弹飞来，恰中了他的要害。这时他身上已受了好几处伤，还是攀住着墙死不放，军士们见不能接近梯子，便一个个叠肩而上。谁知那无情的炸弹和机关枪纷纷乱放，一行人都靠着梯子跌下去了，这一下子死伤了S军好几百人，血几乎染红了W城半堵城墙。

　　S军见爬城无效，便又利用飞机抛掷炸弹，又在H城中开大炮轰将过来，毁了无数屋子。全城时时起火，有一带热闹市场，几乎烧去了一半。数百年辛苦造成的大都会，很容易地随时破坏。受那炮火的洗礼，黄守成所住的L街，也已葬送了半条。所幸他的私产M巷，却还没有殃及。M巷中本有十一二户人家，除迁往别处去的以外，还剩有五六户，都因听信了房主黄守成不打紧的话，因此蹉跎下来。如今处在这水深火热的境界中，急得什么似的，不免要抱怨黄守成，都为他爱了房钱，才使他们如此挨苦。到得炮火最烈的当儿，便索性寻到黄氏门上来，要求守成保护他们。黄守成也因家里人口不多，而屋子很大，在这乱离时代便觉得冷清清阴惨惨的，一到晚上，常听得鬼哭。如今落得慷慨，让那些房客们进来同住，好热闹些儿。不过他有一个条件，凡是进来的，都须自备铺程伙食，到得食粮尽时，再行设法。大家一致赞同，那五六户房客当日便把值钱的东西以及铺程伙食，都搬到黄家来，只剩下些粗笨木器，就请铁将军把门。

黄守成的屋子前后三进，共有好几十间房间。那五六户房客一起有二十多人，住了几个房间，还是绰绰有余。黄守成自受了这回战祸的打击，脾气倒改好了不少，平日间他除了以一灯一枪一榻做伴外，亲戚朋友差不多不大见面的，如今倒和那些房客很合得来，一块儿谋安全的方法。他们把外面两扇大门和后门边门都堵塞住了，门上贴了迁移的字条，又警戒全屋子的人少出声音，小孩子更不许哭泣，务必装得像没有人居住的样子。火灶暂时不用，改用炭炉，以免烟囱中炊烟外冒，被人觑见。无论上下人等，绝对地禁止出外，窗上全糊了纸，不能外望。至于粮食一项，合在一起筹算，尽可支持半月。这么一来，他们倒也像那 L 将军一样地死守孤城了。

每天晚上，大家都聚在大厅中，闲谈解闷。电气早断了，只点着一支蜡烛，烛影摇红，照在他们憔悴的脸上，都现着一派忧虑恐怖之色。唯有那些未经忧患不知愁的小孩子们，还在憨嬉笑跃，听了那砰砰訇訇的枪炮之声，只当作新年的爆竹声咧。黄守成心中忧急而表面上安闲，他还是躺在红木杨妃榻上抽着鸦片，想起家里盈千累万的珍宝钱钞，不曾带得一丝一毫出去，虽然这所在目下前后堵塞，装做空屋的样子，不致有什么强盗式乱兵前来打劫，但那 S 军的大炮弹万一轰将过来，那就免不了玉石俱焚，连一家性命都不保咧。

但他虽是这么忧急着，而一面仍闲闲地安慰家中妻小和房客们道："你们不要着慌，我们守在这里是很安全的，只指望半个月后，兵事解决，城门一开，那我们仍可过太平日子了。"

大家听了，以为大财主的话总不错的，面上便略有喜色，而那些妇女们都南无①着手，不约而同地连念"阿弥陀佛"。

S军见N军既不肯投降，商人等奔走说项，希望和平解决，也仍是不得要领。虽常派飞机到来抛掷炸弹，而N军中有高射炮，也很厉害，有时倒反损失了自己飞机。大炮的力量，也不过轰去几间民房，引得城中有几处起火，此外没有多大的效力。没奈何便用封锁江面的方法，禁止船只往来，断绝城中一切食粮的接济。这一着可就凶了，W城中有二十万人民，全都起了恐慌。先还把白米当作粒粒珍珠似的，不敢煮饭，只煮些粥吃吃。末后这珍珠完了，连粥也没得吃。还有那些城墙上死守的饿兵，瘪着肚子不能打仗，不得不取给于民间。于是民间更痛苦了，凡是可以装饱肚子的东西，罗掘一空，全城猫狗都做了牺牲品，鸡鸭早已绝种，连鼠子也不大看见了。草根树皮都变作了席上之珍，只差得没有吃人罢了。可怜全城的饿人，都饿得面皮黄瘦，眼睛血红。有挨不下饿的，先就在刀上、绳上、河里、井里寻了死路。不肯寻死的，也终于饿死，每天总要饿死好几百人，街头巷口都有些人跌倒在那里，这真是一个人间的活地狱啊。

黄守成以为再守半个月，总可以解决这回战祸了。谁知半个月一瞥眼过去，依然如故。L将军挨着饿，还在那里死守，说："我有一口气存在，定要厮守到底的。"可是黄守成的食粮已断绝了，那些房客们的伙食不过支持得四五天，这十天来全是吃黄守成的。黄守成虽然肉痛，也无可如何，到此眼见得大家要挨饿了，家中虽有盈箱的珠钻宝石、无数的金银钱钞，竟不能当作粥饭吃，装饱他们的肚子。没奈何只得派一个下人揣了二百块钱，悄悄地由边门中出去，上街去买米买菜。谁知踏遍了整个W城，却一些都买不到，

---

① 指双手合十。

仍是原封不动地带了二百块钱回来。这一下子可把黄守成他们急死了，眼看着珠钻宝石、金银钱钞，只索生生地饿死。

夜夜烛影摇红，照着这一片愁惨之境。他们已五天未进粒米了，只借着水充饥。小孩子们饿得哭也哭不出来，倒在地上呻吟，有一家房客的八十岁老太太，挨不过去，只余奄奄一息。这一夜连蜡烛也剩了最后的一支了，明夜不知如何过去。内中有几家已怀了死志，预备过这最后的一夜，一等到天明时，便与世长辞。这夜，全屋子的人一起都聚在大厅中，守着那支最后的蜡烛，看它一分分短将下去。那时除了呻吟和愁叹声外，谁也说不出一句话。

夜半过后，烛已短了一半，黄守成抱着他两个呻吟不绝的儿子，呜咽着说道："想不到我黄守成拥着百万家产，今天竟一家饿死在这里。唉，我深悔平日间抹掉了良心，积下这许多不义之财，临死时还得向上天忏悔一番，求他老人家格外超豁，不要把我打到十八层地狱里去。"

那些房客们听了黄守成忏悔的话，都不由得心动，各自想起生平的罪孽来。当下有一个姓徐的房客长叹了一声道："唉，早知有今日的一天，我又何必夺人之爱呢？我的妻在未嫁我时，本来爱着一位很有希望的书生，两下里已有了白头之约。我因见伊貌美，仗着和伊家是多年邻居，便劫持着伊的父母，硬把伊娶了，累得那书生远走高飞，心碎肠断而去。而我妻嫁了我，也兀自郁郁不乐，那花朵似的娇脸，早一年年地憔悴下来。唉，我可葬送了伊的一生咧。"他这样说着，壁角里一个妇人背着烛影，嘤嘤地啜泣起来。

当下又有一位姓洪的老者也眼泪梗塞了喉管，接口说道："徐先生，你说起了这婚姻的事，我也抱疚于心，一辈子不能忘怀。我大女儿阿雪，伊原是个绝顶聪明的女子，由中学毕业后，有一个女同学的哥子求婚于伊，伊也爱上他了。临了来要求我答应伊们俩的婚姻，我因女孩家擅作主张，私定终身，不由得大发雷霆，绝对不答应伊的要求。伊羞愤已极，整整痛哭了一日一夜，第二天竟投缳而死。至今想来，我那阿雪死后突眼吐舌的惨状，还历历如在目前。我犯了这样的罪恶，活该今天挨受这种死不得活不得的痛苦啊。"

大家在烛光中瞧见他那张皱纹重叠的脸上，湿润润地全是泪痕。这当儿人人知道自己去死不远，都扪着一线未绝的天良，将平生罪恶供招出来。有不孝他父母的，此时便跪在二老跟前，叩头求恕。有妇人平日间不管家事，得丈夫血汗换来的金钱胡乱挥霍的，到此也哭着向丈夫赔话，数说自己种种的不是。总之在这大限临头、万念俱灰之际，人人都想返璞归真，做一个完全的好人，去见造物之主。

　　蜡烛一分分短下去，只剩了三分之一。蜡泪和人泪同流，连光儿也晕做了惨红之色，照着这二三十个将死未死的饿人，东倒西歪的，真好似入了饿鬼道中。一会儿忽有人放声哭了起来，原来那只余奄奄一息的八十岁老太太，已先自和这惨苦的世界告别了。

　　黄守成忙喝止那哭的道："哭什么！老太太好福气，先走一步，我们还该庆贺一番才是。"于是哭的不哭了，大家只是惨默不语。

　　烛影摇红，可也红不多时的。到得蜡完时，焰熄了，光也灭了。大家在那蜡烛摇摇欲灭最后的一刹那间，禁不住都低低地惊呼了一声，仿佛他们身中的活火与生命之光，也随着这蜡烛同时熄灭了。那时天还没有亮，他们都伏在黑暗中，呻吟的声音渐渐提高，此唱彼和的，蔚成了一种悲惨的音乐。

　　好容易挨过了两点钟光景，一缕晨曦才从东方的天空中吐了出来。

　　黄守成陡地从杨妃榻上跳起来道："咦，我还没有死么？"

　　其余的人有哭的，有呻吟的，也有一二人狂笑的，那简直是疯了。

　　他们正在略略动弹的当儿，猛听得门外起了一片欢呼之声道："兵退了，兵退了，城门开了，城门开了。"

　　黄守成第一个听得清楚，喊一声"奇怪"，急忙赶到一扇窗前，揭开了窗纸向外一望。果然见巷外大街上有许多人在那里狂跳狂喊，似有一派欢欣鼓舞的气象。他长长吐了一口气，自知这一条价值百万的性命已得救了。于是回过来向大众说道："兵退了，城门开了，我们的性命也保住了。快快开了门，大家各自回家去。你们在我家里住好多天，也吃了我好几天，这笔账回头派账房来算吧。"

当时那姓徐的也霍地跳了起来，揪住了他妻子一把头发，吆喝着道："回家去，回家去，服侍我洗脚要紧。"

那个姓洪的老者，也笑逐颜开地拉了他小女儿的手，说道："好好，我们又可活命了。过一天我便同你拣一个丈夫，好好地嫁你出去。但你要是自己去拣丈夫，那我可不答应的。"

那时那先前叩头求恕、自称不孝的好儿子，也抛下了他父母，跳跳踪踪地跑出大门，寻他们的淫朋狎友去了。而先前向丈夫数说自己种种不是的妇人，也满心欢喜，打算日后如何地约着小姊姊们，舒舒服服打他三夜的"麻雀"咧。

身中的活火又烧起来了，生命之光又渐渐地明了。他们早忘了那烛影摇红的恐怖之夜，他们早忘了那烛影摇红的最后一刹那。

噫之尾声

——噫，病矣

　　看官们请了，在下前几天不是曾经有过八篇短篇的哀情小说，总名唤作《噫》的么？瑟瑟哀音，流于言外，滔滔泪海，泻入行间，想看官们读了，也曾掉过几行眼泪，叹过几口气来。不道吾叹了这八口不舒不畅的鸟气，却惹了一场不大不小的恶病。这一病中，发生了无限的感触，明白了许多的事理，搁了好几天的笔墨，受了一大番的痛苦。

　　看官们要知道，吾们这笔耕墨耨的生活，委实和苦力人没有什么分别，不过他们是自食其力，吾们是自食其心罢咧。就这小说家三字的头衔，也没甚稀罕，仔细一想，实是小热昏的代名词。那林琴南啊，天笑生啊，天虚我生啊，便是小热昏里头的名角儿，可以进得玄妙观，上得城隍庙，当着千千万万的人，舌灿莲花地说他一大篇。

　　至于在下呢，只索向荒村寒市老虎灶上、冷壁角里敲敲破铜钱，嚼嚼烂舌根，给乡下人开开笑口，替小孩子寻寻快乐，也不敢老着脸，挂什么小说巨子著作等身的大招牌。虽然偶一挂之，还不妨事，然而挂了之后，反觉问心多愧，还是不挂的好。况且像在下这么个后生小子，肚子里空洞洞地没什么东西，恰合着当代大小说家恽铁樵先生所谓"才解涂鸦，侈谈著述"的八个字，其实在下连鸦儿也涂不相像，不然吾就学吾老友丁慕琴捅着画笔画板做画家咧。至于在下的文稿，一股脑儿都是废物，既不合覆酱瓿，也不配糊纸窗，因为在下的稿纸，都是蓝格子的洋簿纸，覆瓿嫌它不伏贴，糊窗又嫌它太厚笨，不比桑皮纸那么透明耐久。幸而那些编辑小说的先生们，大约都是慈善家，见了吾这些呕心剜血的文稿，往往赏收，没有退回来的，因此吾一家的生计倒还过得去，吾的心儿脑儿虽然苦了些，吾和家人们的身儿总算暖了，肚儿总算饱了。

不料天有不测风云，人有旦夕祸福，这回没来由生了一场病，却累我受了个很大的损失。原来吾除了投稿以外，还在中华书局编辑所里当一个译员，局中定例，有人不到一天，便扣他一天薪水，还把年底的双俸上也扣去一天，吾如今不到了六七天，一扣倒是个大数目。这局中每月的薪水，吾自己委实分文不用，全个儿给吾母亲，作为甘旨。

吾说起了母亲，理应替看官们介绍介绍，吾母亲实在是世界上天字第一号温柔敦厚、恺恻仁慈的母亲，并且吾的母亲，不比人家有福儿郎的母亲，她却是从十五年的眼泪、十五年的辛苦中磨炼过来的。看官们啊，在下此刻把眼泪滴在墨水壶中，把泪墨和在一起，细细写出来告诉你们：

在下生来就是个不幸之人，六岁上没了父亲，阿母茕茕寡鹄，何等凄凉！膝下除了在下以外，还有一个哥哥、一个妹妹和一个襁褓里出生两个月的小弟弟。要是吾家放着几个钱，我母亲就可以减轻许多的担负，偏偏吾家又是个赤贫之家，便是父亲身后，也多半借重亲戚朋友的大力。可怜从此以后，这一副千斤重担就全搁在吾母亲肩上。天天靠着十指，孜孜力作，尝遍了世味辛酸，抚育到吾们长大。吾现在居然二十一岁了，只想起了二十年慈母劬劳，眼泪就禁不住滚出来了。平日间吾虽不敢说曲尽孝道，但是母亲一言一语，吾总不肯违拗，不论什么大小的事，吾总不敢使她有些儿不快乐。她不快乐时，吾总竭力使她快乐，她快乐时，吾便和着她一块儿快乐。吾每月的薪水，得来就交给她，不短少一个大钱，不耽搁一个黄昏，使她过这安心的日子，不再像从前的忧急。吾单尽了这一点做儿子的本分，母亲已不住地当着人家说吾孝顺。

咳，看官们啊，说起了一个孝字，吾又勾起一肚皮的牢骚。你瞧上海这么大的地方，许多青年子弟竟全把"孝子"两个字弄错了，说孝子是老子娘孝顺儿子，并不是儿子孝顺老子娘。其实呢，"孝子"两个字，是古人用来称呼那些孝顺父母的人，所以这孝字是形容词，并不是动词，分得很清楚的。奈何人欲横流，正教扫地，瞧这富贵场中的孝子，本来没有，就是贫民窟里，也很难得。据吾眼中所见，姑且说两件给看官们听听。

吾有一个亲戚住在城里，这亲戚家的房东已好几年没了她当家的，膝下单有一个儿子，手头也着实有几个钱。平日间这做儿子的吃得好，穿得好，出去时俨然是个名门大户的公子哥儿。十九岁上，他母亲就取出一大注钱，替他娶了老婆，他似乎得意，也似乎不得意。那时他在一家药房里办事，每月的薪水约有二十块钱，但这是他自己的零用，从没一文钱到家的。过了一时，他在外边渐渐儿放肆了，这位哥儿原是喜欢阔绰的，花柳场中不免也去走走，似乎不走就算不得个哥儿。奈何每月的薪水不够他挥霍，就慢慢儿地欠起债来，可是债这样东西，生殖力最富最快，一天积一天，一天多一天，到头来竟合着俗语说的，欠了一屁股两胁子的债咧。幸而到了节上，有他母亲出来算账，但他对他母亲丝毫没有感激之心，便是他母亲的一言半语，也不肯依从。

一年以后，居然得了个儿子，他母亲好不快乐，他却依旧在外边乱混。混了几时，忽地说有一个好友荐他做什么洋行里的买办了，当下天花乱坠地说了一阵，向他母亲要了三四百块钱，作为应酬之用。他母亲听了，快乐得了不得，自然没有不依的。从此以后，他就把窑子当作了自己的家，成日成夜地盘踞在里头，和酒连绵，天天不断。这样花天酒地地混了两个多礼拜，他那朋友早在暗地里吐舌，想他没有做买办，先是如此的阔绰，做了买办可了不得，因此就不敢荐他，后来这事就渐渐变作了空花泡影。他倒也不很可惜，只管天天在窑子里喝酒赌钱，索性把母亲妻子都忘怀了。他母亲夜夜到窑子里找他，有时他从后门逃了，有时躲不了，只得一块儿回家，便深更半夜地大骂，说死也愿意死在外边。他母亲奈何他不得，只得听他出去。过了十几天，却有人上门来替他说亲，他在外边说死了老婆，预备娶续弦呢。他母亲听了，直气得个发昏。

唉，这种不孝之子，不知道碎了天下多少慈母的心儿咧。过后在下微微听得人家说起这位老太太，从前也不十分孝顺她母亲。她母亲老了，没有依傍，没奈何靠着她过日子，她却把一间秽气薰蒸的柴间给她母亲做卧房，一日三餐，也嫌她母亲肮脏，不准她母亲坐在一块儿吃，只在碟子底里分些饭餐给她，有时心里不自在，便把她母亲哼哈着出气，她母亲病了，也不好好儿去服侍她，到头来竟把这老婆婆活活气死。吾听了不觉点头微唱了一声，想这也是个报应，自己不尽了孝道，将来便吃儿女们的苦。

看官们，这是富贵场中一段故事，以下便讲到贫民窟里去了。

两三年前，吾家常常有一个老婆子来走动，不知道她姓什么，只听得吾母亲唤她阿华的娘。她来时总提着一只旧竹篮，篮里放着几枝不值钱的花，有时也有四五枝白兰花。瞧她样儿，已有七十多岁，脸儿又枯又黄，满嵌着皱纹，几根头发已从白的泛做了黄，背曲得好像一张弓，身上的衣服更是破碎不全，脚上也没有鞋穿，只拖着一双破草鞋。吾母亲很可怜见她，常做成她几枝花，且给她喝一杯茶，润润枯喉，教她休息一下子，她坐了叹了一会苦，也就称谢去了。

往后吾听得母亲说起，这可怜的老婆婆养了个不孝的儿子，所以头发白了，还须自己寻饭吃。她儿子名唤阿华，是个黄包车夫，赚了钱不养老母，只顾自己抽鸦片，鸦片越抽越多，良心越薰越黑，觉得他的身体是从鸦片烟缸里熬出来的，和旁的人毫不相干，逼得他白发萧萧的七十岁老娘，日上街头卖花去了。但卖花也须本钱，可怜这老婆子哪里有什么钱？七拼八凑，只有五六个铜圆，乱买了些贱值的花，勉强撑着几根老骨头，把上海城内的大街小巷走了一半，一边走着，一边声嘶力竭地喊卖花。可恨那些红楼窗畔的娇娃，只爱那娇音清脆的吴侬，这肮脏老婆子休想承她们的青眼，所以这老婆子跑了半天，花总卖不完。就是卖去的几朵，也很费力，除了花之外，还须加上几句"大慈大悲救苦救难"的可怜话，人家激动了慈悲心，才勉强买她几朵。到了十一点钟左右，她总提着卖剩的花赶到吾家来，求吾们作成她，吾们不忍推却，便叫她吃了饭去，有时多给她几个钱，教她好好回去。

她回去时，一路上瞧见垃圾堆里有几片菜皮，便拣在篮里，又买一些油，籴几粒米，带回去烧一些粥吃，听说她每天从没有吃过三顿的。她住的所在，不消说是一所七穿八洞的小屋子，阴天不遮雨水，晴天不遮日光，晚上躺在冷冰冰的破床上，做她辛酸劳困的苦梦。那位不养老母的孝子，也不去张她一张。

过了几时，不知怎么，那老婆子不到吾家来了，吾们很为咤异，问人家才知道，她七十多年的苦生活已经做完了。她临死时很想她儿子，盼望着见最后的一面，奈何她儿子到底不来。她死了之后，两个眼儿还张得大大的，望着那扇破门，尸身搁了三昼夜，才给善堂里收拾了去。

这两段故事，都是说母子间的，还有父子间、母女间、父女间的事，吾也见得很多。只恨在下有一个恶习，凡事说开了场，便像自来水坏了龙头，要阻住这滔滔汩汩的水，一时很难措手。这小小一本《礼拜六》里头，可不能听吾一个人回翔，如今索性不说了。不说了故事，却要和看官们谈几句天。

看官们不是都有父亲母亲的么？看官们读书明理，不是都很孝顺父亲母亲的么？刚才听了吾两段故事，不是都切齿痛恨那两个逆子的么？唉，凡人立足在这世界上，哪一个没有父母？既有父母，哪一个不该尽孝？但想吾们的身体、吾们的名誉、吾们的事业，都出于父母之赐。吾们从小儿长大起来，不知累父母抛了多少心血，所以吾们一辈子所最宝贵的，就是这一个父亲、一个母亲。这一个父亲、一个母亲没有了，任你上天下地，任你万唤千呼，休想见他们回来。可怜在下六岁没了父亲，如今连父亲的声音笑貌，几乎追想不起来，然而吾又从哪里去寻他呢？看官们好福气，既有父亲，又有母亲，该像夜明珠般时时捧着，别放他从手缝里滑去了。

在下说到这里，有几位不耐烦的朋友跳起来嚷道："啥，瘦鹃你这篇小说标题的，分明是说你的病。如今你丢了病不说，却海阔天空地说出一篇大道理来，岂不是去题万里？"在下只得长揖谢罪道："对不起，对不起。"但在下做这篇小说，着眼实在一个孝字，因为一病十日，眼见得慈母劬劳，心中一百二十个过不去。又把吾慈母的心，揣测天下慈母的心，想来都是一样。大凡做父母的，人人爱他儿子，做儿子的，自然也该人人爱他父母，因此在下不辞瘏口，说这一大篇话。不然，在下生了病，有什么大惊小怪？万一死了，难道还要世界各国替吾举哀么？

若讲吾的病，便起源在那前四个《噫》出版的前一天。那天起身时，微觉头痛，并且有些儿发热，吾毫不在意，照常出去做事。第二天依旧发热，吾也仍然出去。第三天是礼拜日，无须出去奔波，无意中却发现了却尔司狄根司的一篇短篇小说，名儿叫作一个"星"字。吾们做小说的人，一见了欧美名家的著作，仿佛老饕见了猩唇熊掌，立刻涎垂三尺，在下又生就是个性急鬼，那《水浒传》上的霹雳火秦明，也得拱手唤吾一声"大哥"。当下吾发一个狠，想今天决不能轻轻放它过去，便拈起一支笔来，动手就写。写不到几行，恰有一个朋友到来，吾做事原不求静的，一边和他讲话，一边只管写，忙了半天，居然被吾译完。微微觉得乏力，便上床去将息一会。

不道正在这当儿，吾母亲可巧趱到吾房里来，顿时大惊，因为吾平日间从不睡中觉，这一睡分明是生病的证据。大凡天下做母亲的，见了儿子生病，直比自己生病还加上几倍着急。当下吾母亲就使出她提痧的老法儿来，说在脖子上提了痧，便能发泄痧气。吾不敢违拗，直僵僵躺着，听她提去。霎时间记起吾八九岁时生病，母亲捉着吾提痧，吾直着嗓子杀猪般喊救命，一边又破口大骂，骂天骂地，把什么都骂到，只除了父母不敢乱骂，百忙中却想起了读的书上"天地日月山水土木牛羊鸡犬"十二个字，吾便骂了天地，又骂日月，索性把下列四项唱歌似的一连串骂了起来。心中又想平日里吾手上被蚊虫咬了个小疙瘩，母亲就疼惜得了不得，如今吾又生了病，怎么她倒忍心下这毒手？吾猛然醒悟过来，才知道这也是慈母爱子之心呢。

如今且说吾母亲用力提了十多分钟，颈儿上已现了十九条血红的痕儿，吾倒也不觉得十分痛楚，过后吾就躺在床上，不再起身。这一夜吾母亲简直没有好睡，时时过来问吾觉得怎样，吾只求她安心，总回说很舒服。

挨过了这一夜，礼拜一、礼拜二两天，吾热病还没有退，却依旧支持着出去，因为吾一天不出去，于经济上很有影响，这也是吾体恤母亲的微意。然而母亲也很体恤吾，说吾所赚的钱，块块都是把心血脑汁换来的呢。礼拜二我到了书局里，不防吾一年来没有发过的胃病，趁这当儿明火执仗地反了起来，只听得喉咙里嗯嗯嗯不住地作响。午餐时，单喝了一浅碗的薄粥，喝了之后，不能坐下，只得像磨旋般走着，走了一点多钟，仍然觉得不舒服，这肚子里还是嗯嗯作响。吾暗暗埋怨道："算咧算咧，一年来吾吃了你多少苦，你到说是嗯嗯嗯，怪不得中华民国谢恩折子的多咧。"

这天三点半钟，吾赶到一位医友张近枢君那边，请他替吾开了一张药方，后来吾喝了三瓶药水、半瓶药粉，果然好了许多。礼拜三那天，吾的热病不但没有退，反加上了些。这天早上，吾母亲执意不肯放吾出去，说再放你出去，就对不起你了。那时吾自己也觉得有些支持不住，头虽没有顶着石臼那般重，却也可以比得顶着一个挺大的水晶墨水壶。

吾母亲没了主意，大白天守着吾，愁容满面，连饭量也减了许多。晚餐时，吾勉强灌了一碗薄粥下去，桌子上放着昨天祭祖下来的菜，瞧那一些肥鱼大肉，仿佛向着吾傻笑，教吾尝尝它们的味。吾只向它们皱眉。八点半钟，吾就登床睡了，谁知翻来覆去，把被儿翻了十七八个身，休想进黑甜乡一步，似乎病魔履了新任，那睡魔便该辞职而去咧。但吾不能安睡，还有一个缘由，因为吾的脑儿分外勤敏，不肯休息一二分钟，一会儿想这个，一会儿又想那个，种种思潮汹涌而来，好似"群山万壑赴荆门"。吾母亲又时时蹑手蹑脚地过来瞧吾，吾只得装假睡哄她，要是她知道了吾不能安睡，又得长夜无眠厮守着吾咧，母亲见吾睡着，才又蹑手蹑脚地过去。无奈吾的假睡，不能变作真睡，转侧到了三点多钟，两眼仍然像鱼目炯炯地合不拢来。吾心里恨极，就把盖着的被儿狠命踢去。

这一踢不打紧，却听得天崩地塌的一声。看官们别吃惊，并不是在下的床儿坍了，不瞒看官们说，在下平日很喜欢买书，一向收罗得不少，书橱里早已装满了，还有一小半竟没有安身之所，吾就把床的一角借给它们打了个临时公馆。那些书新的旧的一概都有，大半是欧美名家的小说，英国有施各德、狄更司，法国有嚣俄、大仲马，美国有欧文、霍桑，俄国有托尔斯泰，旁的短篇杂作，也都出于名家之手，还有好几种杂志的年刊聚在一起，高高地叠着。吾想吾们中国古时，每逢大战之后，总把阵亡将上的遗骸筑一个京观，表示他们的丰功伟烈，现在吾这一大堆书，倒好说得是欧美大文学家脑血的京观。只恨吾睡品一向不大端正，睡到兴头上，两只脚便写起擘窠大字来，把这座京观踢坍，朦胧里还当是天坍呢。

吾唬怔了，悄悄起来，收拾了书。过了约莫半点钟，母亲早又来了，吾只得再装假睡，母亲蹑足走到床前，轻轻地揭开了帐儿，伸手在吾额上按了一会，微唱一声走了开去，又在暗中呆立了一会，才慢吞吞地去了。吾见母亲为了吾如此不安，心里头好不难受，后来不知怎么，却渐渐进了睡乡。

明天起身时，病体依然，午后请了一个中国医生来疗治，据说是暑湿，一时不能全愈。医生去后，吾斜靠着安乐椅心中乱想，想吾往常和吾那好友丁慕琴同游同息，和兄弟没甚分别，吾一病他定然寂寞得多，幸而他身体比吾好些，跳跳踪踪的，活像一只蚱蜢，吾如今却奄奄地坐在这椅上，直变作了一条僵蚕咧。

停了一会儿，那屋角上一抹黄金色的斜阳，已化作了胭脂，吾兀坐了好久，微觉烦闷，趄到玻璃窗前，向远处绿油油的树影和红喷喷的屋脊望着。

猛可里听得下边大门呀地开了，走进三个人来，吾一眼瞧见，那大大方方的是王钝根，摇摇摆摆的是李常觉，后边那个跳跳踪踪的，不消说是丁慕琴了。一会儿三人已掬着三个笑脸到吾楼上，先问病情，后谈闲事，吾们虽只三日不见，却已好比三年，此时见了分外的亲热，接着说东话西，直到夜色上时，才各别去。临去时吾还向他们说今天承你们福禄寿三星，一同照临，吾的病包管就好，并且心里也觉爽快欢喜得多，似乎喝了三星牌白兰地酒，看了《三星牌》（影戏名）影戏片呢。

夜中吃了那医生的药，裹了被儿，立刻就睡，望他出一身大汗，发散那热病。天气虽热，吾也不管，一直挨到十二点钟，已把全身浸在汗里，两件短衫一条衬裤都湿透了。

谁知正在这时，那不知趣的臭虫先生却趁着静夜无声，三军一时齐发，向着裤管里袖口里进行。原来吾往年住在法租界时，吾的铁床不幸结交了这几个损友，一路追随到此，相依不去，见了吾这许多书，就钻在里头打起公馆来。吾笑它们倒很好学，也在那里拜读欧美名家的小说。只禁不得它们聚族而居，十年生聚、十年教训起来，吾这身子，怕要给它们扛了走咧。它们要是伏在里头不出来闹，倒也罢了，无奈它们也染了贪官奸商的恶习，最喜欢吸人的血，因此吾有几回早上起身时，总见腿上臂上好似《礼拜六》的底稿，装着许多大红的密点。吾只把花露水搽他几回，便也不大在意。此刻却熬不住了，立时跳起身来，换掉了湿衣服，躺到沙发上去。

那时吾母亲还忙着煎药烧茶，没有安睡，后来竟在沙发旁边的地板上铺了一条席子睡下。吾苦苦劝她睡到床上去，母亲却说："天气热，不打紧，半夜里你要茶要水，也方便些。"吾拗不过她，只得听她。

这一夜她几次三番地坐起来瞧吾，有时问吾"口渴么"，有时问吾"身上冷么"，有时又问吾"可能安睡"，瞧她那颗心，简直全个用在儿子身上。唉，慈母深恩，真叫人一辈子刻骨镂心，忘不了呢。

一夜过去，曙光又出现了，可恨吾的热病没有退，看官们倒觉得厌烦了，吾只得长话短说。一连好几天，吾抱病坐在家里，外边的一切景物一概不能瞧见，仿佛做了囚犯，监禁在牢狱里头，不过那看守吾的狱卒，委实踏遍了世界也找不到的。并且还有许多好友不时来探监，也有写信来，很恳切地慰问吾，真使吾感激涕零，自思此身没有价值，受人家如此怜惜呢。

吾每天日中很难排遣，或在椅上坐一会儿，或在床上躺一下子，但是吾心儿脑儿往往不肯休息。那天，花板和帐子顶都是吾制造小说的机器，坐着望了天花板，一阵子胡思乱想，一篇小说就打成草图了；躺着望了帐子顶一阵子胡思乱想，又是一篇小说打成草图了。若要好好儿睡一会，那是很难得的事，夜中也必须用了强制工夫方能入睡。只吾偏又是个很多感触的人，在枕头上听了那浅红玻璃胆瓶里晚香球残花飘落的声音，吾便多一重感触；听了小桌子上那只古铜爱神钟嘀嘀嗒嗒的声音，吾又多一重感触；听了那玻璃窗上苍蝇营营飞集的声音，吾又多一重感触；听了隔壁那一家的夫妇勃谿的声音，吾又多一重感触；见一个蜘蛛在窗上张了网儿捕苍蝇，苍蝇竟会投到它网中去，吾又多一重感触；见那天一会儿晴，一会儿雨，倏忽更变，吾又多一重感触。一天到晚吾总有无限的感触，末后知道这种种感触，都从静中发生。于是吾又向钢笔墨水壶讨生活，每天两三点钟时写他二三十行，就把吾的病做了上去，过了几天，居然全篇告成，便叫它做《噫，病矣》，算是吾前八《噫》的尾声了。

写罢之后，吾坐在安乐椅上休息，直到六七点钟，撑着两个眸子，只见这紫罗兰的天上已满布了霞彩，好似笼着粉红的轻纱，那残阳已移到吾的屋角上，浑似包了一重黄铜皮，一会儿这黄铜皮忽地剥落了，飞上了一道道玫瑰色的光。吾兀是痴痴望着，就中仿佛瞧见过去未来的种种幻象，也有乐观，也有悲观，也有积极，也有消极。吾望了一会，又多了一重感触，末后玫瑰的光已化为乌有，半天上早下了墨幕。吾私心盼望，明天吾的病就好了，好几天闷在家里，恨不得跳出空气层，到旁的星球里去玩他一玩呢。

那时吾母亲也在窗前呆呆地立了好久，把肘儿靠在窗槛上，支着颐，痴望着半天鸦影。吾侧了头瞧她，只见她眉儿打了结，神气非常索漠，知道这几天来已为吾忧急得了不得。吾不觉微微叹了一口气，母亲听了，立时回过她瘦靥来瞧吾。

唉，母亲已瘦得多咧！可怜她天天不但忧急，更是忙碌，为了吾求天求地，求仙求鬼，想打退吾的病魔。吾生了这一场病，脸儿瘦了一壳；谁知她也好似生了一场病，脸儿瘦得更凶，这真难为她咧！在下呢，忙里偷闲，靠着这场病，总算享了好几天可怜的清福，只是苦了吾的母亲。

.

西市辇尸记

西市者，犹俗称洋场之谓也。夫以纷华缛丽之洋场，而忽有伏尸流血之惨事。寡妇孤儿，哭声动地，谁实为之，乃至于此？吾草斯篇，吾心滋痛已。

最后的一抹斜阳，下去已半点多钟了。天空中黑魆魆的，似乎遮上了一重黑幕。壁上的一架挂钟，铿铿地报了七下，屋中所有电灯都霍地旋明了。那黄金色的灯光从玻璃窗中透送出来，似乎含着无限乐意。客堂中一盏璎珞四垂的电灯下，写出两个人影。一个是二十一二岁的少妇，一个是五十左右的中年妇人。

那中年妇人望了望壁上的挂钟，说道："此刻已七点多了，松儿怎么还不回来？这十天来，他不是每天六点钟就回家么？"

少妇道："是的，他今天也许店中有事，所以回来得迟了；但我们可唤王妈先端上饭菜来，等着他，谅来他一会儿也就来咧。但婆婆肚子饿了，请先吃吧。"说着走到屏门旁，莺声呖呖地唤道："王妈，你先把饭菜端上来，给太太盛一碗饭。"

那中年妇人露出很慈祥的笑脸说道："新奶奶，你也尽可先吃，不用等他，他万一在外面吃了回来，可不是白等么？"

少妇摇头道："不，我不饿，多等一会不打紧。"

这当儿，那花白头发的老王妈已端了一盘热气腾腾的饭菜，到客堂中来，直到那八仙桌旁。少妇即忙站起身来，助着老王妈把盘中四样菜端在桌上，含笑说道："今天这四样菜，冬瓜火腿汤，黄瓜炒虾，咸蛋燉肉，卷心菜，都是他爱吃的。今晚回来，又得多吃一碗饭了。"说时，从一个小抽斗中取出一双银镶象牙箸来，抹了又抹，安放在空座前面，又放了一只银匙，心中一边很恳切地等伊丈夫回来。而且伊们新婚以来，不过半月，正在甜蜜蜜的蜜月之中。一块儿用晚餐，原是一件极寻常的事，只为新婚燕尔，倒也瞧作日常的一种幸福。况且丈夫在早上九点钟出去，午饭是在店中吃的，到此时已足足有十一个钟头没见面。等他回来时同用晚餐，载言载笑，觉得分外的有味。

　　老王妈又端上一碗饭来，说道："太太先吃吧。"

　　中年妇人道："松儿就得回来，我也不妨等一会。"

　　少妇忙道："婆婆请先吃，吃着等也是一样。"

　　伊婆婆一边吃饭，一边笑说道："新奶奶，你过门不过半个月，怎么已知道松儿的口味了？"

　　伊也带笑答道："这是他前晚对我说的。一年四季他所爱吃的菜，我大概都有些知道了。"一面这样说，一面望着钟，估量伊丈夫此时总已在路上，正催着那黄包车夫拉得快，不一会就叩门咧。

　　正在这时，猛听得一阵叩门之声，来势甚是急促。伊心中一喜，亲自赶出去开。门开处，却气急败坏地撞进一个人来，没口子地嚷道："不——不好了，不——不好了！你们柴先生被人打死了。"

　　伊立在一旁暗暗好笑，想哪里来的冒失鬼，喝醉了酒，好端端赶来咒人。此时那老太太却已认明来人正是伊儿子商店中的一个伙计，便立时放下饭碗，赤紧地问道："你怎么说，可是我儿子身上出了什么岔子么？"

　　那伙计喘息着答道："是啊，柴先生死了，是被人打死的。还是三点多钟死的。我们先还不知道。只听得市上闹了个很大的乱子，说什么外国巡捕放枪，死伤好几个学生罢了。柴先生是三点钟出去接洽一笔进货的，谁知等到六点钟还不见他回来，心知凶多吉少，怕也死于非命。店中便派我出去一打听。据说死的都已送往验尸场去了。我再赶往验尸场一瞧，果然见几具死尸，柴先生也在其内。"

老太太听到这里，放声哭了；伊也惨叫了一声，陡地晕倒在地。可怜那象牙箸银匙，还空陈在桌子上，而他所爱吃的咸蛋燉肉、冬瓜火腿汤，已渐渐地冷了。

晓风残月，伴着这新婚半月的小寡妇，披麻戴孝，凄凄惶惶地赶到验尸场去。那昨晚报信的伙计自也陪伴伊同去。经过了一番请求的手续，许伊领尸回去。可怜伊昨夜已痛哭了一夜，眼泪早哭干了。此时眼瞧着那血渍模糊、口眼未闭的丈夫，只是一声声地干号。

伊唤着他的名字，摩挲着他冰冷的面颊，又不住地问道："为什么要杀死他，他有什么罪？"

然而验尸场中只陈着死人，四下里鸦雀无声，无人作答。

那伙计很会张罗，不肯怠慢了死后的掌柜先生，出重价租了一辆轿式汽车来，载着那尸体回去。伊坐在车中，抚着这亲爱的丈夫，还是一声声地干号着。她那脑府中，像影戏般映出一个影像来。那天是在半月以前，他们在大旅馆中行过了结婚礼，同坐着那花团锦簇的汽车回家去，不是也像这么一辆汽车么？伊捧着一个花球，低鬟坐着，鼻子里闻着一阵阵的花香，沁入心坎，正和伊的心一样甜美。车轮辘辘地碾动，似乎带着无限的幸福，随伊同去。伊在绿云鬟下，斜过星眼去偷瞧他时，见他正目不转睛地对伊瞧着，真个春风满面，快意极了。接着又觉得他伸过手来，握住伊的纤手，又凑近耳边来，柔声问道："你辛苦了一天，可觉得乏么？"伊娇羞不胜的，回不出话，只微微摇了摇头。伊想到这里，吃吃地笑了。便又斜过星眼去，偷瞧伊身旁的新郎，却见已变作了一具血渍模糊的尸体，张着口眼，甚是可怕。伊狂叫一声，扑倒在尸体上，又放声问道："为什么要杀死他，他有什么罪？"然而市街中车马奔腾，无人作答。

缞帐高悬，陈尸在室。尸身上袍褂鞋帽，都已穿着好了。早哭坏了个慈祥的老母，只对着伊爱子之尸作无声之泣。那半个月的新妇，也早已哭得死去活来，疯疯癫癫地伏在尸身上，不肯离开。还凑近了那灰白的死脸，嘶声问道："你出去了，早些回来，我们等着你吃夜饭的。你想吃什么菜，咸蛋燉肉、冬瓜火腿汤，好么？"伊见他默然不答，才知他已死，便又放声哭了，一边哭一边问道："为什么要杀死他，他有什么罪？"然而只听得鼓吹手的鼓吹声、赞礼人的赞礼声，闹成一片，终究无人作答。

一阵鼓吹声中，棺木已来了，庭心里堆着草纸石灰，已有一行人忙着料理入殓的事。伊一见了那棺木，呆了一呆，忽又嚷起来道："怎么怎么，你们可要抢我的松哥去么？这是我死也不答应的。"因便抱住了那尸身死不放。入殓的时刻已到，一般亲友都来扯开了伊，入到内室中去。十多人拥住了，不给伊出去。伊听着那叮叮钉棺之声，铁钉子好似打在伊心坎上，直把伊的心打碎了。伊顿着脚，握拳打着墙壁，声嘶力竭地呼道："为什么要杀死他，他有什么罪？"然而叮叮钉棺声中，夹着老母呜呜的哭声，终究无人作答。

可怜这半个月的新妇，从此担着绵绵长恨，一辈子消磨过去，更不幸的伊已变作了一个疯妇，整日价歌哭无端，嗄笑杂糅，完全在无意识中过着生活。而伊所念念不忘的，便是那半个月的新婚艳福，深刻在心版上，最容易唤起伊的回忆来。伊兀自像学生温理旧课般，一一从头温理着，有时独坐绿窗之下，便一个人做着两人的口吻，娓娓情话，或是谈些家常琐事，倒像伊那亲爱的丈夫仍在身旁一样，每天也像先前那么唤丈夫点菜，把他平日所爱吃的菜去报与婆婆知道。一到晚上客堂中电烛通明，伊就又在空座前安放着牙箸银匙，等丈夫回来同吃。往往一个人言笑晏晏，非常高兴，只惹得伊婆婆不时地伤心落泪罢了。有时伊神志清明了些，见了伊丈夫的灵位，便恍然大悟。伊知道那亲爱的丈夫早已饮弹而死了，于是伏倒在灵案之下，哭着嚷着道："为什么要杀死他，他有什么罪？"然而死的早已死了，活着的人管不得许多，终究无人作答。

伊积恨为山，挥泪成海，过了三个月哀鹈寡鹄的光阴，竟郁郁地死了。临死时，伊握着双拳，撑着两个干枯的眼睛，怒视着天半，放声呼道："为什么要杀死他，他有什么罪?"然而上帝无言，昊天不语，又终究无人作答。

爱妻的金丝雀与六十岁的老母

H 先生在美国留学十年，如今才回国了。他也像衣锦荣归似的，心中说不尽的得意。因为他这回回来，多了两件东西。第一件是那黄色的皮箧中，多了一张 C 大学的哲学博士学位证书，第二件是身旁多了一位蓝宝石眼、金丝发的美国夫人。

这位美国夫人 W 女士，原是纽约城中一个舞女。明眸皓齿，出落得很为美丽。那一搦纤腰，在跳舞的当儿，真好似三起三眠的杨柳枝一般，无论一摇一摆、一俯一仰、一举手、一移足，都能表现出一种销魂荡魄的娇态来。因此伊每到跳舞场中，无论老年人少年人，都钻头觅缝地要和伊合伙跳舞。

不知道 W 女士是不是巨眼识英雄，忽地赏识了这中国留学生 H 先生。每上宴会跳舞会，总是搂着 H 先生同舞。琴韵灯影中，不住地舞着，直舞得娇喘细细、香汗淫淫，直舞得 H 先生的心也在心房跳舞起来。这样一个多月，两下总在一块儿跳舞，耳鬓厮磨，眉目传情。于是 H 先生的胸脯，竟偎热了 W 女士的芳心，一阵子写情书，讲情爱，居然宣告结婚了。

他们俩结婚之后，倒也情如胶漆，恨不得日夜地黏合在一起。两人的心中，都有一种满意。H 先生以为娶一个中国女子做夫人，远不如外国夫人的娇媚。W 女士也以为嫁一个本国男子做丈夫，也比不上中国丈夫的循谨。于是夫爱妻的娇媚，妻爱夫的循谨，两下里便过了一年多海燕双飞的美满生活。

W女士爱伊的丈夫，也爱伊的金丝雀。这金丝雀也和伊丈夫一般循谨，肯在伊的纤掌中啄东西吃，肯栖在伊的肩头，亲伊那张樱桃小口。这是伊旧时一个情人送给伊的，特地制了一只金丝的鸟笼，博伊的欢心。后来那情人破了产，被伊抛弃了，但这金丝笼中的金丝雀倒还不曾失爱于W女士，天天亲自把珍食喂给它吃，逗着它玩，听着它的歌唱。伊既嫁了H先生，就把这金丝雀像陪嫁般带了过来，又异想天开，把H先生的名字，称呼这头鸟。曾指着鸟，笑对H先生道："我爱你如爱金丝雀。"H先生明知把自己和金丝雀相比，未免拟于不伦，只因出于爱妻之口，就好似《圣经》中的圣训一样，只索没口子地答应。

照H先生的意思，原想伴着这花朵似的美国夫人久居美国，不再回劳什子的祖国去了。好在自己早已毕业大学，挂着个博士头衔，总有法儿想。日常要使钱，只须写信打电报，不怕家中不汇来啊。谁知他正打定了这不回国的主意，偏偏他那不识趣的老子忽然死了。万急的电报雪片似的飞来，催他赶快回国去。他心想，奔丧倒不成问题，唯有那二十多万的遗产倒是非同小可。虽是老子娘只生自己一人，上没有兄，下没有弟，不怕什么。但在忙乱之中，说不定被自族里的弟兄们沾了光去。母亲年纪老了，顾不到许多，事关自身权利问题，可不能不回国了。但他生怕W女士不肯同去，着实踌躇，一天晚上，便诚惶诚恐地在枕边向伊情商。

大凡西方人眼中瞧中国，总像是一个神秘不可思议的去处，和大人国小人国一样。这位W女士更是一个特别好奇的女子，听说要到中国去，心想这真好似甘立佛游小人国，一定很好玩，当下便很高兴地答应H先生同去，好在伊是没有父母的孤女，一点没有什么牵挂的。并且伊听说中国还有二十多万遗产等候享用，更乐得心花都开了。于是开了留声机，早又搂着H先生狂跳乱舞起来。

他们定船舱，办护照，收拾行装，一连忙了好几天，方始定当。朋友们送别凑热闹，又连开了几夜的宴会跳舞会，狂欢了一下子，才把他们俩送到船中，乘风破浪地往中国去了。瞧着 H 先生那种快乐的神情，谁也料不到他是个死了老子的人，说什么泣血稽颡，简直是手舞足蹈啊。

　　W 女士那头心爱的金丝雀，当然也带着上船了。W 女士每天不是搂着男子们跳舞，便听这金丝雀歌唱，把那金丝笼子挂在床横头，听个不住。伊往往对着金丝雀带笑说道："亲爱的，你唱得好曲儿，这回子我带你到中国去，做中国的上客，须得放尊重些，没的使他们小国的人小觑了我们。"H 先生觉得这些话怪刺耳的，但也只得在旁边赔笑凑趣，不敢哼一声儿。

　　H 先生啊，W 女士啊，金丝雀啊，都到了中国。H 先生的故乡是在镇江的。那船到上海后，他们下了船，又在上海从从容容地盘桓了几天，满足了W 女士好奇的心和好奇的眼光，才改搭火车往镇江去。那时 H 先生家中因为等不得 H 先生赶回来，早把他父亲殓了，灵柩却仍暂放家中，等五七开奠安葬。H 先生一回来，急忙接受了遗产，一一点交清楚，委实有二十多万动产不动产，加着那留美回国哲学博士的头衔，和一位娇滴滴、艳生生的美国夫人，真是锦上添花，好算得大丈夫得意之秋了。

　　H 先生既点收了遗产、一切契据，便把他们这座十上十下的住宅察看一遍。一见了那灵柩，不觉眉头一皱，对他母亲说道："这死人的棺木如何好停留在活人住的屋子里，这未免太野蛮了。旁的不打紧，没的吓坏了我这位少奶奶。"当下便一叠连声吩咐下人，赶快把这棺木移往祠堂中去，听候安葬。他母亲虽竭力反对，他却只做没有听得，下人们也不敢违拗小主人的命令，终于把灵柩移去了。

　　五七设奠之后，草草葬了他父亲，他没有事了。天天和 W 女士商量享用那二十多万遗产的法子，劈头第一件事，觉得这中国式的旧屋子很住不惯，非改造一宅大洋房不可。于是也不取他母亲同意，先租了一座洋房迁去暂住，一面便唤了工匠来，把他家三代传下来的旧宅拆成一片平地，重新造起五层楼的洋房来。他那位六十岁的母亲只是流泪叹息，暗暗对亲戚们说道："吾家来了一个外国媳妇，我的儿子也变作了外国人。瞧我儿子那么蛮不讲理，真好似他们外国人侵占我们中国一模一样，这真是气数啊。"亲戚们为了这位大权旁落的老太太很抱不平，然而也奈何 H 先生不得。

六个月后，H 先生的新洋房落成了。便大排筵席，庆祝落成，自有许多中外新朋友来凑趣道贺。他不好意思排斥那位六十岁的老母，只索一同居住，好在不把伊老人家放在心上，也由伊和下人们混在一起算了。

宴会啊，跳舞会啊，这是 H 先生和 W 女士的家常便饭，差不多每礼拜中，总要举行二三次的。琴韵歌声，钗光钿影，混合在一起，大家快乐得什么似的。唯有那位见弃于儿媳的白头老母，和几个老妈子躲在厨房中，没人理会，远不如那金丝笼里的金丝雀，倒在那跳舞室中占一个位置，受许多来宾的重视。

W 女士除了丈夫外，只知有金丝雀。伊没有儿子，仿佛就把金丝雀当作儿子了。伊的心目中，哪里有老姑，便是 H 先生心目中，也只知有爱妻，不知有老母了。可怜那老太太独往独来，好不凄凉寂寞。整日价陪伴伊的，只有伊十年来所豢养着的一头花白老猫。伊无聊中，往往抚着猫背，含泪说道："唉，做儿子的已不认识生身的老母了，你这畜生倒还认识老主人么？"那猫只是呜呜地叫着，似乎助伊叹息。

一天早上，W 女士忽地大哭大闹起来，说那天杀的贼猫来把伊的金丝雀生生咬死了。慌得 H 先生手忙脚乱地赶到伊绣阁中，擎着司的克追赶那猫。直追过了花园，跑出门来，末后见那猫逃上别人家屋顶去了。他无法再追，方始垂头丧气地回来，柔声下气地安慰 W 女士。W 女士兀自把那金丝雀搂在怀中，不住地哭，给他一百个不理会。

看官们要知，这闯下弥天大祸的猫，千不是万不是，正是老太太十年来所豢养着的那头花白老猫。它不知是有意还是无意，这天趁着 W 女士将金丝雀取出笼子来洗浴时，就捉空儿把来咬死了。它被 H 先生一追，逃上别家屋顶，就跑了个不知去向。但它睡梦中也料不到，弄死这一头小小的鸟，却连累了它老主人代自己受罪。

　　W女士哭了半天，才买了一只精美的钿匣，郑重其事地把金丝雀殓了。H先生倒好似做了个罪孽深重的不孝子，在一旁亲视安殓，还办了两个花圈，表示哀意。W女士既把金丝雀的后事料理定妥，便和H先生一同去找老太太说话，勒令老太太交出那猫来，限二十四小时答复。W女士不能说中国话，当然由H先生通译，辞正气严的，倒像办什么国际交流一般，几乎把个老太太吓坏了。

　　老太太听说那猫咬死了外国少奶奶爱若性命的金丝雀，又勒令伊在二十四点钟内交出猫来，这一急非同小可。即忙亲自督同老妈子们满地里找寻，然而任伊把屋角、床下、屋顶上、园子里一起都找到，总也不见那猫的影儿。可怜老太太已乏得筋疲力尽了，还是把筷子叩着猫食盌，向空中颤声悲呼道："咪咪回来，咪咪回来。"

　　二十四小时很容易地过去了，W女士见老太太胆敢不交出猫来，便又拉着H先生赶到老太太房间里，大兴问罪之师。吓得老太太躲在床背后，忕愣愣地不住地打颤。W女士倒竖了蛾眉，圆睁着杏眼，勉强用中国话骂道："老婆子该死，老婆子该死。"这句话，大概是从枕边速成课学来的。

　　H先生也向老太太跺脚道："这从哪里说起，要知少奶奶爱这头鸟，正和爱我一样。如今你纵容那贼猫忍心害理地咬死了它，就好似亲手杀死你的儿子了，你使少奶奶不快活，倒不如杀死了我。"老太太听了这种千古奇谈，气得说不出话来，只是扑簌簌地落泪。

　　二十四小时过去后又四十八小时九十六小时……都过去了，老太太终究交不出那猫来。W女士除了天天到伊房间里骂几声"老婆子该死"外，倒也没法处分伊。一天，W女士却得了个计较，便和H先生共同发下命令去，全宅中无论男女下人，即日起不准服侍老太太，并且也不准理睬伊，违者罚金斥退。又责成门房谢绝亲戚登门，生怕来给老太太打不平。

　　从此，老太太的生活简直比牢狱中的罪犯都不如了。要粥饭没有人送，要茶水没有人给。一连几天，伊索性不饮不食，兀自坐在房中，对着伊丈夫的遗像呜咽流泪。可是六十岁的老人，如何挨受得起这样磨折，不多时就生生地气死了。伊是什么时候死的，竟没有人知道。送伊终的，只有伊丈夫的一幅遗像，像中一双老眼，似乎含着两包子的眼泪。

这晚 H 先生正为了祝 W 女士的生辰，特地开一个花团锦簇的跳舞大会。宾客们花花对舞，燕燕交飞，何等的快乐。忽有一个老妈子慌慌张张地来报老太太死了。H 先生生怕被人知道，杀了胜会，即忙挥一挥手，低低地说道："唤账房先生买一口棺木来安殓就是了。"

爱妻的金丝雀不幸横死，总算把六十岁的老母抵命了。

辑二 ◎ 世

脚

车有轮子，才能载人、载货物，行千里、万里；人身也有轮子，仗着它往来走动，又一大半仗着它和生活潮流去奋斗，这轮子是什么？不消说是一双脚。没有了脚，虽然一样呼吸、做人，其实已成了个活死人，一半儿不能算是人了。在下侥幸有了脚，又侥幸没有坏，便一年年奔走名利场中。到底搬着这一双脚，为了谁忙？又忙些什么？我自己也回答不来，最不幸的，就把我的性灵汨没了。然而这一双脚偏又缺它不得，横竖不走邪路，不走做官的终南捷径，也就罢咧。

在下做这一篇《脚》，因为有两只脚嵌在我的脑筋和心目之间，兀地不能忘怀，只一闭眼，就瞧见这两只脚。两只脚是属于两个人身上的，一只脚把脚尖点着地，脚跟离地一尺；一只脚从电车下拖出来，变了个血肉模糊。唉！好可怜的脚。

河南路棋盘街口，有一个二十多岁的黄包车夫拖着车子招徕坐客，街角站着一个佣妇模样的少妇，提着两只挺大的篮子，要招车子。

那车夫便柔声下气地求她坐，带着笑说道："大小姐，请你坐我的车子吧。从这里到火车站，好长的路，人家至少要一角钱，我只消六个铜子够了，比人家多么便宜。"

那佣妇把头一扭道："我不要坐你的车，你跑不快的。"

那车夫又道："你不妨坐了试试，我虽是点脚，跑得也很快。你倘嫌不快时，尽可在半路上跳下来，一个大钱都不要你的。"

那佣妇依旧不愿坐，到底坐了车钱一角的车子去。

那车夫瞧了自己的脚一眼，低低骂道："天杀的，我都吃了你的亏。"

原来徐阿生的左脚，天生是个点脚，要是点得低一些，人家可就不大注意。偏偏是个双料的点脚，五个脚趾竖在地上，脚跟耸得高高的，离地足有一尺光景。除了双料近视眼和六七十岁眼钝的老公公、老婆婆外，没有不瞧见他一双脚的。阿生从小不曾读过书，家中又穷得精光，父母死时他已十六岁，以后不得不设法自立。要找好些的事儿做，一则为了不读书没本领，二则为了那只点脚，再也不能走上发达的路去。末后穷得要死，连吃顿粥的钱都没有了，没法儿想，只得向亲戚们凑借了几个钱，租了一辆黄包车，做这车夫的生活。其实他一只点脚，万万不配做车夫，车夫是靠着脚吃饭的，他这脚既打了个六折七折，不能飞跑，这一只饭碗终也是靠不住了。

阿生每天拖着车子出去，自己原知道倘给人家瞧见了这点脚，一定不肯坐他的车子。因此他总把右脚放在前面，遮住左脚；车价也不敢多讨，生怕雇主掉头他去。只消人家肯跨上他的车子，他就得意极了。他讨车价，也并不是随意乱说的，估量路的远近，规定数目比旁的车夫便宜七折，雇主仍嫌贵时，就打一个六折。他心里挂着定价表，那点起的左脚上可黏着大放盘的招贴咧。有几个粗心的，贪他价钱便宜，唰地跳上车去，阿生拖了就跑，也不顾街路是刀山、是剑池，总是没命地奔。然而生着一只点脚，哪能比得上旁的车夫？有些雇主都是《水浒传》上霹雳火秦明的子孙，性儿躁得了不得，往往等阿生拖到了半路，呼幺喝六地跳下车去，不名一钱地走了，好在白坐了一会，不曾劳动贵腿，到底合算，再有一半的路，就是走去也好，落得省了钱。阿生也没有法儿想，臭汗流了满头满脸，白瞪着眼送他远去。回过身来又把右脚遮了左脚，哀求旁人坐他的车了。有些人没有急事，生性也和平些的，就一边催着阿生，一边耐性儿坐到目的地，把已放盘的车价打一个折扣，说是为他点脚跑得慢的缘故。这种人已算是有良心的，阿生心中已感激得很。至于有几位没有火气的老公公、老婆婆，既不嫌他慢，又不扣他钱的，那真是乐善好施的大慈善家咧。阿生因为不容易得到主顾，又往往受半路下车的损失，所以一天中所得的钱，除了付去租车费外，简直连三顿苦饭也张罗不到。有时花俩铜子买两个大饼吃下去，也就抵去一顿饭了。阿生原觉得这种生活太苦，奈何除此以外，竟找不到什么好些的事。一连好几年，仍和一辆黄包车相依为命，左脚仍点着，仍是哀求人家坐他的车。可怜他一身的血汗，不过和那车轮下的泥沙一样价值。

王狗儿十一岁上，就进了玻璃店做学徒。他就在这一年死了他的父亲，他父亲是卖鲜果的，终年跟着时令，卖桃子、卖枇杷、卖西瓜、卖橘子，沿街唤卖，天天总要唤哑了喉咙回来。鲜果易烂，常常要受损失，如今他的身子也像桃子、枇杷、西瓜、橘子般烂去咧。卖鲜果的小贩是没有遗产传给他寡妻、孤子的，两只装鲜果的竹篓担子，就是他唯一的遗产了。王狗儿母亲没有钱给儿子吃饭，又见丈夫卖鲜果不曾发财，因此不愿教儿子再理旧业，仗着隔壁玻璃店掌柜陈老先生的提拔，带他到店中做学徒去。

玻璃店可没有多大的事给他学习，除了把金刚钻针划玻璃以外，就是扫地、抹桌、淘米、洗菜，替师娘抱小孩子，给师父倒便壶、洗水烟袋，这简直不但做徒弟，还兼着婢女、小厮、老妈子的职务，倒也能算得能者多劳了。像这么重的副担子，岂是一个十一岁的孩子所能胜任？他要是生在富家，可就能穿绸着缎，吃好东西，还得躲在奶妈子怀中打盹咧。然而上天造人，往往替富人和高一级的人打算，特地造成一种牛马式的人，好供他们役使。这一个王狗儿也就是天生牛马式的人了。狗儿做学徒一连三年，打骂已挨得够了，却不曾得到一个大钱，因为学徒的年限内是照例白做事，没有工钱的。

狗儿母亲见儿子有了着落，不吃她的饭，已很满意，她自己替人家洗洗衣服，赚几个苦钱，也能勉强度日。有时狗儿捉空回家去，他母亲总勉励他，说："你快勤恳做事，好好儿地不要犯过失，再过两年就有工钱给你了。"

狗儿生平从没有过一块钱，不知道藏在身边是怎样重的。他曾见顾客们来买玻璃，掏出银洋来放在柜台上，银光灿烂，煞是好看，又叮叮当当好听得很。因此他也很希望有工钱到手，做事加倍地出力，师父和师娘嘴儿一动，他已忙着去做了。

有一天他送十多块玻璃到一家顾客家去，用一个篮子盛着，师父见路太远了，为节省时间起见，给他四个铜子，唤他来去都坐了电车，又把上车、下车的地点和他说明了。狗儿坐电车是第一次，又是一字不识的，只索在电车站上向人打听该坐哪一辆电车，伯伯、叔叔叫得震天价响，大多数人对于这种闲事是不肯管的，怕一开口损失了唾沫，这天却有一位古道可风的先生，竟指点他上了一辆电车。

狗儿很兴头地坐在车中，身儿飘飘荡荡的，很觉有趣，心中便感激师父给他享福，以后做事更要勤些，把平日间的打骂全个儿忘了。当下便又向旁的车客问明了下车地点，提心吊胆地等着。末后听得卖票人已喊出那条路名来了，车儿远没有停，已有好几个车客拥向车门，他心慌意乱，抢在前面，又被背后的人一挤，连着一篮子的玻璃倒栽下去。不知怎的一只右脚伸在车轮下边，到得车停时，拖出脚来，早已满沾着血，加着他赤着脚，模样儿更是可惨。他倒并不觉得痛楚，连哭也忘了，坐在地上收拾那破碎的玻璃，装在篮中，手上、脸上已割碎了好几处。街上的行人和车中的坐客都挤着瞧热闹，却没有人问他痛不痛的。

一会儿巡捕来了，把旁人轰散，电车的轮儿闹了这乱子，不负责任也早飞一般地载着车去了。巡捕说狗儿自不小心，合当挨苦，当下问了那玻璃店所在，替他叫了一辆黄包车，一挥手，排开众人，大踏步走开，他的责任也就完咧。

狗儿坐到车上，脸色已泛得惨白，他瞧着那十几块玻璃稀烂地散在篮子里，知道回去定要受师父的一顿臭打，泪珠儿就止不住淌将出来，那脚上的痛楚也觉得了，好似有千百把钢刀在那里乱戳，热溜溜地痛得厉害。低头一瞧，见脚背上鲜血乱迸，车中也淌了好些血，一晃一晃地动着。狗儿咬着牙忍痛，一边低唤阿母，直唤到店中，便觉痛也略略减了。

他师父蓦见他坐了黄包车回来，先就吓了一跳，接着瞧见那一篮的破玻璃，知道闯了祸，揪住狗儿便打，最后见了那只血肉模糊的脚，方始住手，问明原由，又把狗儿骂了一顿。一见破玻璃心中恨得牙痒痒的，再也不管他的脚，可是砸了玻璃与血本有关，学徒任是碾断了脚，也不关他痛痒。那掌柜的陈老先生知道自己是个介绍人，万不能袖手旁观，急忙把狗儿送回家去。

狗儿到家中时，已痛得晕过去，狗儿母亲见儿子坏了脚回来，险些把心胆吓碎，肚肠都吓断了，急忙把一香炉的香灰倒在那脚上。然而血仍淌个不住，想请医生，苦的没有钱，那陈老先生是个吝啬鬼，向来一毛不拔的，刚才送狗儿回来，已损失了车钱，正在心痛。去向玻璃店主人商量，他老人家就把那一篮的破玻璃献宝似的献出来，反要求狗儿母亲赔偿损失，更算那三年多的饭钱。狗儿母亲没法，只索哭着回家。邻人们劝她送狗儿进医院去，只是进医院也要钱，又听说外国医生要动刀截去脚的，一吓一个回旋，更不敢送医院了。

狗儿醒回来后，不时地嚷痛，他母亲吊了一二桶的井水，放在床边，喊一声痛，泼一回水，略觉好些，当夜就又堆上好多香灰，把好几块的破布包裹起来。这样一连几天，狗儿只是躺在床上喊痛，痛得周身发热，母亲没奈何，只索抱住那脚，抽抽咽咽地哭。

十五岁的孩子哪能熬得住这样的痛苦，那脚既没有一些药敷上去，只吃饱了井水和香灰，便烂得一天大似一天。十天以后，竟烂去半只脚，这半只脚就带着狗儿到枉死城中去了。狗儿母亲哭得死去活来，不上一个月，竟发了疯，整日价抱着一只破凳子脚在门前哭，说是她儿子的脚。

血

　　升降机的基础已打好了。铺上了水泥，水泥上染着一大抹血，一大抹鲜红的血，是一个十四岁小铁匠的血。

　　阴惨惨的天气，已下了三日夜的雨。风横雨斜，滴滴落个不住，仿佛是造物主在那里落泪。可怜那门内的血，还没福受太阳的照临，衬托着门外的雨丝风片，更觉得凄凉悲惨。

　　南京路某号屋中有四层的高楼，单有盘梯，没有升降机。一年上屋主因为加了住户的租金，不得不讨好一些，就在盘梯的中央造起升降机来。一个月前，便来了一班铁匠，把那盘梯改造。截短的截短，补长的补长，要腾出当中一个恰好的位置，容纳那升降机。一连做了一个多月，还没有完工。

　　四层的楼上都把绳子和狭狭的木板拦住，代替着栏杆。下面升降机的基础，却已打好，铺上了水泥，甚是结实。四条铁柱也竖起来了。屋中上下的人都暗暗欢喜，想一二月后就有升降机坐了，上楼下楼不必再劳动自己的脚，省些子脚力上游戏场兜圈子去。

　　那班铁匠的里头有一个小铁匠，今年十四岁，名儿叫作和尚，他已没有父亲了，家中单有母亲。他是个独生子，并没兄弟姊妹。只为穷苦得很，他母亲不能养他，才投到铁匠作里去，充一个学徒。除了做工以外，还得做许多零星的事务，整日价忙着，没有一刻休息。到得身体疲倦极了，手脚都酸得像要断下来，方才在着地的破被褥中安睡。天色刚亮，就被他师父娘唤起来，依旧牛马般忙着做工，动不动还得挨打挨骂，只索咽下眼泪去。他每天吃的是青菜萝卜黄米饭，难得和鱼肉见面。但他还很快乐，还很满意，出来做工时，常常对着人笑，嘴里低低唱着歌。他见了那穿绸着缎的富家孩子，也并不眼红。

这天正是阴雨天气，并且冷得紧。他穿着一件薄薄的黑布棉袄，大清早就到那南京路某号屋中来做工。四层的楼梯上，因为常有人上下走动，沾着湿湿的泥，大大小小的脚印不知有多少。每一个脚印，似乎表示一种生活中的劳苦。

他到了第三层楼上，就取出家伙开始做工。为了天气冷，觉得手脚有些不灵，只还勉强做去，耳中听得门外车马奔腾之声，好不热闹，一时把他的心勾引去了，只是痴痴地想：想自己此刻十四岁，做着学徒，忙了一个月拿不到钱，不知道再过十年又怎么样？自己年纪大了，本领高了，可就能升做伙计，每月有四五块钱的工钱。带回家去交给母亲，母亲一定欢喜，或者给我一块钱做零用。如此每天肚子饿时，不必挨饿，好去买大饼和肉包子吃了，若是再做一二十年，那时我三四十岁，仗着平日间精勤能干，挣下多少钱来，或者已开了铁厂。如此我手头有钱，自己不必再做工，吃的总是肥鱼大肉，比青菜萝卜可口多了；穿的总也是绸缎，或是洋装，好不显焕！到那时我母亲可也不致再挨苦，从此好享福了。每逢礼拜日，我便伴着母亲，出去玩耍，坐马车，看戏，吃大菜，使她老人家快乐快乐，也不枉她辛辛苦苦养大我起来……

和尚想得得意，竟把做工也忘了。眼望着空洞之中，只是微微地笑。可怜这笑的寿命很短，冷不防脚下一滑，就从那拦着的绳子下面跌了下去，扑地跌在那最下一层水泥铺的基地上，脸伏着地，一动都不动。

老司务在门口抽着旱烟，没有瞧见，也没有觉得。一会有一个邮差送信来，一眼望见楼梯下当中的水泥地上伏着一个人，便嚷将起来。老司务赶到里边，唤"和尚"，和尚略略一动，却已作声不得。把他抱起来时，地上已留着圆桌面似大的一大抹血。那时门外有汽车掠过，车中有狐裘貂帽的孩子，同着他母亲上亲戚家吃喜酒去。唉，他也是人家的儿子！

五分钟后，和尚在近边的医院中死了。两颗泪珠儿留在眼眶子里，似乎还舍不得离这快乐的世界。唉，以后升降机造成时，大家坐着上下，须记着这下边水泥上染着一大抹血，一大抹鲜红的血，是一个十四岁小铁匠的血！

小 诈

葡萄棚上盖着重重叠叠的绿叶，好像亭亭翠盖一般；葡萄虽已结实，还没有变紫，一球球地向下挂着。柔藤下撩，恰撩在一对少年男女的头上，但他们俩自管软语，一些儿没有觉得。瞧他们的脸色，似忧似喜，也不知道说些什么话。

一会子，那少年叹息道："去年葡萄紫时，我们俩曾在这里私订百年偕老之约，预备等我的文字生涯发达一点，然后去求你老父，更给亲友们知道。今年葡萄又快要紫了，我却依旧如此失意，瞧来这小说家的生活和我是没有缘的，任是再做一百年二百年的小说，可也不能享什么大名。要像我先父那么在小说界上占一个重要位置，怕就没有这一天了！"

那女子道："黎明，你不要灰心。只须把你的思想和艺术完全用在小说上边，包管有名利双收的日子。你父亲原是个大小说家，他的小说至今传诵，他的大名也至今不曾衰歇。只恨中国的书商太薄待一般著作的人，虽做了好书不给善价，多方地克削。一编风行时，他们却自管赚钱，自管作乐，到得著作人死后，他们哪里过问？不像外国书商，把著作人捧得天一般高，既用极大的代价买下了他的底稿，每年还有规定的酬金；本人死了，子孙还能承袭下去，哪像中国的著作人，简直和苦力化子差不多，他们的心血在书商眼中瞧去，不过像沟水罢了。"

少年道："平心而论，他们对于已成名的著作家，也略略优待一些。像我父亲当时，也总算借着一支笔，挣了几个钱。只为他自己太豪放了，死时便一钱不剩，连做成后未刊的小说稿也一本都没有。"

那女子道："你倘能找到你父亲未刊的稿件，书商们一定要用善价来买的。有了一二千块钱到手，我们就能舒舒服服地订婚结婚了。"

那少年道："怎么不是！只消有一二千块钱，也就够了。但像我目前这样，哪能得这笔钱？做短篇小说卖不到多少钱，做长篇小说又没有主顾，但愿哪一天给我从什么屉底橱角找到一部先父的遗著，那便好咧。"

女子眼望着少年的脸脉脉无语，一会儿忽道："好了，我们回去吧。天快要夜了，我没的累父亲饿着肚子等夜饭吃。"

少年道："好，我们走吧。我也得回去做小说呢。"

当下两人离了葡萄棚下，踱出公园，到燕子街口，彼此便分手了。

吴黎明是个小说家，已做了三年的小说，还没有出名。他父亲却是一个大小说家，做得一手好小说，长短篇都很出色，社会中凡是提起了吴畏庵的大名，简直没有一个不知道的。他仗着笔歌墨舞，钱倒挣得不少，但他生性豪放，瞧着这些心血换来的钱不甚爱惜。日走胭脂坡，夜过赵李家，挥霍一个畅快；就那赌场和各小俱乐部中，也喜欢走走。他生平的风流韵事，倒也能做一部很好的艳情小说。但他末后毕竟因了瘵疾而死，临死两手空空，连自己买棺木的一笔钱也不曾留下，竟自撒手去了。

瞧他的一生，很像法国大小说家大仲马，做小说是大家，挥金如土倒也是大家。大仲马有儿子小仲马，同在小说界享大名。吴畏庵有儿子黎明，原也有小说家的天才，但还比不上小仲马。

那天他别了情人丁淑清回到家里，他那寡母已煮了夜饭等着。黎明胡乱吃了一碗，就靠在椅中呆呆地想，淑清的呖呖莺声似乎还留在耳边，那"有了一二千块钱就能舒舒服服订婚结婚"的一句话，更很清楚地印在心上。他想来想去，总没有法儿挣这么一大笔钱。这夜他兀地不能入睡，夜半起来把抽屉箱箧一起搜查，想找到他父亲的遗稿。谁知任把地板翻了个身，也找不到什么，转把他母亲从睡梦中惊醒了，还道他发疯，忙起来瞧是什么事。经黎明说明了原委，才安了心。

丁淑清的父亲仙舟是个大学教授，他和黎明的父亲原是三十年老友，膝下单有淑清一女，才貌双全，对于这个最重大的择婿问题十分仔细，几乎都要像考试学生般考试一下子，瞧他合格不合格。他见黎明和女儿相爱，并不反对，不过暗暗仍有一种表示，说要娶淑清为妻未尝不可，但须有了娶妻的能力，才能说到这件事。黎明和淑清俩也都知道了老人的意思，兀是想赚钱的方法。然而黎明虽呕心沥血，也换不到多少钱，只能敷衍日常的家用。自从那天听了淑清的一番话，就痴心妄想要找到他父亲的遗稿，谁知连找三天，只落得白忙了一场。

仗他心地灵敏，忽然得了个计较：想父亲的遗稿既找不到，何不假造一本，去骗骗那些书商？好在父亲的文笔是看惯了的，学也学得像，混卖出去，定能换它一二千块钱呢。打定主意，就找了一本空白的旧簿子，动起笔来。全书的结构和意思，他早已想妥，自然容易着笔。每天日中怕淑清和旁的朋友们来瞧他，不敢造这假稿。到了夜静更深，方始偷偷地动笔，往往做到天明，把睡眠也牺牲了。这样挨了一个多月，居然把那小说做成，名儿叫作《十年回首》，一总有十万字，好算得一部大著作了。但他用了这一个多月心力，已疲乏得很，脸子瘦了好些，两眼也凹了进去，倒像害过一场大病。

完稿之后，他又踌躇好一会子，想这件事很带些欺诈取财的意味，不知道轻易做去，于自己道德上有亏么？但是转念想到淑清"订婚结婚"的话，就也顾不得许多了。当下他写了封信，附着那小说稿挂号寄与一家大书店，当年他父亲在世时也不时送稿件去的。

发信后，他怀着鬼胎，生怕那书店中觑破他的秘密，倒是很害臊的。一连盼望了五天，心中很觉不安，第六天上，那书店中有回信来了，拆开一看，不觉喜出望外。原来满纸都是赞美的话，说通篇情文并茂，一读就知道是吴畏庵先生的手笔，这种好小说现在是没有的了，预备奉酬二千元，不知尊意如何？倘蒙允许，请亲来立约，价格上倘不满意，也尽能熟商的。

黎明读罢此信，直喜得手舞足蹈起来，暗想，好了好了，我们正在想这二千块钱，不道真有二千块钱送上门来！且慢，我何不多要他一些？索性说三千块钱，怕也没有不依的。于是他亲自到那大书店中去，见了编辑部部长，他的要求也答应了，揣了三千块钱一张银行支票，回到家里。同日就赶到丁家，把那发现父亲遗稿的事告知淑清，又掏出那支票来做凭证。

淑清自然也欢喜，但是还不敢和她父亲说，因为钱虽有了，究竟不是黎明仗着自己本领去挣来的。老父生性怪僻，和常人不同，此刻倘提出婚姻问题，倒未必肯答应呢。黎明也不敢说，只等再寻机会。

两个月后，那部《十年回首》已出版了。报纸上登着极大的广告，说是大小说家吴畏庵先生的遗墨，由他文郎黎明先生在故纸堆中寻出来的。不上一月，早已轰动全国，销去了十多万册，倒给那书店中稳稳地赚了一大笔钱。黎明暗自好笑，想那十多万人都上了他的当咧！转念想时，又觉得这事很像诈术，似乎于道德上很有妨碍，不如再往书店中自首，叫他们普告天下，向读者谢罪，也算给自己忏悔一场吧。但是过了一夜，又想这种事可比不得招摇撞骗，就是利用自己父亲的名字，也不算僭冒呢。

那时丁淑清的父亲仙舟老人也已读了这部《十年回首》，十分怀疑。因为吴畏庵生平所有已刻未刻的稿件，临死时都私下交给了他，嘱咐他说儿子年纪还小，什么都不懂，我这一生心血请老友好好保存着，等儿子将来长大了，结了婚，然后交他保管。仙舟依着他的吩咐，二十年来好好地珍藏在保险箱中，只等黎明一结婚，立时移交。况且见黎明也是个小说家，私心更是欢喜，想他克绍箕裘，往后定能保守他父亲的遗稿呢。如今忽见市上有吴畏庵的遗稿出现，据那书店主人的序言中说，还是畏庵的文郎黎明发现的。他就觉得诧异起来。细细地读那书，文字和情节都很高妙，自能比得上畏庵的大手笔，至于写景之处更超过畏庵。仙舟诧异极了，把这意思和淑清说，一边又写信去唤了黎明来。

淑清和黎明已有多天不见面了，一见之下，欢喜自不消说。仙舟却劈头就问道："黎明，你父亲的那部《十年回首》是从哪里发现的？"

黎明脸色微微一变，支吾着答道："是，是从一只抽斗的底里搜出来的。"

仙舟一瞧他模样，心中已明白，接着带笑说道："怕未必吧。委实和你说，你父亲生平所有已刻未刻的稿件，已在当年临终时全都交给我了。他也是爱惜自己心血起见，唤我等你长大了，结了婚，才交给你保管。我见你还没有结婚，因此一径没有移交。如今我问你，你那部书是从哪里来的？究竟是谁的手笔？"

到此黎明已满面涨得通红，急忙说道："老伯请恕我的欺诈！这部书实是我自己做的。只为我没有出名，有了作品不能得善价，因此想出这法儿来，居然骗到了三千块钱。但我心中兀地不能安帖，今天受了老伯的责问，更要愧死咧！"说完低倒了头，不敢对仙舟瞧，也不敢瞧淑清。

仙舟却放声笑了起来，道："黎明，你不用这样。像这种小诈，也像兵家行军一般，哪能说有伤道德？我很佩服你这部书做得绘影绘声，没有一笔松懈，写景一层更胜过你父亲一筹，这真不是死读父书的人了。停一天我还得代你向那书店中声明，说是你自己的著作，一边更把你父亲未刻的稿件交他们刻书去，怕还不止三千块钱咧！"

黎明道："多谢老伯的赞许，我感激得很。但我几时才能接收先严的遗稿呢？"

仙舟道："等你结婚以后。"

黎明脸儿一红，鼓着勇气说道："我正很想结婚，不知道老伯可能见助？"说时抬眼向淑清瞧。淑清黎涡也是一红，却把头低了下去。

仙舟扑哧一笑，陡地站起来，拉了淑清的手纳在黎明手中，放声说道："愿你们永远快乐！"

圣　贼

世界中没有不能改过的人，有了过失，只要有决心去改就是了。陈德怀是个贼，他所犯的过失要算大的了，然而也勇于改过。他最后的结局，仍死在铁窗之下，却正像耶稣在十字架上就义，有牺牲的精神。他不但改过，还保全一个恩人之子，到底使这恩人之子也改过了；但他死后，社会中人还骂着他道："他是一个贼，他是一个贼。"

陈德怀做贼，是从中学堂里做起的。他早年死了父母，家中又没有钱，在孤儿院中毕业后，送到中学校受中学教育，他寄宿在校中，学费膳宿费却豁免的。他天资很聪明，功课总在八十分以上。

这时他已二十岁了，不幸有了一种嗜好，这嗜好也是他的同学们引起来的，你知道是什么？便是打扑克。同花顺子，常常同着三角、几何中的方式，盘踞在他的心脑中。晚上和他同房间的，有五个同学都是打扑克的健将，家道也都不恶，向家中取了钱便带来做赌本。每天晚上熄火安睡时，他们只假睡了一会，就悄悄地起来，同聚在一个帐中，点了洋烛，立时开赌了。好在扑克牌不比麻雀牌，纸片儿寂静无声，神不知鬼不觉地尽自赌去。只要取到了好牌，不跳起来欢呼，那就不怕败露。那监学程先生恰又是个瞌睡汉，往往一瞌睡到大天光，半夜里并不起来查察，他们的赌局，可也是一百年不会捉破的。德怀既和他们同房间，自也加入伙儿，不知怎的，从此竟入了魔道，每天不赌不能过瘾。奈何赌运不好，十赌九输。他生性又喜欢虚荣，家都没有，偏要装作富家子模样，连赌了几夜，他竟输了十多块钱。手头哪里有什么钱？只索记账。但是心头很觉不快，总想要料理这笔赌债，一天到晚虽仍用心读书，一边却兀在那里想得钱之法。

有一天他下课后，偶因问一节文法入到英文教员的房间中去，瞥见桌子上放着一只金光灿灿的金表，像火箭般直射到他眼中。他心中一动，接着别别别地乱跳起来，当下胡乱问了文法退将出来，心头眼底就牢嵌着这一只金表，估量它的代价总要好几十块钱，如此还了赌债，还有余下来的钱做赌本。他这么一想，就立下决心要去偷了。

他的房间恰恰和英文教员是斜对门，那时同学们大半在操场上运动，宿舍中没有多少人，只有几个死用功的同学，关紧了房门在那里自修。他在门罅中偷瞧着英文教员的房门，守了好久，蓦地听得门声一响，英文教员出来了。德怀的心陡又猛跳起来，满脸子蒸得火热，一霎时间心中似乎变了一片战场，爱名誉的心和爱钱的心彼此厮杀起来。临了到底是爱钱的心占了胜利，于是蹑手蹑脚地溜将过去，硬着头皮推门进房，一眼瞧见那金表仍在桌上，似乎对着他笑。他这时已自以为贼了，唰地赶到桌前取了那金表揣在怀中，依旧蹑手蹑脚地溜出来。

哪里知道活该有事，刚刚溜出门口，那英文教员早已回来，一见德怀，便问："有什么事？"德怀面色如死，讷讷地回不出话来，忽地探出那只金表，想捉空儿捺在那里。这一下子可就被英文教员瞧出来了，先向桌子上一瞧，忙把他臂儿扯住，那只金光照眼的金表早在他手中奕奕地晃动了。

英文教员大发雷霆，拉他去见校长。不一会"陈德怀做贼"已传遍了全校，通告处揭起开除牌子，限明天清早出校。这一夜他缩在床上，挨尽了同学们的冷嘲热讽，连那五个扑克朋友也不留情面，要和他清算赌账。德怀被逼得无可奈何，只得苦苦地哀求，耳边但听得四下里都腾着一种声音，仿佛说"陈德怀是个贼""陈德怀是个贼"。第二天早上，可怜陈德怀便背着一个铺盖，在同学们嘲骂声中低头出校去了。

德怀无家可归，便到孤儿院中去恳求院长，一把鼻涕一把眼泪说了好多忏悔话，立誓以后决不再犯过失。院长戈厚甫是个恺恻慈祥的老先生，今年六十岁了，脸上额上都满着皱纹，每一条皱纹中似乎都含着一团和气。他见德怀怪可怜见的，自然答应他设法。当下便写了一封信，介绍到旁的一个中学校去。哪知他偷金表的事已传得很远很快，他们一见"陈德怀"三个字，都掉头拒绝说，我们这里都是好好的学生，不能容一个贼在里头。连试了几个学堂，都是如此。德怀惭恨交加，自悔当日的一时之误，一边却又怨恨那些学堂，想一个人犯了过，可是绝对不许他改过么？要回到孤儿院中去，却又觉得惭愧见院长，因此决意不去。向四下里谋事做，知道这陈德怀三个字不能见人了，便化了许多名字到处撞去。然而他额上仿佛刺着一个贼字，没有人肯收容他，其实并不知道他曾做过贼，实在为目前谋事的人太多了，位置却不多，因此跑去都碰一鼻子灰。有的有位置空着，却要保人押柜银，这两要件他都做不到，便不能做什么事。

他没法可想，于是流落了。那铺盖早已变钱，支持了两个多礼拜，他渐渐儿把身上衣服剥下来。这当儿已是深秋，树头叶子黄了，西风刮得很紧。陈德怀的身上只剩了两件短衫子，去和西风作战。他要做化子，又苦地没有这嘴脸向人去化钱。打定主意，唯有走"自杀"的一条路了。

一天早上，他长吁短叹在一条小弄中走，预备寻一条河去，低倒了头，泪如雨下。正在这时，猛觉得有人在他肩头拍了一下，抬头望时却见是孤儿院院长戈老先生。

院长不等他开口，先就说道："德怀，你既不能进旁的学堂，为什么不回到院中来？我曾着人找了你几天，竟找不到。你堕落到如此，将来还能在社会中做事么？"

德怀哭着答道："戈先生，学生并不要如此，只为学堂中既不肯收，要谋事又谋不到，回来见先生自己又觉得惭愧。想我永远挂着这个……贼……的头衔，一辈子没有希望了，今天打算自杀去，免得在世上出丑。再去做贼，那是我万万不愿的。"

戈院长正色道："德怀，别说到自杀两个字。一个人偶犯过失，可不打紧。我相信你是个能改过的人，快快努力做君子，洗净你的恶名。人家不收容你，我收容你。院中正要多用一个书记，就委你担任，每月十五块钱的薪水，可也够你一个人使用了。"

这时德怀感激已极，长跪在戈院长跟前，流泪说道："戈先生，学生感激极了！只图来生报答你的大恩。要是社会中人都像先生般宽大，容人改过，以后犯过的人可就少了。"

戈院长扶他起来道："算了，你且同我家去，借我儿子的衣服用一用，从明天起好好在院中办事，别辜负我成全你的苦心。"

德怀忙收泪答道："我知道！我知道！"

陈德怀在孤儿院中做书记，天天勤恳办事，毫不懈怠，骂他贼的声浪也渐渐儿没有了。他怕人小觑他，也不敢和人交接，只是伏在办事室中，自管做他的分内事，少说少笑，变作了个很古板的人。同事们有知道他往事的，也不敢再讥笑他，背地里总说他是勇于改过的。

院长有一个儿子，叫作戈少甫，在院中充舍监，今年三十岁左右，面目俊爽，是个风流自赏的人物，常瞒着他父亲在外面逛逛窑子，吃吃花酒。家中有慈母，很肯给他钱使，因此挥金如土，未免太豪放了些。他和德怀倒很合得来，凡是私人信件也得拜托德怀代笔。德怀自然没有不效劳的，有时有什么不大正当的事，还得苦口劝着少甫。少甫没有话，只是点头笑笑罢了。

德怀在院中一年多了，很得戈院长的信任，常在董事们跟前称赞他，说天下第一个勇于改过的，要算得是陈德怀了。德怀愈加奋勉，一心向上，他见院长儿子在外荒唐，很为担扰，又不敢去告诉院长，伤他们父子的感情。一天院长收到了一个慈善家的捐款，是三千块钱一张支票，交到办事室中，那时办事室中有好多人，少甫和德怀都在那里。司库的会计先生正忙着算一笔很乱的旧账，把支票搁在桌子上不曾收拾好，一转眼却不见了。

当下室中大乱，会计满地里乱寻没有寻到，于是又急又恼，说一时间还没人出去，非得向各人身边搜一下子不可。五分钟后，便在陈德怀身边搜出来了。会计暴跳如雷，不肯罢休，立时唤校役去召警察来，把德怀拘捕去了。

到得院长到来，已来不及。他心中也很着恼，想德怀的改过，原来是装着幌子哄人的，到底种了贼的根性总难变换过来，我倒上了他的当，还信任他，一见了钱可又来了。于是气冷了心，尽看德怀去受法律的裁判。三天以后，已由官中判定了一年的监禁。

一时"陈德怀做贼"的声浪又传遍了社会，凡是知道他的人都唾弃他了。他入狱后，并没什么悔恨，面上反常有笑容。

第二年夏季，快要期满释放，他忽然害了急痧，不上五分钟便气绝了。大家听了这个消息，都淡淡地毫无怜惜之意，说他是个贼，死了倒干净咧。

这一天晚上，戈院长回到家里，把陈德怀死在狱中的话告知夫人，彼此微微叹息，说好好一个孩子竟如此结局，真想不到的。那时少甫恰正久病新愈，在家中养病，一听这话，便直跳起来，忽地哭着说道："唉，天哪！这是我戈少甫杀死他的！教我怎么对得起他？"

他父亲母亲都呆住了，忙问是怎么一回事。

少甫抽抽咽咽地说道："先请父亲母亲恕了孩儿。不瞒你们说，这两年来孩儿住在院中，向不回家，每天晚上常和几个朋友在窑子里走走，花酒扑克几乎夜夜有的。去年相与了一个姑娘，衣服首饰已报效了不少，她定要嫁我，我也答应了。但恨手头没有钱，四处张罗也张罗不到，可是赎身之费至少要三千块钱呢！那天恰有人捐给院中三千块钱，父亲把支票交到办事室中，会计忙着算账没有收拾好，我便提空儿偷了。我穿着洋装，随手纳在外衣袋中，正待溜出去，会计却觉察了，四处找寻，并且要搜查各人的身上。我急得什么似的，不知怎的，陈德怀忽从我外衣袋中取了去，一会儿那支票便在他的身上搜出来，他代替我被捉将官里去了。"说到这里，伏在桌上又哭。

他父母呆坐着，说不出话。少甫哭了半晌，又接下去说道："他入狱后，曾寄给我一封信。说父亲是他的恩人，这一回事就是他的报恩之道。信中又苦劝我赶快回头，别再去嫖。这时我也大彻大悟了，因便绝了那姑娘，立誓不再踏进窑子一步。但是一年以来，我总觉转侧不安，心中十分难堪。要自己投案去代德怀坐监，又怕拖累父亲令名，因此不敢妄动。不想德怀如今害急病死了，我要报他的恩已无从报起。唉！天哪，教我怎样对得起人啊！"

戈院长掉了几滴眼泪，说道："算了，你既已改过，我也不用再责备你。不过陈德怀当然是我们害死他的，须得好好料理他的身后，也算是表示我们一些感激之心。唉，德怀毕竟是个英雄，我一向赏识他，可真是老眼无花啊。"

半个月后，他们已造了个很庄丽的坟，把德怀葬了。碑上刻着的字，是戈院长亲笔写的，叫作"呜呼小友陈德怀之墓"。大家见他这样优待一个贼，都莫名其妙，只说老头儿怪僻罢了。偶有人提起"陈德怀"三字时，大家仍还骂着道："他是一个贼，他是一个贼！"

旧　约

　　斜阳下去了，天已夜了。河边散步的人都已散开去了，四下里渐渐寂静，没有声响，但听得远处闹市中还有车马箫管之声，杂在一起，隐隐送到这个所在，却好似在别一世界中了。

　　河边一只游椅中，坐着一个少年，脸色沉郁得很，不时望着那半天星月，长吁短叹，又喃喃自语道："交易所，交易所，原来是陷人的陷阱！我可就落在这陷阱中了，那蚀去的两万块钱，明天拿什么还与债主？手头一个钱都没有，这便怎么办？"说时，望着那黑魆魆的河上，眼前陡地起了一种幻象：仿佛见一座挺大的牢狱峙在那里，开着两扇牢门，似是一头猛虎张开着大口，等他进去，好不可怕。

　　那少年一阵打颤，忙把两手掩住了脸，不敢再看这个幻象。当下呆坐了一会，似乎已打定主意了，蓦地长叹一声，站起身来，仰天惨呼道："生不如死，死后就能逃去一切苦痛，我还是死吧！"便颤巍巍地直赶到河边铁栏杆旁，两手紧握着栏杆，把上半身弯倒在栏杆外，预备两脚向上一纵，一个倒栽葱栽到河中去。

　　谁知正在这当儿，猛听得背后起了一片脚步声，早有人把他紧紧抱住，一边说道："好好青年，什么事不能设法，哪里没有生路？却偏要向河中觅死路去。"那少年没奈何，只得离了铁栏杆，回过身来，抬头瞧时，见是一个衣冠齐整的中年人，口中噙着一支雪茄，立在那里，两眼停注在自己身上，脸色十分和善。那少年倒觉得忸怩起来，低着头一声儿不响。

那中年人又道："到底是为了怎么一回事？快和我说，我或能助你一臂。你瞧那黑黑的水，发怒似的流着，何等怕人，你为什么去乞灵于它？难道除了它再没有旁的路么？"

少年叹息道："没有路了。不瞒先生说，我身上正负着二万块钱的一笔大债，明天须得还与债主。但我除了一身之外，不名一钱，因此赶到河边来寻一个归宿之地，撒手离了世界，这笔债也就逃去了。"

那中年人道："但你这笔债又怎样欠下的？可是为了平日间狂嫖滥赌，有荒唐的行径，才挥霍去了这二万块钱么？"

少年摇头答道："并不是在嫖赌中挥霍去的，只为起了个发横财的妄想，张罗了许多钱，一股脑儿去买那交易所现股。起先情形还不恶，竟能赚进几个钱，但我还希望它飞涨起来，比本钱涨上几倍，方始脱手。谁知不上几时，交易所的西洋镜拆穿了，股票的价值越跌越低。我慌了，生怕它末后连一个大钱都不值，急忙卖出。合算起来，除去收入的数目料理一部分债务外，还足足欠人二万块钱，明天无论如何必须归还。然而我的路都已断绝，又向哪里去设法呢？"

那中年人叹道："唉！交易所不知道已坑死多少人了，你为什么也妄想发财，陷到这陷阱中去？要知我们既在这世界中做人，应当劳心劳力地去做事，得那正当的血汗代价，若要不劳而获，世上哪有这种便宜的事？你平日可有什么正当的营业么？"

少年道："有的。我本是高等商业学堂银行专科的毕业生，离了学堂以后，就在市立银行中办事，充出纳部的副部长，每月也有一百块钱的薪水，年底分红也很不薄。"

中年人道："如此你前途很有希望，将来发扬光大，也未必不能成一个富人。为什么不好好儿依着这正路走，偏自轻意走到那邪路中去呢？你可有父母，可有兄弟么？"

少年道："父母单生我一个人，并没有兄弟姊妹。父亲也已去世十年，如今单有母亲在家。"

中年人道："好狠心的人。你发财不成，自管觅死，便抛下你母亲孤零零地过活么？"

少年道："这也是没法的事。我本来很爱母亲，很要使她享福。但是事已如此，哪里还能顾到她老人家？"

中年人道："大好青年，应当在世界中做些事业，好好儿奋斗一场，自杀的便是懦夫、是弱虫。即使做错了事，也该设法改变过来，万不能一死自了，把你父母辛苦抚育你长大的身体断送了。"

少年颤声说道："先生，请你不要苛责，我们立地做人，谁不爱惜他的性命？瞧那花花世界，何等可爱，谁不想长生不老，永远厮守着。像我今夜这样，割舍一切要投身到河中去，也叫作无可奈何呢。先生请便，我管我死，你管你走路吧。"说完，旋过身去，仍要向铁栏杆畔走。

那中年人却一把扯住他道："算了，算了，没的为了二万块钱牺牲性命。我自问还有这能力助你一臂，我们且来商量一下子。"一边说，一边同着那少年在游椅中坐下。接着又道："我听了你的谈吐，知道你实是一个诚实的少年，堕落还没有深，发达也甚是容易。你要二万块钱还债，我此刻就签了一张支票给你。不过我有一个条件愿你遵守，以后不许再做那种不正当的营业，好好地仍到那市立银行中当你的出纳部副部长，每月一百块钱的薪水，似乎尽够你们母子俩的用度。市立银行是一家很发达的银行，照你这一百钱的薪水算，明年此时至少有二千块钱的分红。今夜我给你这二万块钱，完全是借贷性质，虽然不须借据、不须付息，但你年年今夜，须到这里来还我二千块钱，十年分十期，理清这笔债，你可能答应下来么？"

那少年做梦也做不到，一条绝路中却忽然开出一条生路来，当下感激涕零，不知道该说什么话才好，支吾了好一会，才嗫嗫嚅嚅地说道："先……先生，我什么都愿答应，以后定要依着正路走，决不再堕入魔道了，一年二千块钱我也敢答应的。"

中年人很高兴似的说道："这样再好没有，我们准定照这样办，年年今夜我在这里等你的二千块钱。在这一件事上，我能见你的人格如何，你可不要失约啊！"少年连应了几声不敢，他便从身边掏出一本支票簿来，就着一边街灯下面，签了一张二万块钱的支票，给少年藏好了，又安慰了几句，便说一声再会，三脚两步跑去了。

少年随后喊道："且慢，请问先生尊姓大号？"那中年人似乎不听得，飞一般跑去。少年又大声说道："先生记着我叫作胡小波，我叫作胡小波。"

那时星月在天，照见那中年人已在街角上跳上一辆马车，渐渐远去了。

胡小波得了那二万块钱，第二天把债务一起料理清楚，顿觉心头舒服、身上轻松，放着一副自然的笑脸回去见母亲，把前后的事都说了出来。母子俩哭了一回，笑了一回，又悲又喜。他母亲更不住地念着佛号，要替那不留名的大恩人供长生牌位。

小波银行中的职位原没有辞退，自然照常前去办事，前几天满面愁云，如今可换上一副笑脸了，映着那出纳部柜台上明晃晃的黄铜栏杆，更见得神采飞扬。他心中已立定主意，从今天起可要重新做人，依着袁了凡氏"以前种种，譬如昨日死；以后种种，譬如今日生"的两句话，脚踏实地做去。他心中、脑中，深深刻着那夜预备投河时的情景，又牢牢记着那恩人的一番金玉之言，把一切发财的妄想、行乐的恶念全都赶走了。每天到银行中，勤恳办事，再也没有旁的意念来扰他的精神。

第二年年底，他喜出望外，竟得了三千块钱的分红。暗想：这回就能付清十分之一的债款了。到了那和去年同月同日的夜中，就揣着三千块钱的钞票，守着旧约到河边去，会那不留名的恩人。坐在游椅中，回想去年此时情景，真觉得感慨不浅。但是这夜从七点钟起，直等到十二点钟，不见那恩人到来，河岸草地外的大街中，除了曾有一辆汽车开过外，并没有旁的车子经过，走过的人也不多，没一个到河边来的。小波没奈何，只索没精打采地回去。明天到银行中，就用了不留名先生的名义，把三千块钱一起存下了。

以后一连几年，小波兢兢业业，尽心在银行中，他的职位已从副部长升到正部长，每月的薪水既加多，每年的分红也加厚了。他母亲见儿子一年胜似一年，常常嘻开了嘴笑。每年到了那一个投河纪念的夜中，他总揣了二千块钱到河边去，然而总也不见那恩人到来。他心中好生诧异，想那恩人可是打算把二万块钱的债务取消了么？但他仍不敢动用一钱，把分红所入一起存入银行。曾有两回在各大报纸上登了封面广告，访寻那不留名的恩人，却一封回信都没有来。

他一年年依旧守着旧约，却一年年失望回来。到了第十年上，小波一查银行中的存款，连本带利已有了十万块钱。等到了那夜，便提出八万块钱一张支票，仍到河边去，预备把旧债加上几倍，还他八万，借此表示自己的感激之心。

说也奇怪，这夜他刚到河边，那恩人早已在游椅中坐着等他了。一见小波，便立起来和他握手道："恭喜，恭喜，十年来你已完全换了个人了，银行中挣下多少钱，可有十万么？"

小波笑着答道："已有十万了。十年来每逢这一夜，我总守着旧约，怀了那笔钱到这里来，但总不见你老人家践约。我没法想了，又为的不知道尊姓大号，没处可送；登了广告，又不见回信，于是只得把钱存入银行。今天我预备和你老人家打消这笔旧债，十年前的二万之数，加利奉还。"说时，忙把那张支票双手递与那中年人，眼中不觉落了两滴感激的热泪。

那中年人却把小波的手儿一推，带笑说道："小波，算了，这笔债早就取消了。我不是别人，便是人家称作中国丝王的洪逵一，家资千万，还稀罕你这八万块钱么？当初我给你二万，本是可怜见你，存心送给你的。只怕当时不是那么激励你一下，你就没有这一天呢。但我还须向你道歉，十年中失了九回的约，累你白白等我，真对不起得很。每逢这一夜，我原也坐着汽车经过这里，瞧你来也不来，十年中你竟一回不脱，足见你真是个不可多得的君子，使我佩服极了。"

小波听得他就是丝王洪逵一，几乎一吓一个回旋，当下忙又说了好多感激的话。

洪逵一瞧着小波，又笑问道："小波，你有了那十万块钱，打算怎样？可要开一爿交易所玩玩么？"

小波忙说："不敢不敢，目前中国没有完备的造纸厂，还是去开一爿造纸厂，不知道逵翁意下如何？"

洪逵一道："这意思很好。我再助你十万基本金，你自管好好办去。"

第二年春上，胡小波便辞去了银行中的职位，开办造纸厂了。不上三年，已很发达，中国的报界、出版界全都用他厂中的出品。一年年过去，差不多已和洪逵一的丝业分庭抗礼。小波名利双收，好生得意。他得意中的第一事，就是洪逵一才貌双全的女公子德英，已做了他的夫人了。

钝根曰：世间尽多投机失败之人，世间必无赠金救命之洪逵一。吾愿沉迷于赌博商业者，立地回头，勿冀有洪逵一之后援，而犹思作孤注之一掷也。

良　心

　　话说上海城内，有一个小小的礼拜堂。这礼拜堂在一条很寂寞的小街上，是一座四五十年的建筑物。檐牙黑黑的，好似涂着墨，两边粉墙，白垩都已剥落，露着观木，长满了绿苔，仿佛一个脱皮露骨的老头儿，巍颤颤立在那里的一般。两面有两扇百叶窗，本是红漆的，这时却变了色，白白的甚是难看。那窗框子也早脱了笋，歪斜欲坠。当中两扇大门已不是原配，一新一旧，勉强支撑着，瞧去倒像一个老头儿死了老婆又续了弦似的。就那屋顶上那个十字架，也黯然失色，懒洋洋向着天，满现出无限凄凉之状。

　　这一座礼拜堂经了四五十年风霜雨雪的剥蚀，在全街许多古屋中要算是大阿哥。每逢礼拜，来祈祷的人很少，不过是二三十个妇人和七八个老人，都是这街中住着的中国贫民。无非是蓝布衣裳、黑布裤子，再也寻不到一身绸衣绸裤。只瞧他们脸儿，就写出一派穷苦之象。来时还带着几个拖鼻涕的小孩子，一进了门，就抛石子，弹纸蚱蜢，吱吱咯咯闹个不住。至于那妇人和老人们呢，内中信教的只一小半，其余却是和着兴，借此消遣来的。

　　主持这礼拜堂的是个英国老牧师，年已七十多岁，一部长髯，垂到胸口，白得像银丝一般，头上更白白的，好似堆着霜雪，大家都称他做梅神父。这梅神父道力高深，性儿十分慈善，街中有人生了病，他总得前去探望，好好安慰他。倘有人家断了炊，没东西吃，他便向别处化了钱来，分给他们。因此受过他恩的人，都把他当作万家生佛般看待。就这每礼拜来祈祷的三四十人，也都是他感化来的。

到了礼拜日，梅神父一清早就到堂中，又带了他女儿来弹琴。这琴也是四五十年的东西，不知道修理过好几十回。弹时做出一种咯咯之声，活像是老头儿落了牙齿，和着三四十人唱赞美诗的声音，倒像一群乌鸦聚在一处乱噪似的。除了这礼拜日外，堂中却鸦雀无声，静悄悄地好似一座挺大的古坟。

街中人都忙着挣饭吃，没有工夫上礼拜堂来。连那墙上挂着的耶稣基督圣像，也现着我倦欲眠的样子。门整日价关着，并没人影，却造化了蝙蝠、耗子，在里头打起公馆来。

那梅神父是个很虔诚的人，不论天气阴晴，总到堂中走巡。一则向圣像祈祷，一则洒扫圣坛，从没一天不到的。他来时总在傍晚六点钟，有一定的时候。这是他每天的刻板课程，毫不变动。礼拜堂近边人家，一见梅神父白发飘萧，从斜阳影里慢慢儿走来，便知六点钟已到，家家预备夜饭。十多年来，天天如此，倒比天文台大时钟还准确咧。

一天正是十二月某日，风雨萧条，阴寒砭骨。那风丝雨片中，还夹着些雪花，霏琼屑玉般飘着。沿街的化子和野狗都在雨雪中瑟瑟地乱颤，可怜冬天又到了。正在六点钟光景，梅神父撑着一顶半新旧的蝙蝠伞，一路从大街上走来，一边低着头，抵住那扑面的冷风。但他那身黑色的法服上，已沾满了雨丝雪花。他的寓所，去礼拜堂约有两里光景。在旁的人呢，像这种天气，定要恋着火炉，裹足不出，决不肯冒着风雨上礼拜堂来。但这梅神父却是个一点一画的人，不肯为了天气破他的常规。别说下雨下雪，任是天上落下铁来，他也依旧要出来的。

那时他一路走，口中低低祈祷着。大街中有几家酒店，都聚满了酒徒，酒臭菜香和豁拳谈笑的声音，都从门罅里逗将出来。梅神父暗暗叹了口气，想这是制造罪恶的所在，怎么如此热闹。正走过一家时，猛听得里边起了一片打架之声，又一阵子大骂，话儿甚是龌龊。梅神父长叹了一声，飞一般逃了开去。

到礼拜堂时，恰是六点钟时候。轻轻地开了大门，正襟而入，只惊动了那些耗子、蝙蝠，没命地逃了个干净。当下他自管趱到那圣坛前面，伸手在圣水中浸了一浸。猛觉得有人跪在那里，倒吃了一吓，忙从怀中掏出火柴，把坛上一盏圆灯点了起来。

就那淡红的灯光中瞧时，见有一个工匠模样的人跪在坛前。穿着一身灰色爱国布短衫裤，头上戴着一顶鼻烟色毡帽，口中呢呢喃喃的，不知道说些什么。梅神父打量了一会，便开口问道："我的朋友，你在这里做甚？"

那人一听得这仁慈的声音，又见了那灯光，就回过头来，接着却呆了一呆，一时作声不得。梅神父仔细一瞧，见是一张很诚实很忠厚的脸，眉宇之间并没一点浮滑气。瞧去还觉得眉清目秀，不像是个粗犷的工人，估他年纪，在三十左右。想他为了什么事，却在这傍晚时候，冒了雨雪，赶来祈祷。难道像他这么一张忠厚诚实的脸，也做下了什么亏心的事吗？想着，又柔声下气地问道："我的朋友，你到这里来为了什么事？"

那人抬着一双水汪汪的泪眼，注在梅神父脸上，嗳嚅着说道："爷爷恕我，爷爷恕我。"

梅神父忙道："你别唤我爷爷，只唤我神父好了。"

那人点着头，向当中那幅耶稣基督圣像望了一眼，又嗳嚅着说道："爷爷……神父……我又唤错了，请你见恕则个。我原不是你们教门里的人，因此也不明白你们教门里的规矩。只是平日间听得隔壁卖旧书的张老伯伯说，我们要是犯了过失，或是做下了什么不安心的事，只消去告诉上帝，上帝都能宽赦我们的。今天我就为了这个，特地冒了风、冒了雨、冒了雪赶来，想把我的过失一五一十告诉上帝，求上帝恕我。这一件事在我觉得很对得起良心，并没有做错。只不知道为什么这颗心却兀是安放不下，倘再闷在肚子里不说，怕要发疯咧。"

梅神父瞧他一脸子的忠厚气，委实猜不透他犯的什么罪，便赤紧地问道："你到底做了怎么一回事？快和我说，我能助你忏悔。"

那人蹲在地上，忔愣愣地抖了一会，才颤声答道："神父，说来你别吓，我是个杀人犯，曾杀死过一个人。"

梅神父不听犹可，一听了这话，禁不住怔了一怔，白瞪着两个老眼，停注在那人脸上，移动不得。暗想十多年来，到这里来忏悔的果然不少，大都是为了偷偷摸摸的小事，却并没有杀人犯到来。今天要算是破题儿第一遭咧，只瞧他模样儿，却不像是杀人的凶手。谁能知道他这一副忠厚诚实的脸壳后面，却藏着一团杀气，那一双摩挲圣坛的手，却涂过人家的血。这么说来，世界上"善恶"两字，竟不能在皮相上分辨，须用了哀克司①光镜照人的心脏了。他想到这里，不住地咄咄称怪，一面又悄悄地说道："我的朋友，你快当着上帝细细说来。上帝的一片慈心，宽大无边，或能恕你呢。"

那人又在地挨了一阵，才嘶声说道："如此我说了，不过我觉得这事很对得起良心，是凭着良心做去的。只不知道上帝和神父听了，又怎么样。我姓沈，名儿叫作阿青，是个泥水匠，今年三十一岁。八年以前，我便跟着一个好友同到上海。这好友委实二十年的老知已，从小就和我在一块儿玩，那时我们都在乡下，整日价好似没笼头的马，到处乱跑。不论到哪里，彼此总在一起。论我们的玩意儿，也四季不同。春天探鸟窠，夏天游小河，秋天捉蟋蟀，冬天塑雪人。不论玩什么，彼此也总在一起，所以我们俩好似扭股糖似的，天天扭住着。别说是老知已，简直比了人家亲兄亲热得多。他姓陈，名唤阿利，脸儿很俊，身体也很壮硕。我对着镜儿自己照照，总觉比不上他。

"十四五岁上，我们一同投在一个泥水匠门下做学徒。他身手灵捷，着着争先，不到一年，居然跳出了学徒的圈儿，取薪工做伙计了。但我却像蜗牛缘壁一般，进步非常迟慢，辛辛苦苦做了两年，仍是原封不动地还我一个学

---

① 即 x 光镜。

徒。阿利性儿很温和，并不小觑我，他的心也像托在胸前，不是藏在心房里头的。平时待我总用真情，毫没假意，我得了这么一个好友，得意万分。又为他年纪比我大一二岁，便当他是自己亲哥哥看待。我爱他，又羡慕他，有时他和我玩笑，拍着我背儿唤我笨伯，我不但不生气，反觉欢喜。我一连做了三年的学徒，才算完毕，和阿利一同出了师父的门，同到上海，上一家天水木作去做伙计。到此我的本事已不输阿利，他能做什么，我也能做什么。至于我们两人的情谊，依旧像从前那么亲热，一天到晚彼此厮守在一起，有说有笑，分外兴头。他有什么工事做不了，我总竭力助他，我有做不了的事，也总央他相助。不过到了晚上，两下才分手自去。

"阿利性情活泼，喜欢作乐，加着老子娘都死了，肩上不挑担子。一到了黄昏时候，他自有一班朋友合伙儿玩去。只我却没有这个福分，因为家里有老母在着，又生着病，我每月得了薪工，除去自己费用，便积下钱来寄回家去。因为做了儿子，不能不尽做儿子的一点心意。我倘一个人自管作乐，可不要把母亲饿死病死么？因此上阿利有时约我去玩，我总谢绝不去，他也很体谅我，并不相强。时光容易，一年又过去了。

"我到了上海，没有宿头，阿利和旁的朋友们借了人家一个楼面住着，我却将就住在一个卖花妇人家里，费用比他们节省，每月连吃饭不过两块多钱。那卖花妇人是个寡妇，怪可怜见的。大清早忙着出去卖花，换几个苦钱，我住在她家，饭菜虽不见好，只想这两块多钱，在他们也算得个小小进款，我不妨迁就下去。还有一层，我这颗心已给那寡妇的女儿牢牢拘住，再也分不开去。

"那女孩子玲珑娇小，芳名叫作小灵，真是有名有实，十全十美。估她年纪，不过十七八岁，一张鹅蛋脸儿，虽不搽胭脂，却是活色生香，好像贴着粉红的蔷薇花瓣儿。但瞧那一双媚眼，也水汪汪的着实有趣。你倘把眼睛和她接一接，灵魂怕就飞去半天咧。加着她又是苏州人，苏州女孩子的口气又最是动听。她张开了樱桃口说话时，那声音娇脆得什么似的。记得从前春天探鸟窠时，听得黄莺在杨柳阴中呖呖娇唱着，似乎还比不上那小灵的好声。她的性儿又很温和，很孝她母亲，就待我也非常亲切，仿佛兄妹一般。我只听她叫一声阿青哥，心儿就别别别跳个不住。这样一天天和她相见，就不知不觉爱上她了。

"然而一连三年，我却不敢把心事告诉小灵，只闷在肚子里，打熬着万种相思之苦。一则生性胆小，不论做什么事，总有些蝺蝺螫螫的；一则进款太薄，除了两块多房饭钱和零星费用外，多下来的钱都须寄回去给母亲，可没有闲钱娶老婆。为了这两件事，我兀是不敢和小灵说情说爱，可是话儿一出了口，将来可收不回来咧。哪知我正在心儿热热的时候，可怜母亲陡地撇下我上天去了。我一得这凶信，何等悲痛，足足哭了好半天，才回去把母亲殓了。守了一个月丧，才又回到上海，依旧住在小灵家里。

"到此我灰了一百心，也不想什么爱情不爱情。接着过了一年，我每月不用把钱寄回家去，倒积下好几十块钱来。眼瞧着那花朵儿似的小灵，如何不动心。

"一天上正是鸟啼花放的春天，到处都带着春气。小灵母亲贩了一篮的鲜花大清早就出去了，小灵却在窗前洗衣服，露着两条粉藕似的臂儿，又嫩又白。一头青丝发微微蓬松着，在晓风中拂拂地飘动。半窗太阳放着胭脂的光儿，照在小灵羊脂白玉似的脸上，真好似个活观音咧。当下我硬着头皮，走将上去，低低喊了声灵妹妹。喊了一声，又咳嗽了几声。小灵不知道我要说些什么，又见我脸儿涨得猪肺似的，便吃吃地憨笑起来。我又挣扎了一会，才把三年来爱她的话说了，接着又迸起了一股勇气，向她求婚。小灵一听这话，粉腮子欻地一红，忙从水中拖起两条玉臂来，羞人答答地背过脸去。我赤紧地再和她说，她却老关着樱桃小口，兀不做声。既不说肯，也不说不肯，我没法儿想，只索搭讪着踅了出来。

"这天完了工回来，我放大了胆，又把这事和小灵母亲商量。她老人家平日里很瞧得上我，说我忠厚诚实，一辈子不会落薄，经我此刻一说，居然满口答应。一边她又悄悄地去和小灵商量，不想小灵也有情于我，香口中竟吐出'愿意'两字来。

"我见好事已成，好不快乐，这夜做了一夜的好梦，仿佛见小灵已穿着红衣红裙做新娘子了。以后一个月中，我这心似乎浸着蜜糖，分外得意。瞧小灵待我，虽和以前没什么分别，仍当我哥哥般看待。只想将来结婚之后，定能把兄妹之爱变作夫妇之爱，尽耐心儿守着好了。

"定亲以前一礼拜，我便把这事兴兴头头告知阿利。可是除了阿利，我并没旁的好友，加着这一件天大的喜事，在肚子里委实包藏不住，说了出来，方才舒服。阿利一听，也替我欢喜，口口声声向我道贺。且还和我开玩笑，说要先瞧新娘子。我和他既像兄弟又像知己，这一些小事，自然答应下来。况且小灵是个天仙女模样的人，我也很要显宝似的显给阿利瞧瞧。第二天上，就带他去见小灵。

"这一见，那晦气星便钻进了我天灵盖，我所犯的罪，也就在这天下了种子。你老人家料事如神，想能猜透后来的变局了。大凡女孩子生长闺中，究竟少见世面，不明世故，倘有了三分姿色，更是危险。她们的心，既不能放定，她们的眼光，也不能放远。今天见了这个，便爱这个，明天见了那个，却又爱那个，正和小孩子弄耍货，一得了新的，早把旧的抛开了。那阿利我原说过，是个脸儿很俊身体很壮硕的人，说话又漂亮，能把死的说成活的。叫他应酬妇人，也是一等的名工。我自问三四年来，做泥水匠的本事已不输他，只是这几件事总比不上他。蹩脚的骡子，怎能和马比跑呢？

"那天阿利和小灵见面，正叫作不是冤家不聚头。不知道是谁在暗中捣鬼，竟把他们的心牵动了。从此他们俩你恩我爱，常在背地里会面，倒把我冷冷地抛在一边。我却装聋作哑，仍然赤胆忠心爱着小灵，要使小灵自己明白，渐渐儿回过心来。

"到得定亲的前一天，我已向银楼中配了两式金饰两式银饰，很兴头地带回来给小灵瞧，想借着这黄澄澄白晃晃的，换她一个笑脸。谁知道她不但不笑，却陡地掉下几颗珍珠似的泪儿来，一边呜咽着说道：'阿青哥，请你恕我则个，这些东西你留着给旁的女孩子受用，我可不能做你老婆了。阿利爱着我，我也爱着阿利。'

"唉，神父，到此我还有什么话说，只索忍痛把那劳什子藏好了，心儿里顿像有几千把快刀在里乱戳，眼中也热烘烘地险些儿掉下泪来。唉，至此我可没有法儿想。我既爱小灵，又爱阿利，倘要拆散他们姻缘，原很容易。但我却没有这一副铁石心肠，苦苦想了三日三夜，总想不出什么好法儿。临了我反做了个媒人，把他们俩撮合拢来。

"只是阿利向来是作乐惯的，钱儿到手，就像泥沙般用去。所以到了上海三四年，并没多下一个大钱。如今要和小灵定亲，又苦地没处张罗，我和他既是好友，哪能不尽力相助？于是把那新办的四件首饰全个儿借给了他。而且我已没有心爱的人，也用不着这劳什子了。三个月后，我又把余下的钱借给阿利，助他结婚。一面又办了两份礼物，送给他们两人，暗暗向天祝告，使这一对有情人百年和合，多福多寿多儿子。我虽满肚子的不快乐，也不得不咽了眼泪，勉强装出笑脸来。这时正是八月半亮月团圆时节，他们两口儿便欢天喜地地结婚了。

"这一件事，我觉得很对得起他们，也很对得起我自己良心。神父，你想可不是么？结婚后一年中，他们俩都很快乐，我却冷清清地一个人过着伤心日子。眼瞧着他们甜甜蜜蜜，好不难堪。第二年冬天，小灵便生了个儿子，门庭里头更腾满了喜气。

"只可惜阿利却着魔似的走入邪路去了，夜夜仍和朋友们在外边乱逛，不但喝酒看戏，更大嫖大赌。他这人本来很活泼，不受束缚，有了妻子，在他就好似上了脚镣手铐。先还耐着过了一年，便忍耐不下，他胡闹了三个月光景，不但把薪工使用干净，反又欠了一大笔钱。既没有半个钱给小灵，又把小灵的四件首饰偷了去，等到事儿发觉，东西早插着翅儿飞进长生库去了。阿利回来时，小灵少不得哭哭啼啼，问他要回东西来。阿利动了怒，竟动手把小灵打了一顿。我瞧他们这种情景，心如刀割，那阿利的拳儿着在小灵身上，倒像打碎我的心一般。

"一天我在工场中，便悄悄地把阿利劝了一番，劝他归心向正。奈何阿利这时早忘了我们朋友的情分，哪里肯听？他有时没钱，却还向我挪借，我倒不能不借给他。有时我捉空儿到他家里去，只见结婚时所办的家具，早卖去了一大半。可怜我花朵儿似的小灵，已像一枝半谢的桃花，十分憔悴。见了我时时淌着泪珠儿，掉在那小孩子脸上，只是懊悔也来不及了。

"这样过了一年，小灵已吃尽万般苦楚。我怕她见了我心中难堪，不敢去瞧她。只不去瞧她，偏又记挂着，整日价牵肠带肺，很不得劲儿。趁着晚上阿利不在家时，总到她家门前兜个圈子，见小灵和她儿子都好着，心上才安。临去总把一二块钱塞在那孩子小拳里，给他们母子俩买些东西吃。

"这一件事，我自问也很对得起良心。神父，你想可不是么？谁知我正做着这良心的事，阿利却又凭空妒忌我，说我是他浑家的老相好，此刻仍在暗中来往。又说了许多很醍醍的话，把我一阵子臭骂。唉，神父，我虽是个下贱的泥水匠，决决不肯做那种不要脸的事。况且小灵也很知正道，像观世音一般清净，这种事也万万不肯做的。

"光阴如箭，眨眼儿又是一年。阿利已变得穷凶极恶，直好似陷进了地狱。三年来所欠得债，已在五百以外，本钱既不能还人家，连每月的利息也不付。债主不肯干休，天天来逼他，要拉他上衙门去。阿利没法儿想，就想出个卖老婆的法儿来。该死的阿利，哪里还有良心？要是有良心的人，哪里会做这种没良心的事。

"这天我恰带了两块钱去探望小灵，小灵就哭着把这事告诉我，急着要觅死。我好好安慰了她一番，没精打采回到自己家里。那时小灵母亲早已死了，我另租了一间小屋子住着。这夜我通夜没睡，兀在床上翻来覆去，想着法儿。只是想到了天明，依旧没得计较。可是我又没有这五百多块钱替阿利还债，要救小灵，简直比登天还难。

"第二天我又出去做工，阿利也在一处。这当儿我们正包造一座三层楼房，将近完工。这天我和阿利正砌那顶楼上的高墙，各自立在一乘长长的梯子上，相去不过一尺左右。十二点钟时，旁的伙伴们都吃中饭去了，我们俩为了一角没有砌好，正忙着砌。阿利忽地停了手，冷笑着向我说道：'阿青，你一向爱着小灵，小灵也爱着你。这小蹄子生成贱骨，不配做我浑家，我索性送她进窑子去，尽她作贱。你既爱她，以后天天上窑子去逛好了。今天晚上我就须写卖身单子，把她送去换他六百块钱，也是好的。'说着，张开了血盆大口，一阵子傻笑。我咬着牙齿勃然说道：'小灵是个天仙女，谁也配不上她。你这天杀的恶鬼，活该下十八层地狱去呢。'那阿利听我唤他恶鬼，却生了气，陡地伸手要打我。

"我这时直把他恨得牙痒痒的，猛可里起了个杀念，想今天倘能葬送了他，就能救得小灵。看在小灵分上，我可顾不得什么了。便趁他伸手过来时，用脚向他梯子上狠命踢了下去。接着就听得啪哒一声，那梯子连着阿利一股脑儿栽将下去。这一跌足有四五丈，甚是厉害，眼瞧着阿利头破血流，一声儿不响地死了。

"我呆了一会，才赶下梯子，去唤伙伴们来瞧。大家只道他自不小心，并不疑到我身上。阿利一死，自然保全了小灵。这一件事我自问很对得起良心。就我杀死他，也凭着这一点良心呢。"

那人说到这里，略停了一停，抬起眼来，向那耶稣基督圣像瞧着。

梅神父听了他一大篇话，心儿甚是感动，忙又问道："如今那小灵怎么样，可嫁了你没有？"

那人正色道："小灵可不是那种水性杨花的妇人，我也不敢做这种丧尽良心的事。阿利死后，我依旧和从前一模一样，隔了两天三天就带些钱去探望小灵，更瞧瞧她儿子。唉，可怜可怜。"

梅神父道："如此你可娶了没有？"

那人摇头微叹道："除了小灵，没一个人瞧得上眼。我已打定主意，一辈子不娶了。只不知道为什么，从阿利死后，我心中兀是不安，晚上常做噩梦，不能安睡。打熬了好久，才听了隔壁张老伯伯的话，来求上帝恕我的罪。神父，你瞧上帝可能恕我么？"

梅神父低着头，老泪纵横，呜咽着答道："好一个有良心的人，上帝定能恕你。"

这时那圆灯的红光，正亮亮地照在那人脸上，便微带着笑容，像要登仙去咧。

对邻的小楼

发端

对邻有一宅一上一下的屋子，屋瓦零落，檐牙如墨，多半已有二三十年的寿命，和近边几宅新屋子比较，也可以算得年高德劭了。这屋子的主人，是一夫一妇，并没有儿女。他们俩倒是精明经济学的，以为夫妇二人尽可蜷蜷尾巴缩缩脚，住着这么一上一下的大屋子，未免太不经济了。于是把他们那个小楼像陈平分肉一般，平平均均地划分为二，自己住了后半楼，把前半楼出租。至于那前半楼的面积，虽不致像豆腐干那么小，却也只够放一张床铺、一张桌子和一二把椅子了。我瞧着那半角小楼，总说这是半壁江山的小朝廷。

第一章　第一家住户

那朱红纸的招租贴在门口，色彩鲜明，很引起许多走路人的注目。不上十天，那对邻的小楼中已有一户人家搬进来了。几件很简单的家具，一一从窗口上缒上去。一张铁床靠墙放着，靠窗口一张红木漆的小桌子，已微微露出白色了。桌旁放着两把椅子、三四只凳子，中式和西式都有，分明是杂凑拢来的。壁角里一个三只脚的面盆架子，安了一个铜面盆在上面，也暗暗地没有光彩。此外便是瓶瓮罐头和脚桶马桶之类，把床下桌下全都塞满了。第二天我推开楼窗来，要瞧瞧这对邻小楼中新迁入的高邻了。留意了半天，却不见有人，只见那铁床的帐子沉沉下垂。床前有一双男鞋和一双女鞋放在那里，四只鞋子却横七竖八地放成四个位置，也可见他们临睡时的匆促咧。

午饭吃过了，自鸣钟已打了一点钟，才见那小楼中有一男一女正在忙着洗脸梳头，搽雪花粉，一会儿便各自穿了华丽的衣服，分头出去了。我瞧了他们两人的脸，觉得很厮熟，似乎曾在什么地方见过的。想了一会，陡地有红氍毹上的两个影儿映到我眼前，才记起他们是游戏场中演新剧的男女演员。

他们毕竟是演惯戏的，平日间谑浪笑傲，差不多把舞台上演戏的一言一动全在这小楼中搬演着。有时也有同业的男女来瞧他们，一块儿吃饭打趣，无论什么粗恶的话，都可出口；打情骂俏的举动，也可随随便便地做出来。他们那种生活，倒也快乐自在。这样过了一个多月，他们忽然搬走了，大门上又贴了朱红纸的招租。据屋主的夫人说，他们俩原是非正式的结合，因为这几天闹了意见，彼此分手咧。

第二章　第二家住户

半个月后，那朱红纸的招租已揭去，又有第二家住户搬进来了。我每天早上起来，常见对窗有一个女学生般打扮的女子，坐在窗下挑织绒线袜。年纪约莫二十三四岁光景，一张长方形的脸现着紫棠色，分明是在体操场上阳光之下熏炙过的。槛发齐眉，烫得卷卷的，变成波纹起伏的样子，常穿一件方领的黑半臂，四周都滚着花边。她有时不做活计，便拿了一本书，很用心似的在那里看。瞧去似是教科书，又像是旧式的小说，也无从证实是哪一样。

楼中的布置虽也简单，却是一式新的，比那第一家住户整齐多了。铁床上的帐子一白如雪，配上一副亮晃晃的白铜帐钩。一面壁角里，还放着一架小衣橱，这是第一家住户所没有的。并且墙上也有画镜了，一张是爱情画片，一对西洋男女在那里接吻；一张是裸体画，一个美女子赤条条地立在河边，这也是第一家住户所没有的。

这天晚上，我便瞧见她的他了，是一个三十多岁商人模样的人，和她的女学生式不很相配。然而他们俩亲热得很，有说有笑地用过了晚饭，便同坐在床边，学那画镜中西洋男女的玩意，又唧唧哝哝地说着话，大约总是情话吧。一到九点钟，便吹熄了火，双双地钻进那一白如雪的帐子去了。

这样三个月，那半角小楼真是情爱之宫，没有什么不快意的事。但是有一晚，他们俩却似乎口角了，她伏在床前的小桌上，抽抽咽咽地哭个不住。又过了一天，我听得窗下起了邪许之声，临窗瞧时，却见那第二家住户又搬出去了。我家的女仆张妈是很好事的，她又从屋主夫人的口中探得那俩口儿的事。据说她确是一个女学生，因了上大洋货店买东西，忽然和一个伙友爱上了，便非正式地结合起来，在法租界住了两个月，搬到这里。但那伙友早有妻子，住在洞庭山故乡。不知怎样被她知道了，赶到上海来和丈夫大起交涉，竟要打上门来。那女学生父母都去世了，还有一个伯父在着，也反对他们的结合。这回搬出去，恐怕要劳燕分飞了。

第三章　第三家住户

第三家住户可阔绰了，小铜床啊，红木的桌椅啊，白漆的挂镜啊，红花细瓷的西式茶具啊，顿把这半角小楼装点得焕然一新。一个西式少年脱去了外衣，卷高了白衬衫上的袖子，正在喜孜孜地布置一切。估量他年纪在三十左右，雪白的领圈，简直连一星灰尘都没有。一个锦缎做的领结，配上独粒小钻石领针，分外地美丽。一头头发，全个儿向后倒梳，乌油油的好似涂着漆。一张小白脸上，微含笑容，足见他心中的快乐咧。

他是一个人来的，并没有女子。我暗想奇了：他租了这么半角小楼，布置得很阔绰，难道给他一个人舒服的么？更奇怪的，一连两夜楼中没有灯火，那少年分明不宿在这里，另有宿处。到得第三天晚上，忽见楼中灯火通明，他同着一个穿绿斗篷的美女子到来，一阵阵浪笑之声随风送来。又眼见得一时灯光缭乱，不知道他们在那里忙什么事。第二天日上三竿的当儿，才见那少年起床了，接着那铜床中又钻出一个云鬟蓬松的女子来，正是昨晚那个穿绿斗篷的美女子。

那少年很乖觉，知道有人窥探他的秘密了，便在窗上遮了一个窗帘。从此以后，除了听得楼心浪笑声外，再也瞧不见什么新鲜的玩意。不过有时仍能在帘角瞧见钗光钿影，霍霍地闪动，又似乎不止一人，随时在那里变换的。

两个月后，这小楼中却又空了。只有六扇玻璃窗在日光中弄影，似乎满含着寂寞无聊的神情。

第四章　第四家住户

张妈在露台上大惊小怪地嚷起来道："看新娘子！看新娘子！"

我正在静坐，倒给她吃了一吓，一边也就抬起我那双好奇的眼睛来，向对邻的小楼中望去。果然见那前两天迁入的住户，今天已把这半角小楼布置成一个洞房模样了。一个宁波式大床，挂了花洋布帐子，铜帐钩上垂着红缨络，床前的半桌上放着两瓶红红绿绿的瓶花。又有两支龙凤烛，插在一对寿字锡烛台上，已点明了。壁上有一幅麒麟送子图，两面配上红蜡笺的房对。就我这双近视眼瞧去，只认出笔画最多的"鸳鸯蝴蝶"四个字，别的字便瞧不出了。

那时楼中共有四五个女客，中间一个穿着粉红缎袄子的，据说是新娘。脸上涂了一脸子的粉，嘴唇上的胭脂也点得红红的，头上插一朵红绒花，微微颤动。我瞧这新娘和那几位女客们的脸，知道都是黄浦江那一面的人，到得她们一开口，我的猜想果然证实了。我瞧了新娘，更想见见新郎。不多一会，果然见一个黑苍苍的男子满面春风地进房来，一边嚷着道："请下楼用酒去！请下楼用酒去！"于是新娘啊，新郎啊，女客们啊，都鱼贯下楼去了。楼中只有一对龙凤烛，还一晃一晃地放着快乐之光。

据张妈说，那新郎是在一家工厂中办事的，挣钱不多。所以这次结婚，一切节省，总算敷衍成礼就算了。第二天清早六点钟，新郎已抛了鸳鸯之梦，匆匆地上工厂去。八点钟时，新娘也起床梳洗咧。

他们也不知道什么蜜月不蜜月，新婚燕尔中，新郎照常上工厂去，新娘也换了旧衣服，忙着操作了。

他们迁入以来还不上半月。他们的结合和以上三个住户不同，也许能住得久长些么。精明经济学的屋主人可以省些朱红纸，不致时时贴招租了。

结　论

前后不上一年，这对邻的小楼中，已好似经了四度沧桑。那四家住户，有四种情形，过四种生活。以上所记，不过是旁观者所见的概略，若是由四个当局者自己琐琐屑屑地记起来，怕非一二十万字不行。单是这半角小楼，已有如此的变迁，像这样的复杂，无怪一国之大、一世界之大，更复杂得不可究诘，更变迁得不可捉摸了。

挑夫之肩

　　黄浦滩一个码头上，有一个老挑夫傍着铁栏杆坐着，把他那件千缀百补的破棉袄翻来覆去，不住地在那里捉虱。捉到了一个，便放入口中细嚼，倒像很有滋味似的。这挑夫年已六十左右，头发白了，他把一顶破毡帽罩着，只露出乱乱的几丝，嘴上还没有胡子，但是胡根也雪白了。他忙着捉虱，几乎把他破棉袄的全部都已检到，末后索性脱了一半，露出一只黄黑的右臂来，臂上肌肉缕缕纹起，分明是很有气力的样子。但他臂膊以上肩颈的上面，有使人惨不忍睹的，便是血花模糊的一大块，斜阳红上他的肩头，只见半红半紫又有一半黑，分外地可怕。

　　这当儿五点多钟了，斜阳正照在水面，一闪一闪的，仿佛撒了许多金屑金片一般。小说家秦芝庵这几天正缺少小说材料，任他搜索枯肠，也搜不出什么材料来。他一向相信，街头巷口便是小说材料出产之所，随时随地找得到材料的，于是带了一本手册走出门来，一路信步踱着。不知不觉踱到了黄浦滩边，恰恰踱过这老挑夫坐着捉虱的码头。他一双尖锐的眼睛，就被老挑夫右肩上那个半红半紫半黑、血花模糊的一大块吸引住了，不由得立住了脚，呆看了半晌。

　　老挑夫自管低头捉虱，并没瞧见他。秦芝庵却忍不住了，开口问道："老伯伯，你肩上可觉得痛么？"

这时老挑夫恰从那乌黑的棉花中捉到了一个虱，猛听得有人问他，也来不及答话，先把这虱送进了嘴，才急忙抬起头来，一边嚼着那虱，一边反问道："先生，你问我什么话？"

芝庵道："我问你肩上破碎了这么一大块，可觉得痛么？"

老挑夫向自己右肩上瞧了一眼，摇头微笑道："这算什么来？我仗着这两个破碎的肩胛，已吃了二十年的饭了。只要肚子不饿，心不痛，还怕肩胛痛么？"说着，索性把那破棉袄全脱了下来，露出那左肩来，也一样的半红半紫半黑，有这么血花模糊破碎的一大块。

秦芝庵不知不觉地在老挑夫身旁坐了下来，忙道："老伯伯，你快把这棉袄穿上了，这样深秋的天气，没的受了冷。"

老挑夫把棉袄披在身上，不再捉虱了，慢吞吞地答道："我们这种不值钱的身体，在风露下面磨惯了，哪得受什么冷？你几曾见我们挑夫会伤风拖鼻涕的？"说得芝庵笑了，当下掏出他的金烟匣来，把一支华盛顿牌纸烟授与老挑夫。

老挑夫笑了一笑道："先生，谢谢你，我吃不惯这个，这里有旱烟管在着。"说时，从他裤带上取下一支短短的旱烟管来，装了一管烟。

芝庵忙扳开引火匣，给他点上了，一边又问道："老伯伯，你当这挑夫有多少年了？可是少年时就做挑夫的么？"

老挑夫道："我做这挑夫，大约有二十年了，那时记得是四十一二岁吧。少年的时候，我也像先生一样，读书识字，且还在小学堂中当过三年的算学教员。我父母早故，单有一妻一女，每月四五十块钱的束脩，已很够敷衍我一家的衣食住了。唉！先生，不道妒忌倾轧，随处都免不了。我这每月四五十块钱束脩的算学教员，可没有什么稀罕，但我钟点比别班的算学教员少一些，出出进进似乎舒服得很，因此遭了别一班的算学教员妒忌了，鬼鬼祟祟地在校长跟前说我坏话。第二年上，钟点加多，束脩减少。我知道有人在那里倾轧我，于是一怒辞职，抛下教员不做了。"说到这里顿了一顿，抽了几口旱烟。

芝庵问道："你既不做了算学教员，就当挑夫么？"

老挑夫带笑容道："不做教员，就做挑夫，这改行未免改得太快了。我出了学校后，仗着一家有钱的亲戚出了一封介绍书，介绍到一家银行中充任会计科副科长。谁知不上一年，又被人倾轧，把我轧出去了。以后连换了好多职业，受了种种刺激，从没有做得长久的。心中暗暗慨叹，想人生世上，吃饭如此艰难，人心如此险诈，动不动就是妒忌倾轧，真使人怕极了。商学两界，我已尝过滋味了，倒要尝尝别界的滋味如何。到了三十八岁那年，便得了一个很好的机缘，入了道署做起幕友来了。那道台很信任我，什么事都和我商量，我说的话，他老人家差不多没有不依从的。和我立于同等地位的幕友还有四五个，见我独得主座信任，自然妒忌起来。到得我自己觉得没法挽救时已来不及，毕竟被他们挤去了。我这时心灰意懒，回到家里，简直不愿再出去做事。只是混了多年，毫无积蓄，我的妻向来是享用惯的，除了手头有一两千块钱首饰外，也不曾给我积什么钱。

"我坐吃了几个月，一瞧局面不对，托了许多亲友，一时也谋不到事。偶然想到有一个好友在山东办盐务，便带了些盘川投奔前去。临行对我妻说：'此次出去，定要衣锦还乡，你耐心儿等着我。'我妻唯唯答应，我便飘然走了。谁知到了山东，我那好友恰恰身故出缺。在客店中住了一个多月，谋不到别的事，盘川完了，只索当去了衣服，没精打采地回来。不想事有凑巧，真应了'福无双至，祸不单行'的那句老话，我妻竟席卷一空，不知跟人逃到哪里去了，连一子一女都带走了。我四下里探听，一点儿消息都没有。我这时伤心已极，暗想十多年糟糠之妻，竟这样弃我如遗，我生在世上还有什么希望？又何必做人？所有几个亲戚朋友都背地笑话我，没一个给我出力的。我这时既无家可归，身上又没有钱，哪里还有生人之趣？"

老挑夫说到这里，叹了一大口气，忍不住掉下几滴眼泪来。芝庵只望着水面上斜阳之影，说不出话来安慰他。

老挑夫又接下去说道："我心中怨极恨极，便想自杀了。只是上吊两次，总见我亡故的老子娘立在跟前，不许我死，我于是不死了。又因亲戚朋友一味势利，不愿意去干求他们，就隐姓埋名，专在这一带码头上做挑夫的生活。无家无室，无牵无累，倒也安乐得很。好在穷苦之中，大家都差不多，倒没有妒忌倾轧的事了。二十年来我便自由自在地做这挑夫，每天仗着两个肩胛，赚几百个钱，恰够我装饱肚子。有钱的人，不过衣食住阔绰一些，不是一样地做人么？"

芝庵点头叹息道："老伯伯，我佩服你，你真是一个高人啊！但你那两个肩胛，怎么会破碎的？"

老挑夫道："这两个肩胛，也已破碎好多年了。那一年夏天，挑了一副极重的重担，又走了很长的路，肩上没有衬东西，出汗太多，就被扁担擦破了。可是我天天仗着挑担吃饭的，一天不挑担，一天没饭吃，哪能养什么伤？于是越擦越碎，变成了这个样子。先前虽还觉得痛，现在倒也不大觉得了。"说时微微一笑，把手去抚摩他的双肩，又低声说道："这两个肩胛，正是我一辈子的饭粮啊！"

这时斜阳已下去了，汽笛声声，有一艘小轮船开向码头来。老挑夫忙拿了地上扁担，跳起来道："先生，对不起，我的生意来了，再会吧。"

芝庵即忙握了握那老挑夫粗糙的手道："再会，老伯伯，我祝你手轻脚健，多做几年快乐的挑夫。"

最后之铜圆

哎哟哟，看官们啊！我苦极咧，肚子里饿得什么似的，不住地叫着，倒像兵士们上战场放排枪的一般，又仿佛听得那五脏神在那里喊道："酒啊肉啊，快来快来！我欢迎你们！我欢迎你们！"然而那酒咧肉咧，正在趋奉富人的五脏神，给他个不理会。哎哟哟，我这样饿去，可挨不得咧！要是有钱的当儿，肚子饿时自然觉得有趣，因为家里早预备着肥鱼大肉、美酒白饭，给你饱餐一顿。这么一饿，反把食量加大了一半。然而腰包里没了钱，还有什么话说？家既没有，更哪里还有肥鱼大肉、美酒白饭的希望？就瞧这花儿似的世界，也觉得变作了地狱咧。

我一边挨着饿，一边沿着街走去，眼中似乎瞧见无数瘦骨如柴的饿鬼，在暗中向我招手。耳中又似乎听得这偌大的上海城，在那里嘲笑我，向我说道："你是穷人，可算不得个人！既没有钱，就活该饿死。不饿死你，饿死谁来？你们这班穷鬼，倘能一个个饿死了，那是再好没有的事。眼见得我这个繁华世界的上海城中，全个儿都是富人咧！"

我一行瞧，一行听，一行走，一行挨着饿。有时踅过人家的门儿，往往有一阵阵的肉香饭香，从那厨房中送将出来，送进我的鼻子，惹得我一肚子的饿火，几乎烧了起来。喉咙里的馋涎，也像黄浦中起了午潮，险些儿涌出口来。没法儿想，只得紧了脚步，飞一般逃了开去。但在街心没精打采地走着，心想定时，倘有一辆摩托卡呜呜呜地冲来，把我冲倒了，倒能免得我呕血镂心，筹划这一顿中饭。况且摩托卡杀人，原是上海近来最出风头的事。车中人正在眉飞色舞的当儿，不知道那四个挺大的轮儿下边早已血飞肉舞咧。为了这一件事，简直是怨声载道。但我今天却很要给他们做个人饼玩玩，呜的一声，事儿便完了。奈何我心中虽是这么想，偏又不能如愿。就那摩托卡，也好似比平日少了许多。有的见了我，便唰地避了开去，竟像平白地生了眼儿的一般。

我没奈何，只得撑着了空肚子，向一条冷街上蹀去。脑里生了许多幻想，逐一在眼前搬演，一面又似乎听得许多声音，从远处送来。这声音不像是人声，倒像从地狱里送过来似的。又不像是嘲笑我的声音，比了嘲笑更觉可怕，听去分明是什么魔鬼，在那里向我说道："你肚子饿么？为什么不做了贼偷去？你没有钱么？为什么不做了强盗抢去？"唉，可怕可怕！这声音好不可怕！我原是好好儿的出身，我老子娘也都是很清白的人，怎能去做强盗？怎能去做贼？

然而袋里没有钱，也是无可奈何的事。可是钱万能，在世上占着最大的势力。一个人有了钱，什么都能买到，能买美人的芳心，能买英雄的头颅。朋友间有了钱，交谊才越见得深；夫妇间有了钱，爱情才越见得浓。人家为了它，牺牲一辈子的名誉，抛弃一辈子的信义，都一百二十个情愿。可是钱到手，世界就是他的咧。只你要是没有钱，那就苦了。仿佛坐着一叶孤舟，在大洋里飘着，没有舵，没有桨，单剩一个光身体，听那上帝的处置。所以一个人没有钱，便是没有性命；与其没有钱，宁可没有性命。你倘生着，就须受那种种的痛苦。唉，钱儿啊！钱儿啊！你到底是个什么怪物？你为什么这样坑人？

我正在这里胡思乱想，肚子里益发饿了。这种苦况，着实使人难受，觉得里头有几十把几百把的刀，没命地乱戳。一时间知觉也模糊了，街上的人渐渐瞧不见了，那些车马奔腾的声音，听去也不清楚了。蓦地里却又起了一种奇怪的感觉，觉得我这身儿飘飘荡荡，不知道飘到什么所在。有趣呀有趣，我竟在人家屋檐下边睡熟了！

看官们啊，要知这睡觉实是我们穷人无上的幸福。一纳头睡熟了，就好似个半死，饿也不觉得，冷也不觉得，不论什么痛苦，一概都不觉得。加着我们到处睡觉，也非常舒服，幕天席地，处处都是铜床铁床。临睡的当儿，又一点儿不用担心，可是我们身无长物，单有这一条裤一根绳，剪绺先生们见了也只掉头而去。不比富人睡时，先要当心那枕底下的钱袋，既怕小贼掘壁洞，又怕强盗打门，半夜三更还时时从睡梦中惊醒，把一身的汗都急了出来。但是我们睡时，却从没这种苦况。不但如此，还能做许多花团锦簇的好梦。日中挨饿挨冻，叫苦连天；到了梦中，往往变作公子哥儿，穿的绸，吃的油，坐着簇簇新新的摩托卡，拥着妖妖娆娆的活天仙，直把人世间享受不尽的幸福，都给我们在梦中享尽。因此上我们最喜欢最得意的，便是这睡觉。到了无可奈何时，就把睡觉挨将过去。看官们不见城隍庙中天天在大阶石上打盹的乞食儿，不是很多的么？他们也正和我抱着一样的心理，简直好算得是我的同志呢。

闲话休絮，且说我一觉醒来，已是四五点钟光景。追想梦中的情景，很觉津津有味。然而这一醒，就立刻好似从天堂中掉入地狱，肚子里一阵子呜呜的乱响，那五脏神早又翻天覆地造反起来。摩挲着眼儿，向四下里望时，见是火车站近边，有许多男女提筐携篓地向着火车站赶去，多半是趁夜班火车去的。

我打了个呵欠，站将起来。正要撒开脚步走去，蓦地里瞧见一位五六十岁的老先生一路赶来，气嘘嘘地不住地喘着。两手中既提着两个挺大的皮夹，臂儿下边又挟着一个包裹儿，满头满面都迸了一粒粒的汗珠。瞧他那种样儿，已很乏力。

这当儿我福至心灵，猛觉得我的夜饭送来了，连忙赶上一步，掬着个笑脸说道："老先生，你可是往火车站去么？带着这许多东西，很不方便，可要小可助你一下子？"

那老先生在一副金丝边的老花眼镜中白愣着两眼，向我打量了半晌，见我衣服还没有稀烂、面相也有几分诚实，就点了点头儿，把那两个皮夹授给我，一边掏出块手帕子来，没命地抹那一头一面的汗珠。

我替他提着那皮夹，在他旁边慢慢儿踱着，还向他凑趣道："老先生可是往杭州去的？只是出门人路上总有许多不便，老先生年纪大了，为什么不唤公子们做伴？况且近来坏人很多，使人家防不胜防。抢的抢，偷的偷，骗的骗，那是常有的事。老先生一路去，还该当心些。"我这几句话，说得好不铿锵动听！那老先生听了连连点头，又从那脸儿上重重叠叠的皱纹中，透出一丝笑容来。我瞧了，心中也暗暗得意，料想我这十几句话，决不是白说的，每句话总能换他一口饭吃呢。

不多一会，已到了火车站上。我瞧那老先生买了票，就把这两个皮夹恭恭敬敬地交给他。一霎时间，心儿别别地乱跳，想他不知道要给我多少钱，一角呢？两角呢？或者格外慷慨，竟给我一块大洋！总之我这一顿夜饭，总逃不走了。正估量着，猛见他伸手到一个搭膊巾中去，不住地摸索着。这时我的心儿，益发乱跳起来。跳到末后，见那只手已从搭膊巾中慢慢儿地出来，在一个食指和中指中间夹着一个银光照眼的溜圆的银四开，纳在我手中。

我谢了一声，回身就走。白瞪着眼，向这银四开瞧了几下，想我为了这劳什子，吃尽了苦楚，此刻在我手中过一过关，停会儿又须送它走路呢。一边又安慰那五脏神道："老先生请你安静些罢，粮饷已经到手，一会儿就送进来咧。"

这时我瞧着这一个银四开，不知道怎么猛觉得兴高采烈起来，倒像掘到了什么二百万、二千万的宝藏一般。一路出了车站，一路在那里盘算，心想我该怎样发付这一个四开。

劈头第一件要事，自然去饱餐一顿。这一餐之费，倒也不能菲薄，不花它一个银八开不办的，还有那一半儿，须得留着到了晚上，弄它个床铺睡睡。一连睡了好几夜的阶石，背上究竟有些酸痛呢。打定主意，得意扬扬地一路走去，以前的一切幻想，一股脑儿都没有了。

走了一程，便走过一家小饭店。那一阵阵的饭香，早已斩关夺门而出，过来欢迎我。我便在门前住了脚，向那烟熏火灼、半黄半白的玻璃窗中，张了一眼，只见一条条的鱼、一块块的肉，都连价挂起着，真是个洋洋大观咧。接着又挨近了门，抬眼向门中瞧去。只见两三个厨子正在灶前煮着菜，沸声、碗碟声和呼喊声并在一起，闹个不了。这种声音，都能使街上化子听了心碎的。瞧那厨子们和几个跑堂的，都是胖胖儿的人，似乎一到晚被油气熏着，所以透入皮肤变作胖人咧。

我瞧着他们，甚是艳羡，想他们背着主人也一定能够尝尝各种鲜味，何等地有趣！一边想着，一边不知不觉地跨进门去，竟大摇大摆地在一只桌子旁边坐了下来，倒像袋儿怀着二十块钱，要尽兴饱餐它一顿的一般。

坐定，早有一个跑堂的赶将过来，带着笑问："客官要用些什么东西？"我把他袖儿轻轻一扯，低声说："我身边单有两角钱，尽着一角钱吃饭，菜咧、饭咧、小账咧，一概都在里头；还有一角钱，夜中须得找宿头呢。"那跑堂的斜乜着眼儿，向我上下打量了一下子，便皮笑肉不笑地笑了一笑，扮着鬼脸踅将开去，接着怪叫了一声，自去招呼旁的客人了。

我一屁股坐在那条板凳上边，十分得意，取了一双毛竹筷，擂鼓似的轻敲着那桌子，嘴里还低唱着一出《打鼓骂曹》。自己觉得这种乐趣，落魄以来，实是破题儿第一回呢。唱罢了戏，更抬眼望时，只见这饭店中生意着实不坏。五六只桌子边都已坐满了人，说笑的说笑，豁拳的豁拳，笑语声中夹着"五魁八马"之声，又隐约带着杯匙碗碟磕碰的声音，叮叮当当地响个不休。瞧那些人，没一个不兴高百倍。我暗想这所在，大概好算是天堂咧！

这样东张西望，过了约莫十分钟，那五脏神似乎等得不耐烦了，早又闹了起来。我便向着那跑堂的喊了一声，说："我的饭菜已煮好了没有？"

那跑堂的扬着脖子，大声大气地答道："不用催得，好了自会端上来的。对不起，请等一会吧。"我暗想，这一个跑堂的好大架子，对着客官竟敢这样放肆，然而口中也不说什么，只得撑着空肚子老等着，可是仗着袋里一个银四开，到底不够我发什么脾气呢！

接着又等了五分钟光景，才见那跑堂的高高地端着两只青花碗，趄将过来。我忙把眼儿迎将上去，但见热气蓬勃，一路腾着，倒把那跑堂的一张冰冷的脸也掩盖住了。

等到那两只碗放在桌子上时，我的两个眼也就箭一般射在碗中。只见一碗是又香又白的白米饭，一碗是半青半红的咸菜肉丝汤，青的是咸菜，红的是肉丝，瞧去好不美丽！我打量了半晌，暗暗快乐，心想我也像孔夫子三月不知肉味，今天却能一尝这肉味咧！当下笑吟吟地提起筷来，先向五脏神打了个招呼，便把嘴凑在那饭碗边上一口口地吃着那饭，又细细地尝那咸菜肉丝。呀！有趣有趣，饭既香，菜又鲜，觉得我出了娘胎以后，从没吃过这么一顿可口的夜饭，多半是天上仙人和人间皇帝所用的玉食呢！就这饭咧菜咧，也像有什么仙术似的。刚吃得一半儿下去，身上顿时热了，精神也顿时提起来了。吃完了一碗饭，又添了一碗，一边又呷着那汤，慢慢儿地咽将下去，直好似喝了琼浆玉液，腾云登仙的一般。不多一会，第二碗的饭早又完了。很想再添它一碗，只为给那一角钱限制着，不敢放胆再添。但把那余下的一点儿汤，喝了个精光。当下又见那跑堂的高视阔步地过来，把一块半白半黑的手巾捺在我手中。

我也不管三七二十一，抹了嘴脸，自管走到门口一只账台前边，郑郑重重从袋儿深处掏出那精圆雪亮的银四开来，在手掌中顿了一顿，大有惜别之意。接着听得那跑堂的又怪叫了一声，我也就割爱忍痛地把这银四开放在台上。

那账台里高坐着一位账房先生，道貌甚是庄严。那时把鼻梁上一副半黄半黑的铜边眼镜向上一推，直推到额角上边，取起我的银四开来，在台上掷了几下，一面带着宁波口气，说："一共是一角小洋。"说着从一个抽斗里拈出一个银八开来找给我。

我想，这劳什子小小的，放在身边不大放心，没的在路上掉了。还是换了铜圆，倒重顿顿的，十二个铜圆合在一起，直有一块大洋那么重呢。于是开口说道："请你老人家找铜圆给我吧。"那账房先生似乎已厌我麻烦了，向我瞅了一眼，才取出一把铜圆来，数了十二个给我。我又郑郑重重地在袋里藏好了，踱出饭店。

一路上意气飞扬，好似已换了个人。刚才牙痒痒地恨世界恨上海，如今却什么都不恨了，心里又生了无限的希望，仿佛前途无量，都张着锦绣。就我此刻，也似乎登基做了皇帝咧！

我沿街走去，脚步也轻快了许多，嘴里又呜呜地低哦着，唱了一出《鱼藏剑》，接连却想起了伍子胥吴市吹箫的故事。我自己做了伍子胥，勉强把那饭店里跑堂的派了个浣纱女的角色。这当儿我肚子里既饱，心儿里又何等地快乐，口中不住地唱着，好像变作了个嬉春的黄莺儿，且还觉得我四面似乎都在那里，和着我高唱呢。呀，有趣呀有趣！这世界究竟是个极乐世界，这上海也究竟是个好地方。世上的人，也究竟有几个好人。那位给我这银四开的老先生，就是第一个好人。如今我肚子里不但装饱了，夜中还能在床上睡觉，做一个甜甜蜜蜜的好梦。此时我一路兴兴头头地踱去，仿佛已在梦中咧。

我正这样踱着，抱着无限的乐观。想我今天，简直已到了山穷水尽的路上，谁知道半天里飞来这一个银四开？照这样瞧来，我的厄运分明已转关了！明天一定福星高照，有什么好运来呢。一边这样想，一边即忙替我将来的公馆花园，在心中都打好了图样。又想出门时，总得弄一辆摩托卡坐坐。可是坐马车，已不见得时髦阔绰咧！但是一个人这样享福，也不免有些寂寞，至少总得娶他两个老婆。那窑子里的姑娘们，很有几个漂亮的人物。

我前几天在一个什么坊里踱着，肚子里空空的，想弄些饭吃。不道这一个坊里，好几十家人家挨门挨户的，都是些窑子。我撞来撞去，却撞不到什么，只挨了她们几声"杀千刀"。但那声音，都是清脆温软的苏州白，听了使人肉麻麻的，连心也有些痒咧！然而我这吃饭的计划，虽然失败，却瞧见了好几个花朵似的姑娘，都很中我的意。说也奇怪，我瞧了她们一张张的鹅蛋脸儿，连肚子饿也不觉得了。因此上我每逢饿时，往往到这种坊里去盘桓一会。只消饱餐了秀色，饭也不想吃咧。将来我发迹时，便须到这坊里，挨门挨户地大嫖一场。说我便是当时在你们门前张望，给你们骂"杀千刀"的化子，此刻不怕你们不换个称呼，亲亲热热地唤我几声"大少爷"呢！这种事儿，好不爽快！好不有趣！临了就拣他两个脸儿最俊的娶回家去，成日价给我赏览，给我作乐，左抱右拥，谁也不能禁止我。如此世界上的艳福，可不是被我一人占尽了么！

我这样想着，身儿飘飘的，直好似离了人间，在那九天上青云里头打着筋斗，心里乐得什么似的，险些放声大笑起来。

正在这想入非非的当儿，猛觉得有人在我肩上一拍。这一拍顿时把我的空中楼阁拍作了粉碎，一时如梦初醒，不觉呆了一呆。心想谁来拍我的肩儿，不要是印度巡捕见我犯了什么警章，预备捉我到巡捕房里去么？当下便怀着鬼胎，战战兢兢地回过头来。抬眼瞧时，却和一个又黄又瘦、鬼一般的脸儿打了个照面。原来并不是什么印度巡捕，却是今天早上一块儿在城隍庙里大阶石上打盹的朋友。早上分了手，不想此刻却在这里蓦地重逢。

我见了个朋友，自然欢喜；只为他毁了我那座惨淡经营的空中楼阁，未免有些恨恨。于是开口叱道："天杀的！我道是谁来，原来是你这鬼。那一拍又算是个什么意思？我的魂儿也险些给你拍落呢！"

我那朋友眼瞧着我的脸，很羡慕似的说道："今天你交了什么好运啊？脸儿红红的，好像敷了胭脂，额角上也亮晶晶的，似乎放着光呢。"

我道："你怎样？今天运气可好？"然而我这话委实不用问得，因为他那个又黄又瘦的脸，就是个运气不好的招牌。

我那朋友摇了摇头，黄牛叫似的长叹了一声，一会才道："我今天糟极了，还用问么？踏遍了城厢内外，只讨到了十三个小铜钱。肚子里整日价没有装些儿东西，如何过去？刚才上粥店去，那天杀的店家偏又嫌钱儿小，不肯通融。我低声下气地哀求他时，他却扬着脖子给我个不理会咧。唉，这是哪里说起！这是哪里说起！"说时更哭丧着脸，不住地长吁短叹。

这当儿我瞧着那朋友，又记起了袋儿里十二个黄澄澄重顿顿的铜圆，一时间便动了恻隐之心。想我今夜不管他有宿头没宿头，此刻须要做一个大慈善家咧！于是举起手来，在那朋友肩上猛掴了一下，含笑说道："好友，我们俩交情虽然还浅，然而兄弟向来是个乐善好施的人。如今瞧你这样挨饿，很觉得可怜的，快些儿跟我去吃吧。"

我那朋友听了我这话，很诧异似的抬起头来，说道："怎么说？今天你可是发了横财么？"

我一声儿不响，自管在前边走去，那朋友也就跟将上来。我一边走，一边仿佛听得那十二个铜圆兀在里头叮叮当当地响着，好似奏着音乐，歌颂我大慈善家的功德一般。

走了十多步路，我一眼望见近边有一家面店，便想请他吃一碗大肉面，倒也合算。记得前三年曾吃过一碗肉面，连小账一共六个铜圆，现在我身边既有十二个，做了这慈善事业，还剩一半，岂不很好？当下拉着我那朋友，一同走到那面店门前，大踏步闯将进去。

那些跑堂的见我们身上不大光鲜，大有白眼相看之意。我倒有些不服气起来，自管在一只桌子旁边大摇大摆地坐了下来。唤我那朋友也坐了，就把袋儿翻个身，掏出那十二个铜圆，重重地放在桌子上，故意要使这铜圆的声音送到那跑堂们的耳中，好教他们知道我身上虽然不光鲜，袋儿里却并不是空的，要知我们实是落拓不羁的名士呢。

接着，我又提着嗓子，喊了一声："弄一碗大肉面来！"眼瞧着旁边十二个铜圆，竟张大了无限的声威。自己觉得高坐在这桌子旁边，很像是个面团团的富家翁呢。

但是瞧那朋友时，却和我大不相同，蜷蜷缩缩地坐在一边，自带着一种寒乞之相，两个眼儿，却兀在我十二个铜圆上兜着圈子。可见我们立地做人，这钱是万万少不得的。一有了钱，处处都占上风；就是你走到街上，狗儿见了也摇尾欢迎咧。

但是我那朋友向我十二个铜圆上呆瞧了好一会，就把头挨近了我低声说道："你今天可是当真发了横财？怎么有这许多钱，就你这一派架子，也活像变了个公子哥咧。只不知道你这些钱，是真的还是假的，请你给我一个瞧瞧，我简直和它久违了。"

我笑了一笑，就取了一个给他。他翻来覆去地瞧了好久，又抢着指弹了几下，一边喃喃地说道："这声音怪好听啊！怪好听啊！"

我只瞧着他微微地笑。他又玩弄了好一会，方才依依不舍似的还了我。

这时那一碗面已端上来了。我那朋友早就瞪着两眼，一路迎它到桌上，接着就唰地举起筷来，即忙半吞半嚼地吃着。霎时间那碗咧、筷咧、牙齿咧、喉咙咧，仿佛奏着八音琴似的，一起响了起来。

我在旁瞧着，见他吃得十分有味。那葱香、面香、肉香，又不住地送进我鼻子，引得我喉咙里痒痒的，一连咽了好几回馋涎。很想向他分些吃，只又开不得口。没法想，便掩着鼻子背过脸，去向那当中一幅半黄半黑的关帝像瞧着，想借那周仓手中一把青龙偃月刀，杀死那一条条的馋虫。奈何我眼一斜，偏又射在下边长台上一面半明半暗的镜中，瞧见我那朋友捧着碗吃得益发高兴，几乎把个头也送到了碗里去。到此我再也忍不住了，便想鼓着勇气向他说情，和他做个哈夫，分而食之。谁知我口没开，他的碗中早已空了。别说面不剩一条，连那汤也不留一滴。瞧他却还捧着碗，兀是不放。

当下我便恨恨地立了起来，开口说道："算了吧，别把这碗也吞了下去呢。"

我那朋友不知就里，向我瞧了一眼，忙把那碗放下了。抹过了脸，我便替他付了钱，一块儿出来。

十二个铜圆到此已去了一半，只想起了慈善事业四字，倒也并不疼惜。

走了一程，我鼻子里既不闻了面香，心中的怒气也就平了。暗想我刚才已饱餐了白米饭和咸菜肉丝汤，肚子里也装不进许多东西，没的为了几条面和朋友斗气呢。于是又高兴起来，和那朋友一路讲着我今天的得意史。

一行走，一行讲，把唾沫讲了个精干，猛觉得口渴起来。事有凑巧，恰见前面有一家小茶馆，一个血红的"茶"字直逼我的眼帘。我向手中六个铜圆瞧了一眼，立时得了个计较：想这六个铜圆，不够寻什么宿头了；索性泡一碗茶去，和朋友喝着谈天，岂不很好？当下里就拉着我那朋友，三脚两步地赶去，在近门一个矮桌子旁边相对坐下。不一会就泡上一碗茶来，我们各自把小碗分了喝着，接着又高谈阔论起来。

我撑起了两条腿，颤巍巍地坐着，好不舒服！好不得意！谈了半晌，觉得单喝着茶还有些寂寞，抬头恰见对门有一家小杂货店，吃的用的什么都有。我知道这茶每碗但须两个铜圆，还多四个铜圆，总得设法花去才是，就站起身来，匆匆赶将过去，很慷慨地花了两个铜圆买了两包西瓜子，又加上一个买了两支纸烟，一旋身回到茶馆里。于是我们俩嗑着瓜子，吸着纸烟，乐得无可无不可的，似乎入了大梦的一般。

我那朋友从没享过这种奇福，更得意得什么似的，直要跳到桌子上唱起《莲花落》，跳起《天魔舞》来。好几回拉住我的臂儿，沉着声问道："我们可是在梦中么？请你重重地拧我一下，我倘觉得痛时，就知道不在梦中咧。"

我笑着答道："自然不在梦中。你生着这一副叫花骨头，总脱不了小家气象。我一向原享惯福的，倒没有什么大惊小怪呢。"

等到出茶馆时，我身边还有一个铜圆。我那朋友一叠连声地道着谢，就兴兴头头地去了。临行把个纸烟尾儿嵌在耳朵上，说要带回去做个纪念品，将来发财时，决不忘我今天这一面一茶之恩呢。

那朋友去后，我便信步踱去，想这最后的铜圆该怎样花去。无意中却又踱到了火车站上，瞧见许多卖报的人，在那里嚷着"一个铜圆、一个铜圆"。我慢慢踱将上去，想这新闻纸上，不知道有什么好玩的新闻？仗着我识得几个字，倒能瞧它一瞧。横竖今夜不能找什么宿头了，何不把这最后的铜圆买了它一张，在街灯下边细细瞧去，借此消磨长夜，倒还值得呢。想到这里，听得前边一个孩子也执着几张新闻纸，在那里嚷着"一个铜圆、一个铜圆"。那时我身边有一个铜圆，听了这呼声，似乎勃勃欲动的一般。

当下我便挨近了那孩子，瞧着他手中的新闻纸，一边取了那铜圆出来，在手心里顿着：想这最后的铜圆，倒很有重量；此刻轻描淡写地花去了，岂不可惜？万一有急难时，就是没命地唤它，可也唤不回来。买这一张劳什子的新闻纸，有什么用？不比得墙壁上贴着的大戏单，夜中倒能当作鸭绒被盖着睡觉呢。

我想到了这一层，便把这铜圆郑郑重重地收入袋中去。谁知一个不小心，却铿地掉在地上。那孩子是个猴子般矫捷不过的，立刻弯下腰去拾将起来，接着说道："先生你可是要买回一张新闻纸么？不错，一个铜圆够了。"说着，竟取了一张新闻纸纳在我手中。

我很想夺回那铜圆，还他的新闻纸。只想这孩子破口就称我"先生"，那是我以前从没听得过的，不论怎样，只得算了，就买他这一声"先生"，似乎也合算呢。瞧那孩子时，却还瞧着我那铜圆，倒像验它是不是私版似的。那时我便把眼儿向这最后的铜圆道了别，大有黯然销魂之慨。接着微喟了一声，挟着那新闻纸，走将开去。

走了四五十步路，恰见路旁有一盏很亮的电灯，我就立住了脚，展开来瞧着。瞧了一会，不见什么好玩的新闻，有的字不大认识，也跳过了。瞧到末后，便又翻身瞧那广告。眼儿最先着处，却着在一角一个小小的方块上。

看官们要知道，一个小方块便是我今夜的宿头了。我仔细瞧去，却是一个招雇下人的广告。说要雇一个打杂差的，年纪须在二十五岁左右，身体须强健，性格须诚实，略须识字，每月工资六元；倘有愿就这位置的，赶快前来。下边便登着那公馆的地址。我看了两遍，心想这一家倒很别致，平常人家雇下人总上荐头店去，他们却在新闻纸上登起广告来，怪不得那新闻纸的广告生意分外地好。就是人家拆姘头撺儿子，也须登一个断绝关系的广告呢。只这广告的作用，自也不恶。有的借着它做个法螺，大吹特吹地吹去，往往乳臭未干，识了几个字，便充着文学大家大登广告，居然老着面皮开学堂做起先生来了。

这当儿我瞧着那广告，脑儿里欻地起了一念：想我的一身和那上边恰恰相合，今夜正没宿头，何不赶去试它一试？别管它以后久长不久长，今夜总能舒舒服服地过他一夜咧。主意打定，立时依着那广告上的地址赶去。

一刻钟后，我早在那公馆里头的书房中，见那穿着洋装的少年主人咧。那少年主人向我打量了一会，又问我识字不识字。我一叠连声回说"识的识的"，当下就把新闻纸上那个广告朗朗读了起来。那少年主人似乎笑了一笑，便说："今夜就留在这里，试了三天再说。"

我即忙答应着退将出来，到厨房中休息着，等候使唤。一边把那新闻纸折叠好了，很郑重地纳入袋中，一边暗暗感激那最后的铜圆，亏得仗着它，我才有这三天的食宿。就是第四天上不继续下去，在我也很合算。请问踏遍了上海，可能找到这样便宜的旅馆么？以后倘能久长，自然更好了。前途飞黄腾达，也就全仗那最后的铜圆呢！

我这样想着，放眼望那外边，只见星光在天、月光在地，仿佛都含着笑容，在那里向我道贺的一般。

咦，看官们，对不起，我主人已在里头唤我咧。再会，再会！

汽车之怨

　　看官们，在下非别，是许多人爱慕和许多人怨恨的一件东西，名儿叫作汽车。出身本在外国，所以还有个外国名字，叫作摩托卡（Motou），又号乌土摩皮（Automobile）。我的姊妹兄弟为数众多，直好说足迹遍于全世界。我们心爱繁华，所以专在那些繁华的去处往来飞逐，大出风头。至于非洲的沙漠、西比利亚的荒原，我们可就裹足不去了。

　　在下是上海几千辆汽车中的一辆，生在美国，不久就由人带到上海。论我的模样儿，十分漂亮，身穿大红袍子，霍霍地放着光彩，长得又肥瘦适中、修短合度，就是评论中外古今的美人儿，也不过这八个字，可见我长得好看了。四只橡皮脚，又软又白，和那六寸肤圆光致致的美人脚没甚分别。不过两个眼睛生得大些，但也构造得好，顾盼生姿，况且西方美人本来以眼大为贵，我瞧上海地方也有好多饱眼福的美人，惯向人家飞眼风的。不过我的声音似乎大了些，一开口总把旁人吓跑，比不得美人儿莺声燕语，呖呖可爱，任是破口骂人，人也娓着不肯走呢。

　　闲话休絮，且说我既到了上海，就在一家汽车公司中住下了。一连几天，坐在大玻璃窗中，仗着我的模样好，不知吸到了多少中外男女，都在窗前站住了，笑嘻嘻地向我瞧，又口讲指画，瞧着我评头品足。连街头乞儿，也得对我瞧瞧，知道一辈子没有他的份儿，只索叹息而去。不上几天，我却被一个中国大腹贾瞧上了，真个一见倾心，十分中意，立时出五千两身价银子，把我买了回去。我瞧他满身俗气，雅骨全无，不免有明珠投暗之叹，但是实逼处此也，无可如何，只索同着他后堂姬妾装点他飞黄腾达的门面。

可是中国人一朝得意，除了大兴土木、造大洋房以外，总有两种目的物，一种是小老婆，一种是汽车。倘是一个人有几个小老婆、几辆汽车的，就可见这人是个很得意的人物了。我那主公也是如此，他小老婆足有半打之数，但听得下人们"三姨太太、二姨太太、五姨太太"地乱叫，连我也辨认不出谁是谁，不知道那主人怎样应酬她们的。

论到汽车，可怜我也居于四太太的地位，因为他先前早已买三辆了。仗着我是个新宠，很讨欢喜，日夜总坐着我出去，但是休息时少，疲于奔命。一会儿上银行，一会儿上总会，一会儿上那家阔官的公馆，到了晚上，又得上好几家酒楼餐馆、戏院、窑子，并且到那种不明不白的地方去，累得我终夜在外，餐风饮露，又出乱子碾死人。这种生活，可也过得怨极了。

一天恰逢主公病了，感冒，才得在家休息一天，恰巧我上边那三位汽车太太也不出去，我们便开了个谈话会。一块儿谈谈说说，倒也有味，但是一谈之后，大家都是怨天恨地，没一个满意的。

他们三位进了我主公的门，多的三年，少的也一年多了。据他们说，主公的那几位姨太太和公子女公子们都喜欢自己开车，横冲直撞的，把他们开得飞跑，这几年中也不知道闹了几回乱子。男子、女子、老婆子、小孩子，已杀死了不少，好在主公有钱，杀一个人，至多花一二百块钱完了。

最冤枉的要算是我们做汽车的，因为出了事，人家总说汽车害人，连新闻纸中也大书特书的"汽车肇祸"，其实害人咧、肇祸咧，何尝是我们自动，都是驾驶我们的人主动的。譬如大炮机关枪倘没有人装子药进去施放，它们也会轰死人么？然而舆论不管，往往派我们做汽车的不是。还有那班汽车夫，想要讨好主人，总把我们开得飞奔，倘是载着那珠围翠绕、花枝招展似的小姐姨太太们，那就更要开得飞快，出足风头，直好似入了无人之境，人家的性命全都不管了。出了事，总还说死者自不小心，自己把身体送到车下来碾死的，不是开车的不是，可怜死人不能开口，不能爬起来辩白，也只索受了自不小心的处分，冤冤枉枉地死定了。

记得有一回，那一位公子自己开车，碾死了一个穷人家的孩子。这孩子年已十二三岁，是三房合一子的，虽是生在贫家，可也名贵得很，但为了那位公子要出风头，就轻轻地牺牲了这条小性命。

好一位公子，见了那臂断腿碎、血肉模糊的尸体，毫不在意，口中衔着雪茄，微微一笑，接着就从身边掏出一叠钞票来，等候罚金。那孩子的家原是在近边的，顿时惊动了他三房的父母，一窝蜂地赶来，抱着那破碎的尸体，呼天抢地地痛哭。大家闹到官中，上官判罚三百块钱。公子早就预备着的，把那叠钞票一掷，返身走了。

谁知那三房的父母很不识趣，竟不稀罕这些钞票，苦苦地求着上官申雪，并且愿意把六条老性命一起牺牲，自去横在街上，请那公子照样地把汽车来碾一碾，碾死了他们，免得以后不见儿子的面，一辈子受精神上的痛苦。这几句话，说得大家掉下泪珠来，这件事不知道后来怎样了结的，可真凄惨极了！唉，我们每夜停在汽车房中，似乎夜夜有冤魂到来，绕着我们的脚，啾啾哭泣，就我们身上的大红颜色，也仿佛满涂着他们的鲜血呢。

我们美国诗家谷①地方，有一个贤明的长官，对于那种开快车的人，有一种特别的裁判法：他不要罚金，只把犯案的人带到验尸所中，指点那些被汽车碾死的孩子给他们看，唤他们一礼拜后再来。这一礼拜中，他们受了良心上的裁判，夜中常常梦见自己的儿女死在汽车之下，于是一礼拜后再到官中，说以后决不敢再开快车了。

不知道把这种裁判法施行在上海，可有效无效。只怕上海富人的心地太

---

① 诗家谷：现译芝加哥。

硬，见了尸体不动心，想自己儿女出门总坐汽车，一辈子不会给人家碾毙的，夜中做梦，又总梦见饮食男女之乐。如此这一种良法美意，可也不行了。

但我忝为上海几千辆汽车之一，敢代表几千辆汽车，向有汽车的富人贵人说一句话，并且替无数穷人苦人请命："诸公要出风头尽着出，但也总须顾全人家性命。自己不开车的，便劝导劝导汽车夫，随时留心一些，不要给人家瞧我们汽车是刽子手中的刀，又使我们担怨担恨，代诸公受过咧。"

《新申报》的任嫩凉先生，前天做了一篇小言叫作《汽车之怨》，先前我那《半月》杂志中，原有一篇小说叫作《汽车之恩》，彼此恰恰相反，做了个对儿。任先生对于最近一件汽车案，很有发挥，深得我心，末了说这"汽车之怨"四字，倒又能做一篇小说。小子不揣简陋，就大胆做了这么一篇，还须向任先生道谢，赐给我这个小说材料。鹃识。

我的爸爸呢

大将军打了胜仗，奏着凯歌回来了。他身穿灿烂的军服，胸口满缀无数的勋章宝星，霍霍地放着光。他骑着一匹高头骏马，缓缓地在大道中前去，气宇轩昂，面上微带笑容。一路军乐悠扬，旌旆飞舞，都似乎表扬大将军的战功。

大将军马后跟着一千多兵士，面无人色，很疲乏似的在那里走。他们都是百战余生，从二三万战死和覆没的大军中遗留下来的。大将军胸前的勋章宝星，正是无数战士之血的结晶品。

沿路虽有千千万万的人，欢迎大将军凯旋。然而绝少欢欣鼓舞的气象，内中有好多男女老幼，正向着这一千多侥幸生还的兵士中，寻他们的亲骨肉。有的是父母寻儿子，有的是妻子寻丈夫，有的是兄寻弟、弟寻兄，又有一般小儿女牵着他们母亲的衣，满地里寻爸爸的。有的寻到了，便快乐得像发狂似的扑将上去；有寻不到的，便很失望地倒在路旁哭了。因此大将军的凯歌声中，却搀杂着一派愁惨之气。

那时有一个衣衫破烂、十一二岁的孩子，也扶着他一个白须白发的瞎眼老祖父到来。他先把老祖父安顿在一家小茶馆门前，自己便在那一千多个兵士的队中穿梭般穿来穿去，似乎找寻什么人。他的身体饿得很瘦小，虽是穿来穿去，还不致乱他们的队伍。但因心中慌乱得很，时时撞在兵士们身上，挨了好多次的打骂。

他寻了好久，分明已失望了。两个红红的眼眶子里满含着眼泪，呆望着那些兵士们一排排过去，很凄惶地嚷着道："我的爸爸呢？我的爸爸呢？"

他瞧正了一个面色和善些的排长，便走上去放胆问道："我的爸爸呢？"那排长不理会他，拿着指挥刀，自管向前走去。

他不肯失望，又在队伍中穿了一会，差不多把那一千多人的面庞全都瞧清楚了，然而终不见他的爸爸。于是他又放胆拉住了一个擎旗的兵士，悲声问道："我的爸爸呢？"那兵士也不理会他，把手一摔，将他摔倒在地。

他从地上爬起来，满面的泪痕，沾着泥，涂抹了一脸，好像变作了鬼一般。但他并不觉得，仍还拉着那些兵士，不住口地问道："我的爸爸呢？我的爸爸呢？"

兵士们也有不理会他的，也有和他打趣的，终究问不出他爸爸的所在。

末后他的小心窝中霍地一亮，以为大将军是一军之长，一定知道他的爸爸了。当下便从后面飞奔前去，直到大将军的马旁，抬着那张泥污的脸，悲切切地放声问道："我的爸爸呢？我的爸爸呢？"

这当儿大将军正在左顾右盼，留意瞧那两面楼窗中的俊俏女子，微微地笑着，哪里顾到这马下哀号的苦小子。

他见大将军不理会，以为是没有瞧见他，因便绕到马前，拉住那马脖子下的一串铜铃，提高了嗓子问道："我的爸爸呢？我的爸爸呢？"

这时大将军正瞧见了一个极俊俏的女子，飞过眼去，饱餐秀色。却不道被这苦小子岔断了，于是心中大怒，把缰绳陡地一拎，那马直跳起来，可怜把这孩子踏在铁蹄之下，口中却还无力地嚷着道："我的爸爸呢……"

路旁的人惊呼起来，忙把那孩子从马蹄下拉出，去交给他那小茶馆前等着的瞎眼老祖父。可怜可怜，他早已死了，但他那张泥污的脸上，却微含笑容，似乎已寻到他的爸爸咧。

著作权所有

　　小说家薛平之在文字上奋斗了十多年，没有享大名，向壁虚造的材料已搬用完了，呕血镂心竟想不出什么好意思来，天天握着一支笔，不禁有江郎才尽之叹。

　　这一年春上，有一家大书坊中请他做一部一百万字的章回体社会小说，要求一年交卷，肯出一笔极大的酬资。薛平之的笔墨生涯本来不甚发达，每月所入只能勉强把衣、食、住三大问题应付过去，有时想买白兰地吃，常觉钱儿不凑手，如今既有这么一注大生意寻上门来，自然没有不欢迎的。

　　无奈苦苦地想了三天，想好了结构，却没有材料供他描写，要搭起空中楼阁来，又觉得无从着笔。可是做社会小说很不容易，作者必须饱经世故，见得多听得多了，才能意到笔随，着着实实地写出来。一百万字的长篇作品，任是写他一百万个"一"字，也很费力，何况要做成小说呢？

　　他心知坐在家里空想，是不济事的，须得出去游历一趟。看来北方东三省一带和京津，倒是个小说材料出产地，何不到那边走一遭？游罢回来，当然见多识广，那一百万字可就容易设法了。打定主意，然而手头却没有这笔游历费，看来至少总要带五六百块钱，他是个穷光棍，哪里有这些钱呢？没奈何，只索去和那大书坊主人商量。

那书坊主人为了今年营业发达，正在兴高采烈的当儿，一听平之的话，竟答应下来，当下就唤会计付他六百块钱。一面又吩咐广告主任做了个铺张扬厉的大广告，号召看书的人先来预定这部一百万字的大杰作，把特派名小说家薛平之周游全国采集材料的话一起做了进去，预备第二天在各大报上登出来。薛平之喜之不胜，捧着那六百块钱回去，准备动身往北方去了。

平之在这世界中光是一个单身子，他父母早年死了，也没有兄弟姊妹。他父亲临死，曾遗下几千块钱，把他托与一个表亲照顾，那表亲见有钱来，自然没口子地答应。从此平之就在这表亲手中渐渐长大，那几千块钱却也在这表亲手中渐渐缩减，渐渐不见了。那表亲总算还有一丝良心，给平之受了五年中学教育。毕业以后没处谋事，因为生小爱看小说，就想在小说界中占一个位置，然而做小说究竟不是生财之道，一连十多年未见生色。他也不好意思再和那表亲算那几千块钱的旧账，自己虽已和表亲家脱离，另借屋子居住，想起那笔钱心中虽不无介介，但是表面上感情依旧很好。

和他平辈的有一个表兄，叫作林莲亭，常在他寓所中走动，有时一同出去闲逛，仍和平时一样。林莲亭很羡慕平之会做小说，说是名利双收的事，比什么事都好，但他学着做时，总是牛头不对马嘴，不成个样儿。

平之生平有一件快意的事，就是因了小说结识一个女友。这女友名唤何小碧，向来有小说癖的，新旧各种小说，眼中见得不少。她很爱平之的文字，说是轻倩流利，有字里花飞之致。于是投信给平之，彼此相识，往来既密，自然有了爱情，情到热处，背地里便订下了百年之约。林莲亭既常来瞧平之，因而也有好几回撞见小碧，瞧了那花朵似的娇脸，也很羡慕平之的艳福。平之很得意，这回动身出去，就约了小碧在一家酒楼中置酒话别，虽是小别，却也不免同洒了几行别泪。

平之一路北去，到天津，到北京，考察各处社会情形，记入小册子中。又仗了几个文字交的介绍，结识当地人士，探听了许多遗闻逸事，都能做小说材料的。这样盘桓了十天，便再向北到哈尔滨一带，游历蒙边。

一天上遇了胡匪，竟掳到深山中去。那匪首倒是个通文墨的人，听说平之是小说家，会弄笔头，就吩咐匪众不得虐待，请他充秘书，要是不依时，便立刻杀却。平之到了这生死关头，哪敢强项？只索屈服了，从此平之便留在山中，做那匪首的秘书。写信草檄文，件件做到，很得匪首的欢心，闲来时一同讨论《水浒传》，口讲指画，把一百零八个好汉都说得生龙活虎一般。这样过了一年，屡次求去，匪首兀是不放，并且也不许他通一封信，仍把快刀手枪恫吓他。他想尽方法，总不能逃出山去，想起了意中人何小碧，往往临风洒泪。

　　第三年夏季，匪首害病死了，山中一时大乱，平之便捉空逃出山去。停辛伫苦地到了北京。他已无意再到别处去游历，即忙搭火车南下，他也并不写信给小碧，想先去瞧瞧情形再说。到了上海，先去瞧他的寓所，却见已换了别人居住，自己的东西不知道移到了哪里去。上去问时，回说不知道，打听房东，房东已换人了；他更赶去瞧他的表兄林莲亭，谁知林家也已移居；连那何小碧家也移开了。

　　平之无聊得很，知道内中定有蹊跷，不愿再去打听别人，想用侦探小说中的侦探手段，慢慢地探它出来。那时他既没处去，就先到市立图书馆中翻旧报看，最触眼的，就是那大书坊中所登的封面广告，大书悬赏捉拿薛平之，看那下文无非是说，平之欺诈取财，诈了六百块钱，一去不回，如今便悬赏一百元拿他到案，受法律的裁判。

　　平之瞧到这里，似乎触了电，呆住了好一会，心想大书坊中目前去不得，且等事儿完全弄清楚了，再去说话。更翻近日的报瞧时，又见一个触目的广告，上边写着"十年来小说界唯一杰作"，下边便是《绛云记》三个挺大的字和"林莲亭先生著"六个大字。平之不瞧犹可，一瞧之后，心头兀是乱跳，原来那《绛云记》明明是他前四年的旧作，因为内中有不妥之处，须好好修改，一径把稿本藏在箱中，没有卖出去，不想被表兄偷去，当作自己的作品。看来那寓所中一切东西，也都给他一起取去了。别的且不管，《绛云记》是著作权所有，可不许他据为己有，欺骗社会，须得和他交涉去。

他出了图书馆，气急败坏地一路走去，哪知走不到十多步路，猛见一辆马车擦身走过。车中坐着一男一女，女的正是他意中人何小碧，男的不是他那表兄林莲亭是谁？瞧他们的模样，似是新结婚的一对。到此平之的身子似已冷了一半，两条腿也软下来了，没精打采地跟那马车跑了一会，见已到了一宅洋房门前，门上有铜牌刻着"文学俱乐部"字样，当门搭了个花牌楼，又挂着一块牌子，叫作"欢迎《绛云记》作者林莲亭先生，并贺其新婚"。那马车停时，两人走了下来，洋房内已迎出二三十个男女，簇拥着进去。平之趁他们一阵鸟乱也溜了进去，只见里边一个大会场上，已黑压压地坐满了一屋子的人，一见莲亭和小碧进门，都拍手欢迎。

当下莲亭走上演说台去，先谢了众人的欢迎，接着便说他做《绛云记》的经过。平之坐在人丛中忍耐着，等莲亭说完，全身的热血都怒涌了上来，便大呼一声"著作权所有"，离了座跳上台去。

莲亭一见他，顿时变色，喘息着说道："我们都当你已死了，你怎么又回来咧？"

平之抓住了他，怒呼道："你好大胆子！敢偷了我的旧稿，做你的作品，更占了我的旧爱，做你的妻子！好，好，我今天和你拼了命吧！"

那时何小碧已晕倒在座中，另有好多人赶上台来解劝平之。平之略略平了气，便把三年来的经历源源本本演说了一次，赢得大家叹息的叹息、赞美的赞美。他那表兄林莲亭，却已趁着这当儿溜走了。

过了几天，何小碧已告到官中，和林莲亭离婚。那大书坊中已取消了悬赏捉拿薛平之的广告。平之成竹在胸，已着手做那部一百万字的社会小说。至于这小说做成做不成，何小碧和薛平之可能言归于好，在下不再说明，留着这一枝甘蔗头，请看官们自己去嚼出甜味来吧。

照相馆前的疯人

淡妆浓抹总相宜的西子湖，年年总是最先占到春光。满湖上新碧的杨柳，被柔媚的春风梳着，一树树上下荡漾，瞧去好像是一堆堆的碧浪。孤山上的梅花落了，余香犹在，让林和靖和冯小青多多领略。而山坳水澨，已时时见桃花的笑靥了。各处山坡上杜鹃花烂烂漫漫，映得满山都红，仿佛给湖上诸山都披上了一件红罗衫子。加上那春山如笑、春水如罍，便使这尤物移人的西子湖，更见得秀色可餐。好美丽的西子湖啊，你简直是躺在春之神玉软香温的怀中了！

这一年，似乎在阳春三月吧，我们局局促促地在这十里洋场中，天天过着文字劳工的生活，委实苦闷极了。如今一受了春风嘘拂，这颗心便勃勃而动，勾起了无限游兴。而西子湖的水光山色，又偏生逗引得我心中痒痒的，于是招邀游侣，同到湖上看春光去了。

一连三天，饱游了湖上诸胜。往灵隐看飞来峰，上韬光望海，玉泉观鱼，龙井试茗，扶筇过九溪十八涧，顿把一年来的尘襟洗涤得干干净净。这一晚在旅馆中用过了晚餐，便同着小蝶、红蕉上街闲逛去。手中还带着那根紫竹的手杖，在路上拖得嚓嚓地响，模样儿都消得很闲。小蝶爱看旧书，我也有同好，沿路瞧见旧书店，总得小作勾留。我们便在新市场一家旧书店中，勾留了半点多钟，把插架几百卷旧书的标签，差不多一起过目了。小蝶买了一部镇海姚梅伯氏的《花影词》，我也买了海盐词客黄韵珊氏所选的一部《国朝续词综》，出得店门。一路上翻着低哦着，什么"菩萨蛮"啊，"蝶恋花"啊，"巫山一段云"啊，大半芬芳恻艳，都是些销魂蚀骨之词。

我正在看得起劲，猛听得近旁有人嚷着道："一个疯人！一个疯人！"

我抬头一看，只见一家照相馆前聚了好多人，也不知哪一个是疯人。

当下我好奇心切，定要看他一个究竟，于是把那部《国朝续词综》挟在腋下，排开了人丛，步步挨进。却见那照相馆的玻璃大窗前，站着一个五十多岁的汉子，正对那窗中陈列的相片破口大骂。我弯下腰去偷偷一瞧，见他一张黑苍苍的脸，带着一派英武之气，虬髯戟张，露出血红的两片厚嘴唇，倒很有些像古画中的武士模样。那一头蓬乱的头发，却已白多黑少了。更瞧他身上，穿一身似是蓝宁绸团龙花样的夹袍，只是肮脏不堪，有几处早已破碎，连那团龙都飞去了。上身还穿一件枣红宁绸的半臂，也已敝旧，襟上挂着一串多宝串，叮叮当当的不知是玉是石，又似乎有几个古钱在内。脚下穿的什么却瞧不见，多半是一双通风的破靴子吧。

我瞧见了这样一个人物，顿觉得津津有味起来，一边端详着，一边便仔细听他说些什么。只见他骈着两个指头，对那玻璃窗中央镜架中一位峨冠佩剑的大将军指了一下，操着一口京腔骂道："王八羔子，你今天算得意了么？瞧你这副嘴脸，也没有什么特别之处。一个扁鼻子，瞧了就叫人呕气！像咱老子这样虎头燕颔，可就比你像样得多咧。你在十年以前，又是什么东西，不是和弟兄们一样地躲在一旁嚼油炸脍大饼吃么？任是给咱老子当马弁，老子也不要。只是你会拍马，会杀人，才得扶摇直上，平步青云，居然做起大将军来了。哼哼，瞧你的胸口，倒也花花绿绿地挂满了勋章，倒像真的给国家立了什么大功似的。但老子要问你：你的功在哪里？你可曾出征海外，御过强寇么？你可曾为国家雪耻，夺回过尺寸的失地来么？唉！一点都没有，一点都没有！你们的能耐，不过是自己人杀自己人罢了。咱老子只为不愿意和你们同流合污，才丢了官不做，来做我的平民，不然今天不也是峨冠佩剑，像你一样地把这副嘴脸骄人么？算了，你要是不能为国争光，那老子一辈子瞧你不起，任是杀了老子的头，老子也要骂你。"

他骂到这里，略顿一顿，吐去了一大口的唾沫，接着又指那旁边镜架中一个穿大礼服、戴大礼帽、满挂勋章的肖像，脱口骂道："你这兔崽子，居然也得了意了！平日间奔走权贵之门，朝三暮四，搬弄是非，真是连妾妇都不如。我们中华民国糟到这般田地，一大半就是你们这班政客弄成的。哼，畜生！你拍马拍上了哪一个，今天也做起大官来了。像你这一类人，通国不知有多少！老子可要去请一柄上方剑，把你们这班兔崽子——砍了，免得害了百姓。"说着，把双手做出拔剑砍头的手势来，又向那两个镜架中恶狠狠地瞅了半响，方始踱将开去。

踱到另一面的玻璃大窗前，负着手站住了，这窗中大大小小都是些妇女的照片，美的丑的，长的矮的，胖的瘦的，活像一个妇女陈列所。他忽又对着窗中顿足骂道："咄！天杀的妇人！该死的妇人！滚开去，滚开去！你们瞧不上咱老子，咱老子也不要你们！"说完，忙不迭回过身去，三脚两步跑出人丛，一会儿已跑远了。

那些照相馆前聚着看热闹的人，也就说着笑着，渐渐散去。我耳中只听得"疯人疯人"的声音，知道大家都公认他为疯人。但我听了他那番话，却好像看《红楼梦》看到焦大怒骂一节，兀自觉得痛快，认定那人并不疯，实在是个伤心人啊。

我找小蝶、红蕉时，却已不见，料知她们早已回旅馆去了。正待走开，却见照相店里一位老者正在和伙计们议论那个疯人。我便走进去挑买几张西湖上的风景照片，作为进身之阶。当下搭讪着问那老者道："老先生，敢问刚才那个疯人，究竟是什么人？"

那老者答道："这人是个北边人，流落江南已好多年了。听说他先前做过高级军官，精通兵法，曾立过战功。一天不知受了什么感触，忽把官丢了，解甲还乡，困守了多年，一事不干。他家中有一妻一妾，过不惯清苦的日子，都悄悄地离了他，别寻门路去了。他到这里来时，就是这样疯疯癫癫的，动不动在街上骂人。但因并没有动武伤人等事，警察也不便干涉他。他独往独来，倒也自由自在，此人真有些古怪呢。"

我道："然而他每天总不能不吃的，他又仗着什么吃饭啊？"

那老者道："听说他还有一个老仆，甚是忠心，在这里衙门中当差，天天送饭去给他吃的。"

我既知道了这些来历，也不便多问，便谢了那老者，走出照相馆来，信步向湖滨踱去。

这夜正是三五月明之夜，湖上月色很好。雷峰塔笼着清辉，仿佛老僧入定，当得一个静字。那时听得一声清磬从水面上送来，直打到我心坎中，我便想起那照相馆前的疯人。在湖滨立了一会，见众山如睡，也不由得要想睡了，于是离了湖滨，踱向旅馆。忽听得沿湖一带黑暗中，有人朗朗地唱起戏调来。一听是"伍子胥过昭关"一折，唱得沉郁苍凉，泪随声下。唱完之后，忽又接上一声长笑，笑得人毛发俱立。我暗暗点头，心想这一定又是那照相馆前的疯人了。

遗　像

　　先父去世已二十二年了，故乡七子山下，有断坟一座。坟上的小草，年年发青；坟前的老松，年年长翠，但我父亲却长眠在黄土之下，再也没有回来的日子。自我读书作文以来，知道了"魂兮归来"一句成语，便常常追味这四个字，发着痴想，想我父亲的魂或有回来的一天么？然而痴想了二十二年，总也不见回来。

　　先父去世时，我还只六岁。一个六岁的小孩子，懂得什么事？见父亲气绝后，直僵僵躺在床上，还道是睡熟呢，爬在床沿上一声声唤着"爹爹"。见母亲和外祖母哭时，才哇地哭了。我和父亲在世上聚合之缘，先后不过六年。父亲的面貌，在我幼稚的脑筋中印得极浅。何况父亲是个吃船饭的人，那往来长江一带、前年被兵舰撞沉的"江宽"轮船①，便是他日常的家。每月不过回来四次，每次盘桓二天，每月八天，一年九十六天，六年合算起来不过五百七十六天。所以我们父子虽说有六年聚合之缘，其实已打了个大大折扣。试想这六年间五百七十六天，怎能使我心脑中留一个深印象？所以我一年年

_____

　　① 1916年4月25日夜，"江宽"号轮船满载乘客由上海驰往汉口，为段祺瑞的军舰"楚材"号撞沉。

长大，这浅淡的印象也一年年模糊下来。所仗着引起我的追忆的，就是我母亲床前墙壁上挂着的一张旧照片，和每年阴历新年到元宵节的一幅画像。

那照片去今不知有多少年了，已泛了黄。照中一共四人，是我父亲和他三个好友合拍的，一人在右面的石几上操古琴，一人斜靠在那里听，我父亲却在左面石几上和一人下棋，黑白的棋子，颗颗分明。父亲穿着玄色花缎的方袖大褂，摹本缎袍子，戴一顶平顶帽子，态度甚是安详。一张圆圆的大白脸上，现出一种似笑非笑的样子。这照片是我母亲苦节二十二年中唯一的系心之物，时常指点着给我们兄弟们瞧的。

那最足使我触目动心的，便是年年阴历新年中天天张挂的一幅画像了。这画像是由当时一个画师照着那照片临下来的，面目很为相像。那种似笑非笑的样子，却已改作了很温柔的笑容，戴的是蓝顶子的雀顶帽，穿一身箭衣外套，朝珠、补子、方头靴一应俱全。记得他老人家往年下棺材时，也是这样打扮的。

每年大除夕，好容易把一切过年的琐事安排好了，就从一只长方形的画箱中取出五幅画像来：祖父祖母咧，姑丈姑母咧，和先父的遗像并挂在一起。点了香烛，供了三盆鲜果和一个果盘，然后上茶上酒上菜上饭，又毕恭毕敬地向那五幅遗像各叩了一个头。那祖父、祖母和姑丈、姑母，我都没有见过，对他们自也没有多大感情。我的心目之中，自只有父亲的一幅遗像，那张圆圆的大白脸上似乎布满了笑，眼睁睁地对我瞧着。

我能天天见先父的遗像，每年不过这阴历新年半个月。从大除夕傍晚挂起，直挂到元宵，到十八日就收下来，重又藏入那长方形的画箱中去了。这半个月中，日夜上饭，仍供着果盘和鲜果。然而任是供到什么时候，总不见他走下来吃，也不见缺少了半碗饭或一只橘子。唉，他老人家二十二年不吃东西，可觉得肚子饿么？

我每天早上起身，在像前叩过了头，便站起身来对父亲那张圆圆的大白脸儿呆瞧。瞧了几分钟，仿佛见父亲两个乌溜溜的眼睛在那里闪动了，脸上的笑容愈展愈大，好像把石子抛在水中，水纹儿渐渐化大似的，从两颊牵动到嘴唇，从嘴唇牵动到下颔，竟张口而笑了。于是我仍呆瞧着，仍目不停地呆瞧着——咦，他的手动了，脚动了，身体也动了，竟慢吞吞地从后面那张椅中走下来了，两只方头靴子咯噔咯噔地响，一步步向着我走来。

这时我并不害怕，只觉得心中快乐，便展开两臂迎将上去，一边没口子地嚷着道："爹爹！你回来了么？我做了好多年的无父之儿，从此依旧有父了！"但我父亲一声儿不响，兀自立着笑。我待扑到他怀中去时，却扑了个空。定神一瞧，才知道是幻想，是眼花，父亲哪能从画像中走将下来？仍是一动不动地坐在那里。我这一时幻想中的有父之儿，可也变作了无父之儿。唉，可怜呀可怜！

清明时节，是上坟的时节。家家坟上，大都有飞作白蝴蝶的纸灰，染成红杜鹃的血泪，我家因先茔远在苏州七子山下，不能年年去扫墓，总得隔一二年去一次。只托守坟的人加意照管，随时去拔野草，扫落叶，加添坟上的泥土。但我去虽不去，每逢新年瞧了先父的遗像，就不知不觉地有黄土一抔，涌现在我的面前，使人低徊不尽咧。

记得六年前的清明节，正是我新婚的后二月，母亲说今年须要上花坟了（苏俗，新婚后上坟谒祖先，曰上花坟），因便带着我和新妇同往苏州去。下火车后，换船往西跨塘，足足有六点钟的路程。找到了守坟的人，就同坐山轿到七子山下。

我一步一步地走近祖坟，忽起了一种说不出的情感。到坟上时，眼见松柏参天，结成了一片乱绿，映得我们浅色的春衣上也带着浅碧之色。料想三五月明之夜，或有我父亲的灵魂，在这森森松柏之下往来散步么？在这松柏的背面，便是一个不大不小的土馒头，乱草中开着几朵猩红的幽花，似是我母亲当年的血泪所染。我虽爱它的鲜艳，可也不忍去摘取咧。我们上了酒菜，点了香烛，先后叩过了头。我叩下头去时，又仿佛见父亲从坟中走出来，身上的装束和那画像中的一模一样，满面堆着笑容，不过我叩罢了头立起来时，忽又不见了。

　　随后我们便在坟旁的石条凳上坐下，母亲含着两眶子的眼泪，说起十多年前父亲临终时的惨况，十多年来同生活奋斗之苦，真个感慨不尽，我和新妇也止不住掉下眼泪来了。我们在坟上盘桓了两点多钟，我擦去了石凳上久积的青苔，扫除了地上枯败的落叶，摩挲那一株株的松树、柏树、杨树，兀自恋恋不忍离去。觉得这所在一寸一尺之地，都留着父亲的遗像，直灌注到我的心坎里去。

　　我暗想今天母亲来吊他，我和新妇来吊他，他眠在黄土垅中，可有一丝感觉么？可也觉得有一丝安慰和快乐之念么？这夜我们宿在守坟人的家里，夜雨萧萧，打在纸窗上。我的心便又飞到七子山下，暗想那幅父亲的遗像，倒是安放在家里画箱中十分安全，但他的坟却不能造在家里。十多年来不知挨了几回雨打、几回风吹，又经了几回雪盖、几回日晒。父亲躺在下面，可也挨得下那风雨雪日的欺压么？

　　唉，风雨啊雪日，求你们不要侵犯我父亲的坟墓！

　　我父亲去世的那年，正是庚子年。八国的联军长驱入京，实是我们中国历史上很伤心的一页。一时风声鹤唳，惊动了全国。父亲虽已病重了，仍天天要新闻纸看，焦虑得什么似的。上海方面，人心惶惶，近边有好多人家都搬往乡下去了。

　　父亲对母亲说："我的病怕已没有希望了，身后又没一个钱，你是个女流，如何挨得过去？还是把四个小孩子送给人家一二个，能换几个钱，那就更好。现在北京正在大乱，万一牵连到上海，你总须快快逃回苏州去。"

　　母亲只是哭，回不出话来。北京光绪帝和西太后蒙尘出走的当儿，父亲也弃养了。可怜我一个六岁小孩子的头上，竟担下了一重家忧国恨。如今我对着父亲的遗像，虽见他脸上满现笑容，然而这笑容之中，仿佛也包含着忧国忧家的无穷涕泪呢！

　　去年我从黄家阙路搬家到西门勤业里时，无意中在一角破橱里发现了一个旧木碗。我一见这旧木碗，心中唰地一动，猛记起二十年前的事。

那时是父亲弃养后的第一个新年，那画师刚画成的遗像已张挂起来了，我们兄弟们既生在寒素之家，又没了父亲，虽逢到新年也没有什么兴致。眼瞧着邻家孩子们玩着花花绿绿的耍货，只是眼热。外祖母可怜见我们，便买了一盏状元灯给哥哥，买一个木碗给我，总算是过新年了。每天早上，母亲总要对着父亲的遗像痛哭一回。有一天母亲不知受了什么感触，哭得分外的悲痛，一句句送到我耳中，直好似刀戳针刺一般，禁不住也号陶大哭起来。那时手中正捧着那只木碗，眼泪便索落落地一起掉在杯中，倒做了个承泪之盘。到得母亲哭罢，我那木碗中也盛了一小半的眼泪了。如今我见了这旧木碗，怎不伤感唉？碗中的眼泪早已干了，碗底的泪斑也早被灰尘掩住了，但我的终天之恨，可一辈子也忘不了的！

今年的阴历新年又到了，家里小孩子们已欢天喜地地预备过新年了。先父的遗像虽还没有挂起来，那一张圆圆的大白脸，已从我心坎上映到眼前……唉……

落花怨

嗟夫，吾何忍草此一幅断肠词，以赚读者诸君恨泪哉？吾草此篇，吾心如割，悲泪涔涔，不禁缘毫端而下。然而吾又不得不草此篇，以与大千世界善男子善女人共读之。以哭落花怨之泪之血，哭将来朝鲜第二之祖国也。吾岂愿洒此无谓之眼泪哉，奈叔宝全无心肝何？

黄女士者，西子湖畔人也。父某为邑中富豪，晚年始生女士，钟爱不啻掌上珠。女士丽质天成，云鬟雾鬓，袅娜动人，殆天上安琪儿，非人间女子可媲美也。女士生有宿慧，年十七，肄业某女学，各科靡不洞悉。尤精英文，声入心通，一若六桥三竺间之灵气，悉钟于女士一身者。

某年夏，女士毕业于女学，会其兄拟游学英伦，女士乃欣然负笈从。兄入文科，屡试辄冠其曹，彼都人士以其为有志少年也，尚遇以殊礼，不以奴隶目之。女士抵英后，入某女学肄业。越年其兄已毕业，获学位，束装回国。临别依依，未免别泪双飘。时女士以未届毕业之期，故未能赋"归去来辞"也。

夏期暑假，气候溽暑，终日如处洪炉中，局蹐不安。女士不幸抱采薪之忧，为病魔所缠绕，于药炉茶灶间讨生活者十余日，达克透[1]谓宜养病海滨，以避尘嚣，且可吸清新空气，于病体不无少补。女士然其言，遂只身独往海滨，而女士所以致疾之由，则以风雨晦冥之夜，寂寂埋书城中，不节劳之故耳。既抵海滨，求宿舍十余处，宿舍主人咸询女士是否日本人，女士生平不作诳语，乃以实对曰："余非日本人，乃中国人。"众闻女士言，咸厉声叱曰："亡国奴，速去休，勿污吾一片干净土。其速行毋溷乃公为。脱不然，莫谓吾棒下无情也。"

女士不得已，且行且泣，徬徨途次，血泪染成红杜鹃矣。自念此细弱鹡鸰，又将安往。穷途日暮，何处乡关，引领东望，眼落都是沧桑感，不知涕泗之何从也。

未几，折道循海滨行，寻抵一家，结构颇工。前临浩海，银涛排空，一碧无涯，披襟当此，洵足涤俗尘万斛也。宅后有芳园一片，园中花红欲然，树浓似幄，万紫千红，都以笑靥向人，风景亦复不恶。

女士往叩其门，女主人欢然出迎，导女士入，以近园之一室居之。室中陈设，亦甚风雅。女主人年约四十，面目间殊仁慈，待女士颇欢洽。女主人故善词令，与女士相周旋，故谈不数时，已如数年莫逆交矣。女主人既与女士洽，相谈甚欢，而女主人吐属尤温文有致，足令听者忘倦。谈时道其子不去口，女士则唯唯坐听而已。

傍晚，下婢来请女士晚餐，女士遂随之入膳堂，则见一美少年据案坐，面如冠玉，额容平直，神采奕奕如天神，双眸美秀，傲若有余。女主人乃介绍于女士曰："此即吾儿，吾为密司[2]绍介。"女士颔之，与少年行握手礼。餐竟，少年偕女士闲步园中，吞吐夜气，为状殊适。南汀格[3]隐绿荫中，啁啾迎

---

① 达克透：指医生。

② 密司：指女士。

③ 南汀格：Nightingale，夜莺。

客，野花倚篱，迎人欲笑。一路晚风拂面，送种种之花香，扑入鼻观，沁人心脾。一钩新月，团圞如镜，照于女士身上，无殊绛阙朱扉中之仙姝也。

二人信步所之，循花径而行。少年吐属，较乃母尤为温雅，二人絮语缠绵，两情猝如胶漆。欢谈移时，鱼更已二跃矣，乃各握手道别。女士遂归已室，则见电灯照耀，光明朗澈，乃推窗纳风，而常春藤蒙络蔓延，若为彼窗际装饰品。南汀格钩辀格磔，若为彼窗际音乐具。女士倚枕假寐，心如乱丝，宛转思维，未入黑甜深处。无何晓钟初动，朝暾上窗，窗外鸟声啾啾，若告人以晓至。女士匆匆整花冠，束衣带，娉婷而入园，坐绿荫下以吸空气。鬓丝微掠，临风四裊。两旁松柏肥绿，亭亭立晓光中。

女士胸襟颇适，然一忆及国家多故，则觉鸟啼花落，无非取憎于己。泪珠盈盈，已湿透罗袖矣。静坐移时，百感交集，乃入膳堂，起居女主人时适早餐，女士复与少年同桌坐。少年运其广长之舌，议论风生，唯女士则作息妫之不言，绝不露轻佻气象，唯唯否否而已。

餐罢，女主人尼女士按批亚那①。导入一室，室中陈饰，尤为华美，如入山阴道上，令人目不暇接。女士乃按琴而歌，高唱入云，作海天风涛之曲。如春莺调簧，如冷泉咽石，珠喉婉转，慷慨激昂，仿佛作玉郎拔剑歌也。时少年兀坐其旁，虎视眈眈，犹饱餐其秀色。如花粉腮，亦几为之射破矣。歌罢，女主人称道不绝口，女士再三谦让。乃偕少年出，凭眺海滨，则见万顷绿波，清漪如镜，对岸之树影波光，一若接于几席。烟波深处，隐约见白鸥点点，飞翔水面，若不知人世间有所谓苦忧患，有所谓苦恼者。人而不能自由也，不如此渺小一鸥矣。时则一轮红日，已在地平线上，海天皆赤，仿佛见有千百日影，卷浪冲波而出。女士一览此景，犹置身于云水乡中，犹鸥之飞翔于烟波深处，几栩栩欲仙矣。

光阴如矢，日月如迈，女士居于此者二十余日，不知我之送光阴、光阴

---

① 批亚那：指钢琴。

之送我也。女士晨起，必于园中静坐，借玩天趣。漫漫长日，无以消遣，则有少年来，与之促膝谈心。晚则于海滨观夕照，二人亦日益亲密，一寸一晷之石火光阴，无非在情天中讨生活。唯女士则不苟言笑，束身圭璧，心如古井之水，但以朋友之谊遇之。而少年本为情种，既得日亲女士芳泽，遂致飞絮满身，不能排遣而出诸情网，早于冥冥中暗布相思种子矣。月下老人，洵多事哉。

一日昧爽，晓风拂面，零露沾衣。残月一钩，尚悬天末作微黄色。女士晓妆初罢，挽髻作远山式，复独往园中，彳亍花径。以女主人爱紫罗兰，思撷此以赠，乃低垂其蟠蛴之颈，即绿荫中觅紫罗兰。

时则女主人子饮白兰地初罢，醉语惺忪，吸淡巴菰①，凭窗远眺，见绿杨荫里，芳草堤边，有一衣碧衣、裳缟裳之倩影，如惊鸿之一瞥。谛视之，即痞痌难忘之东方美人也。少年自忖此时，何不绕入芳园，趁此晓光中，与彼美絮絮款语，洵大佳事。于是着外衣，沿道来觅女士。行未数十武②。已见女士在树荫下，闲步晓光中，宛如名葩初饴，向阳而招展也。

少年自树后呼曰："密司胡为凌露来此，如感受冷露之侵袭，吾恐姗姗弱质，实不胜消受此折磨也。"

女士聆其声，知为少年，乃回首微笑曰："无他，夙闻君母爱紫罗兰，故撷此以稍尽妾意耳。"

少年亦笑曰："余亦爱此花，密司胡不撷以赠吾，乃赠吾母。"

女红云上颊，低垂粉颈，以春笋弄紫罗兰之花瓣，默然无语。

少年又曰："密司日来遇我厚，我感愧莫名，汝且来前，待我向汝道谢，愿上帝福汝。"

女士闻言，默念此君出言胡绝无伦次乃尔，余寄食彼家，一切皆仰给于

---

① 淡巴菰：雪茄。

② 武：六尺为步，半步为武。

其母，纯然如佛，过此快乐光阴，曾未一道谢忱，彼反谢余，毋乃风马牛不相及。彼既出此言，必非无因。乃思效温太真绝裾^①而去，而心动手战，玉手中所执紫罗兰，悉散于地。因俯身拾取，少年亦为之代拾，渐近女士身，突然起立，坚执女士皓腕，迳与接吻。

女士失声而号，缩归其手，而秋波中几欲迸出火星矣。既乃厉声叱曰："荒伧何无礼乃尔，吾非枇杷门巷中人可比，何物狂徒，乃敢玷污吾神圣不可侵犯之身。尝闻欧西人皆文明，亦不过欺人谈耳。吾当奔诉尔母，以评曲直。"

少年笑曰："汝即奔诉吾母，亦不过置之一哂而已。吾誓必令玉人归我始已，若当知吾于膳堂一见汝后，而三生石上，红丝已牢牢缚定。日间虽能与汝把臂，而晚间自憾不能与汝同梦，不审此一日十二小时，何若是之短，不能与汝把臂稍久，常恨太阳神之无情。故一至残晖西没，吾乃怅然若有所失。虽卧孤衾之中，而一点灵犀，仍绕汝衾枕之旁。一缕痴情，充塞脑蒂之中。时亦哑然失笑，念汝既无意，我何必为此半面相思，徒自苦累。乃思一挥慧剑，斩断情丝，而一见汝之如花玉容，吾又堕入情网矣。吾今假汝以十分钟之思索，汝能否归我，即受尽永劫不复之苦恼，当亦心甜意悦，不复怨天尤人。汝既为日本人，吾等成婚后，即可归国度蜜月，一切皆唯汝之命是听，吾亦愿作脂粉囚奴矣。"

女士冷笑曰："天下多美妇人，何必是此？英伦三岛间，岂无一当意者。实告汝，吾非日本人，乃中国人也。"

少年闻言，夷然如不闻，然面上亦微露惊讶状，移时始曰："中国人欤？亦无伤，中国人尽人皆亡国奴，唯汝则天上安琪儿耳。汝必归我，脱不然，当知吾亦足以制汝死命。此英伦三岛间，使汝无立足地，并不能归国。汝能允吾否？"

---

① 温峤，字太真，晋人。绝裾：扯断衣襟，形容态度坚决。

女士略为思索，乃曰："若厚我，令我铭感，唯吾国凡遇儿女成婚事，非函禀父母不可，姑再商如何？"少年始颔首去。

少年既去，女上芳心趯趯，恨恨向海滨而行，怅然得失，唯向浩海而洒泪。移时乃怏怏归寝室，且行且思，谋所以对付之策。是晚辗转思维，未入黑甜乡里，而孰知快乐之光阴已疾变灭、凄绝哀绝之活剧将从兹开幕矣。

翌日清晨，晓日一竿，绿窗红映。女士晓妆才毕，娉婷出兰闺，忽见下婢至，面色严厉，厉声谓女士曰："吾家主母唤汝，速随吾行。"

女士乃从之，入女主人之室，则见女主人面目狞厉如夜叉，面上如罩重霜，昔则如和暖之春风，今则如萧索之秋气，令人勿怡。见女士至，傲然不为礼，厉叱曰："咄！亡国奴，若以一世界第一等之贱种，匪特污我一片干净土。乃敢以汝之狐媚手段蛊吾子，丧吾子之人格，玷吾子之家声，若今知罪乎？吾前以若为日本人，故容汝勾留于此，不图汝乃无耻若是，速去休，吾高洁无上之居室，实不能容汝亡国奴作一日留。"遂唤下婢，逐女士于户外，犹声声詈不已。

女士椎心泣血，泪落如亚拉伯之树胶，九阍窎远，呼吁无门。搔首问天，呼苍苍而不应，斯时之女士，未免愁肠寸断矣。

女士彷徨途次，恍如丧家之狗，乃思附轮回国，不致作他乡之鬼。遂往购新闻纸数纸，知是日有船往新加坡。女士鹄立海滨约一时许，往来踯躅，秋波欲涸。移时始见海天深处，隐约有一舟鼓浪而来，谛视之，适往新加坡者也。不觉大喜，心中豁然开朗，如得夜光之珠，于是购票登舟。

未几，舟将启碇，忽见一少年至，则女主人子也。女士怒形于色，不为礼。少年曰："若往新加坡耶？亦大佳，我犹可与若共晨夕，前园中之言如何者，今当践约。"

女士怒曰："若母既下逐客令，彼此之关系已绝，若胡为追踪来此，于吾前喃喃饶舌耶？况吾乃亡国之奴，安能为若床头人，即成此孽缘，若亦将不齿于国人。我誓不为此，脱不然，吾当以颈血溅若之袖，莫谓巾帼中无丈夫气也。"言次，恨恨归己室。

舟行数日，舟中英人皆以女士为日本贵族，遇之甚厚。每有宴会，必折
柬相招，脱不至，则座人皆不欢。女士吐属既温文有致，尤善酬酢，雄辩滔
滔，常靡其座人。况生成丽质，举止温存，一出室门，则舟中人逐影追香，
争交目于汉皋神女。而少年遇之尤亲切，女士则以冰颜报之。继而英人皆知
女士乃中国人，非日本人，咸大惭。女士一出，则诟厉不绝口，佥唾之为亡
国奴。而女士殊不顾，唯每于夜深人静、月黑天高时，出立船首，对茫茫浩
海而长叹，娇声呜咽，不胜悲抑，泪点淋漓，恍如带雨梨花。

越数日，舟已抵新加坡，女士乃上陆觅旅舍，少年则追踪不少懈。一日
女士香梦方醒，鬓云微松，直似睡足海棠，令人真个销魂。女士乃盈盈下床，
忽觉枕畔有人谛视之，则少年也。不觉大惊失色，神经霎时麻木。少年曰：
"今可申前约矣，如固执者，我将以此事暴露于外。安有以一黄花闺女，与人
同衾，若之名节亦扫地矣。斯土有一牧师，乃我知友，可为吾等主婚人，佳
期即明日也。"

女士俯首无言，玉手纤纤弄衣角，恍如一博物院中之石美人，少年径与
接吻而出。

翌晨，女士方起，彳亍庭中，以舒怀抱。缅想前尘，不堪回首，俯仰低
徊，不禁愁损春山矣。当斯欷歔欲绝之际，忽闻有橐橐之响，方凝睇间，则
见少年昂然入，已至身前，握女士手问曰："胡为在此凉荫里，独不畏罗袖太
薄耶？"

女士心怦然动，俯首不之答。少年又续曰："马车已待于门外，速行毋
迟。"言已，乃挟女士出，径上马车，与御者作一二言，而马蹄嘚嘚，如一道
流星，飞行而去，少年亦高赋有女同车矣。

结婚后，女士愁容暗结，红泪偷弹。玉楼深锁，寂寞生涯，愁城风味，
亦消受够矣。每于花晨月夕，感花溅泪，对月吟愁，顾影萧条，郁郁谁怜，
肮脏情怀，只能诉与落花知耳。以女士纤纤弱质，又安能长日于愁城中讨生

活。故不数日间，而宝靥销红，一病倒在潇湘馆里，菱花镜里形容瘦，已作憔悴姬姜矣。少年以医来，女士辞曰："心疾须将心药医，达克透宁能疗吾心疾耶?"越数日，病少瘳，而印度洋中骤起数百丈之狂飙，蜚语沸腾，众喙铄金。少年以眷女士故，遂不齿于国人，居停亦下逐客令，乃别赁一屋居之。牧师复以绝交书至，从此薄命桃花，遂断送于雨骤风狂中矣。

少年处此四面楚歌之中，不得已，乃思附轮回英，不致落魄他乡。忽有一书至，读未竟，面色惨白如纸，盖英伦少年母之书也。书中略谓曩昔汝乃吾子，今既自暴自弃，吾亦不以汝为子矣。汝既爱彼亡国奴，毋容污我英伦一片干净土。生则饮奴隶之水，死则葬奴隶之土，汝如欲归国，则速与彼亡国奴绝。噫，有此一幅催命符，直射于女士之眼帘，女士乃死，女士乃不得不死。

女士睹此函，芳心之跳跃，骤增至一百七十度，血之流行，因而加捷，几欲从秋波中樱口中推涌而出。神志已失其灵敏，仿佛坠身于北冰洋中，只觉冷气森森，沁入心脾。自知死期已迫于燃眉，然强颜欢笑，一如平日。自念茫茫世界，竟无地以相容，王谢堂前，旧巢又不可复。一念及此，寸衷如割，泪影莹莹，几湿透鲛绡矣。无何花砖暑影，逐渐东移，一片残霞，已加鞭向亚美利加而去。女士瞵少年已入黑甜，乃就案作书志别，书曰：

嗟乎吾夫，死矣死矣。滔滔流水，容知吾心。妾生不逢辰，生于中国，乃蒙吾夫遇吾厚，而自沥于难，虽粉身碎骨，不足以报万一。妾久怀死志，所以含耻偷生者，因未见故乡云树，死为异域魂耳。今所吸者乃中国之空气，所居者乃中国之土地，生为中国之人，死为中国之鬼，如此江山，妾亦无所眷恋。与其生而受辱，不如拼此残生，以报吾夫，亦所以报祖国也。嗟乎，吾夫，吾作此书，吾泪涔涔，此书入君目之时，见有斑斑点点如桃花片者，君其记取，即妾之血泪痕也。妾身虽死，妾魂犹生，当日日附君而行，至数千年后，妾之魂化为明月，君之魂化为地球，辗转相随，万古不变，即至天荒地老，海枯石烂，而妾之魂犹绕君而行，不宁舍君他去也。

嗟乎，吾夫，长相别矣，妾死之后，望即寸剐吾身，以饲狗彘，盖亡国奴死欲速朽，又何必墓门西向，千载下受人唾骂。异日孤窗独坐，或闻子规啼红，如怨如慕，即妾嘤嘤啜泣之声。或见灯影闪烁，若隐若现，即妾渺渺无依之魂。请以浊酒一杯，一扬灵焉，则妾亦含笑九京矣。吾夫吾夫，别矣别矣，吾知君玉钩低垂，罗帐沉沉中，方梦见薄命人弹泪作断肠词也。

女士书毕，香腮枯白，气喘喘如吴牛，一缕之息，纡回若游丝。娇躯若柳丝，颤颤欲坠，不复能自持。乃将闺门紧闭，即向身畔取出三尺白绫，展视良久。自慨曰："尔以天生丽质，今乃毕命于此，红颜薄命，洵不诬焉。嗟乎吾夫，行再相见。"

女士毕其词，将白绫高悬，瞠目奋呼曰："吾中国之同胞其谛听，脱长此在大梦中者，将为奴隶而不可得，彼犹太、波兰之亡国惨状，即我国写照图也。"

呼声未绝，而一缕香魂已归离恨之天，时则白云惨淡，日薄无色，玉肩锁愁，琼栏驻恨，唯有小鸟啁啾，悲鸣凭吊而已。

瘦鹃曰：嗟乎，娟娟明月，印河山破碎之恨；飒飒悲风，起故国凄其之慨。若黄女士者，即中国国民之前车也，读者见之，其以为何如？然余方握管时，汍澜不已，不审此斑斑点点者，是泪是墨也。

为国牺牲

一

大中华民国与敌国宣战后之三日，中原健儿尽集于五色旗下，厉兵秣马以须。黄歇浦畔一小屋中，有一英俊少年，横刀立门次，体态昂藏，可六尺许，目光熠熠有棱角，四射如电炬，时则扬声谓其老父曰："别矣阿父，儿去也。"

老人力把其爱子之手，欢然言曰："别矣吾儿，愿汝努力，尔父老矣，今日一别，或弗能复见儿面，然为祖国故，即牺牲吾百子，无恤也。"

老人言既，即有一老妇自一木椅上盘散而起，至于乃子之侧，展其手按爱子肩。双眸莹然，直注其面，久久乃弗瞬。少年扶母归椅使坐，屈一膝跽于地，捧其皱纹叠叠之面于手中，与之亲额，怡声言曰："别矣阿母。儿此去当杀敌归。母其备国旗以待，为儿拭宝刀，勿使敌血凝其上，锈吾霜锋。今兹母曷以笑靥向儿，儿行矣。"

母欲语，声格格不得吐，则展靥而笑，两手仍坚执其爱子之臂，弗忍遽释。遍体斗大震，似欲力排其中之悲痛，顾终为爱子之情所克，以广袖掩面，伏其首于椅臂上，啜其泣矣。

少年惧为阿母眼泪短其英雄之气，即一跃而起，不之顾。将行，则又顾谓桌畔一亭亭玉立之蓝衣少妇曰：“吾妻，吾二人别矣。”

少妇遂微步近少年，出其纤纤之手把少年臂，复以明眸注少年面。而少年亦还视其妻。两人修短适相若，两人之目光乃交互而成直线，如是者可十分钟。少妇始低声呼曰：“别矣吾夫，愿汝无恙。”

少年首微点，返身出。少妇遂扶老人立门外，目送其英雄夫婿跃马而去。夕阳娇红，笼首作赤阛，如大神顶上之圆光。此神盖救世之神也，将弗见。少妇即自罗襟间出其白罗之帕，高扬于头上，振其玉喉呖呖呼曰：“顾明森大尉万岁！大中华民国万岁！”顾明森大尉者，少年也。

顾明森大尉此去，实与爱妻为永诀矣。当其行时，此娟娟者尚曼立门外，嫣然作浅笑，高呼万岁以壮夫婿之气。则其笑直较哭为尤痛，泪已盈眶，乃强制弗听出，而此强制之工夫，良匪易易。迨夫婿既远去，则即踉跄入门，席地恣哭，悲悒至于万状。良以二人结褵才三阅月，新婚燕尔，闺中之乐趣正浓。今特以捍卫祖国故，乃不得不作分飞之燕。妇虽灼知爱国之义，然亦不能无悲。是日直啜泣至于日殛，悲犹未杀。

而老人则老怀弥乐，一无所悲。老人当壮年时固海上健儿，甲午之役亦身列戎行，勇乃无艺。尝于月夜只身犯敌垒，夺其帜，受数十创归。后又屡立战功而受创亦屡，故其身上疮痂纵横纠结，为状绝类地图上之山脉。每值兴至，与村中壮男子角力，解衣磅礴，时尚复历历可见。而老人见痂每潸然下泪，谓：“此为老夫悲痛之纪念，见之辄枨触于怀。设尔时将士能人人如老夫者，何致丧师辱国为天下笑。然而国魂不死，民心不死，行见将来终有雪耻之一日耳。”

以是村中人每生子，老人必登门道贺，并殷殷嘱，他日长时，必令从军，执干戈为祖国复仇。村人见其热诚，则亦漫应之。老人所生只一子，年甫十七，即投身入军籍。以能守纪律、精于军事闻，寻即擢为大尉。而老人犹以无多子为憾，设多子者，即可尽为祖国宣力，祖国得益当亦较大。然既无多子，则亦无可奈何，唯竭力以勖其一子，未尝或懈，而爱国真诠，言之尤凿凿，俾使其子深铭于心，力自鞭策。

今见祖国竟不甘受敌国屈辱，毅然下宣战之书，民心亦奋发一致对外，老人乃大悦。谓："似此御敌，何敌不克？今而后可以雪甲午之耻矣。"时其子请假宁家，归甫五日，老人即力促之返营，盖风闻其全营将于今夕出发也。子行后，老人尤跃跃乐乃无艺。日将暮，即往码头送全军之行。

既至，则见一绝巨之轮船泊河干，船尾船首俱悬国旗，猎猎然临风招展，似扬吾武；烟突长且巨，状若仰天吐气，谓中华从此强矣。老人举眸四瞩，见码头上人至庞杂，往来如掷梭，而军人尤伙，为数可千余人，顾独弗见其子，意殊不怿，亟排众人，始见之于舱门之次。时方指挥其众，状颇鹿鹿。老人视此戎服灿烂之爱子发号施令，虎虎有生气，于意甚得。

去舱门不数武，有巨炮一，硕大乃无朋。老人不觉对之微点其首。念此巨炮发时，敌军必弗支，乞息战议和，割彼国三分之一，赠吾国为殖民地，且倍前所要求于吾之条件以许吾。吾大军遂凯旋而归，其荣誉直为从来历史上所未有，而列强亦相顾咋舌，称吾国为世界第一等国，从此弗敢复犯。……念至是，不觉拊掌而笑，得意至于无极。

老人方冥思间，斗闻呼声破空而起曰："趣上舟！趣上舟！"呼已，军士辈即陆续而入舱门。旋有工兵一队至，从事于巨炮之侧，须臾，忽闻金铁铿锵声，则舟上之蒸气起重器已提此巨炮而起。甲板上之军士尽呼万岁，声震一水。老人亦挥其冠，引吭三呼。

时去老人弗远，有一少年军人，为状似少尉也者，方与一衣浅绛衣之女郎话别。女郎殆为其妹氏，眼似波而口似樱，意态殊娟好，见此巨炮离地而起，则亦鼓掌跳跃，若至忻悦，作娇声呼曰："是炮何巨！吾前此乃未之见。"

少尉微笑答曰："良然。是炮巨乃无伦，构造亦异，为吾国晚近一大制造家所创制，尽彼德意志克虏伯厂中所有都不之及。脱令敌人见之，心胆且俱碎矣。"

女郎又娇呼曰："然则其弹安在？如何不见？吾颇欲观之，想如此巨口中必能吞一巨球也。"

少尉大笑曰："阿妹殆以为炮弹枪弹都如吾家阿弟所弄之皮球乎？是误矣。弹初不浑圆如球，特作圆锥之形。若此炮中之弹，则更与寻常殊，立之地上，直与妹身埒，权其重量可六七百磅，发之能及七八里。"

女郎闻之，目眙而口张，状至错愕，曼声言曰："奇哉！奇哉！是炮朝出，敌人夕歼矣。"

少尉点首而笑，似然乃妹之言。

当是时，起重器已提炮至于船尾，辘轳放，炮乃徐徐下入舱底，不复见。而高呼万岁之声一时又四起。老人呼既，又引眸觅其子。旋乃得之于舱门之次，方往来微步，态度绝安闲。

少尉举手指其人，顾谓女郎曰："彼悬佩刀徐步舱外，俨然有大将风者，为顾明森大尉，即指挥彼巨炮者。其人实为吾军中之祥麟威凤，军事之学，唯彼为最精。即此枪炮中之构造，渠靡不洞悉，即一螺旋钉、一细钢丝，亦复知其装配之法，如一老练之钟表匠知其钟表之内部，实令人佩畏无已。阿妹更不见彼腰间所佩之刀乎？是为顾家刀，吾家阿父及祖父尚能历历道其历史。此刀盖属诸乃父，尝于甲午之役斩敌馘无算者。今乃父尚存在，老矣，而雄心犹未已，时时以报国为念。闻彼因甲午之耻，梦中辄跃起，大呼杀敌，故吾大尉自幼即知爱国，且邃军事学，譬之大树上一旁枝，同根生，相去迩也。"

女郎点其蟒首，流波遥睐顾大尉，微吐其气，言曰："彼貌殊都，宛类妇人女子，顾又奕奕有英雄气。其人殆即吾国历史上之张子房①欤！"

少尉蹶然曰："阿妹譬喻殊确当，特惧而兄无暇与汝论史，今兹当登舟矣。别矣，阿妹，行再相见。"

女郎举其纤手，取云发上所簪一娇红欲燃之玫瑰，授其兄，作巧笑曰：

---

① 张子房，即秦汉时之张良，字子房。

"别矣，阿兄，愿汝杀尽敌人，血其刃如玫瑰。否则阿妹且以弱虫目汝矣。"

少尉受花，置之军冠中，毅然言曰："吾渴欲饮敌人血久矣，此往必大杀一场，以疗吾渴。妹或弗信，可誓之天！"

女郎挥手向舶曰："行矣，谁欲汝誓？妹信阿兄耳。"

少尉即匆匆返舶，飞步入舱门。时顾明森大尉已登甲板，方凭铁栏而立，俯首四瞩，似视此人丛中有无稔熟之面。双眸炯炯然，适与乃父肫挚之目光值，则微笑，一笑中若含无限孺慕之意。众以为大尉向渠辈笑也，立哗然呼万岁，声同如出一人口。大尉举手行一军礼，遂入舱去。

老人纡徐出人丛，已惫罢甚，而彼少尉与妹氏之语，则往来于脑中，弗能复忘，曰俨然有大将风也；曰军中之祥麟威凤也；曰是为顾家刀也；曰此刀盖属诸乃父，尝于甲午之役斩敌馘无算者也；曰乃父老矣，而雄心犹未已也；曰譬之大树上一旁枝，同根生，相去迥也；曰彼貌殊都，顾又奕奕有英雄气，殆即吾国历史上之张子房也。凡兹数语，老人都于脑中往复默诵，弥觉其甜蜜。自念吾归去，决一一语之老妻及爱媳，渠辈闻之当亦欣慰。舶且以夜半行，吾尚及携渠辈来是，一观吾国之巨舶也。

老人念至是，即疾趋而归。归乃益罢，然犹力自支持，既以彼少尉兄妹语，语其妻媳。复摭拾当年战中故实述之，以为余兴。述未竟，已入睡乡。比醒，则日光灿然，已透藤蔓蒙络之疏棂而入，若告以天明久矣。尔所系念之巨舶，已解维远去，此时方容与水上，状如美人螺髻也。

二

崇山峻岭，绵亘弗断，蜿蜒曲折，可百里而遥，为状如一巨蟒，偃卧于大地之上。炮声砰訇，时辄排空而起，震山中作回响。炮声少止，则又隐隐闻来福枪声。声来自远处，一若老僧讽经也者。间又杂以机关枪声，阁阁然如蛙叫。凡此枪声炮声，续续而入中华民国大军中一传令官之耳。此传令官者，方鹄立于一田舍之门外，翘首向山，若有所晌。

须臾，斗闻室中有深沉之声起，曰："彼来乎?"传令官举其项际所悬之望远镜，遥望高山及平原间之一深谷，望有顷，始下其镜，回首及肩，扬声答曰："将军，尚未也。"言已，则又翘首而望。时斜阳将下，嫣然作粉霞之色，光烛山背，与黯碧相混合，色乃奇丽。传令官视此娟媚之暮景，几已忘其职守。阅数分钟，身遽微震，遂举其望远镜前瞭，则见平原上，有一人跃马疾驰而来，疾如飞矢。谛视其人，则服炮兵大尉之制服，遂回首报曰："将军，顾明森大尉来矣。"

顾明森以奔波久，入田舍时呼吸乃至迫促。既入，即举手向将军为礼，并礼在座诸参谋。忽闻间壁小室内有细语之声，视之，则见电话传令兵多人方面墙坐于一长案之次，人各缚传话筒于额下，系听音筒于耳际，面前皆置一电话机。诸人且语且听，精神专一，目不他瞬。别有一传令兵跋来报往于二室之间，每出必手一纸，授之参谋长，殆即从电话中速记而下者。参谋长得纸，辄喁喁然与其同事语，似相商榷。时诸人俱围案而立如堵。

顾明森乃一无所见，一无所闻。迫天将暮，暝色渐合，即有一下卒入，悬一绝巨之煤油灯于室心枕梁上，光下烛成一光明之圜，映射众面，神采都奕然焕发，似示人谓此起起者，佥属大中华民国之名将谋士，第小用其勇智，已足以克人国而有余者。

维时将军及参谋长俱立案首，顾明森亦入其列，案上铺一大地图栓以针，小纸旗百余面插其上，以志两军之阵地所在。敌军为黑旗，本国之军则标以国旗，五色纷披，大有云蒸霞蔚之观。观其状若有得色，似操必胜之券。此田舍者，固有电话与战场上吾军之各司令部通。吾军之如何设施、如何进行，都由电话传达。故此大本营之电话室中乃大忙，每一消息至，由速记生记录而下，属传令兵进呈参谋长。于是互相磋商，讨论其臧否。或进或退，则移动地图上之小纸旗，以为标识。将军但须视此地图，已能知吾军之进行。而顾明森亦极注意于此，双眸专注其上，略不旁瞬。于时见敌军面南而阵，在前山二十里外，其右翼临一大河，左翼则适当山尽处。图上五色旗与黑旗并行而立，可知两军正在对垒，相持弗下，而东端则有白旗一丛，甚密，谂吾军方并力进攻敌军之左翼，为势至盛。顾明森见之，心乃弥乐。

参谋长指旗谓众曰："诸君不见乎？今者敌军之中坚尚与吾相持，其左翼似已有失败之势。今将军意将以全力破之，使片甲不复返，特欲行此策，势必致力于右翼，而分中坚及左翼之劲旅并入右翼，俾厚其兵力。将军拟即于今夕施行。少选，即当颁发详细之命令。唯吾左翼及中坚之诸司令官，仍当继续进攻，以欺敌人，使彼弗知吾军之已更动。迨敌军左翼一破，余即不能支矣，是为将军计划之大概。吾参谋部诸君，其各分发命令于战地诸司令部，遵行无违。"

参谋长言已，诸参谋各散去，而顾明森尚木立不动，似俟将军之下令委以要务者。参谋长仰首见之，即呼曰："顾明森大尉尚未行，良佳，趣来是。"顾明森遂趋至参谋长侧。

参谋长俯其首，指地图上架河之大桥，谓之曰："大尉听之，将军命君为是。明日昧爽，立毁此桥。须知此桥关系匪小，势在必毁。盖吾军右翼一胜，敌军必取此桥而逃，或且出不意袭吾左翼，亦殊难必。桥一毁，则其生路绝，吾即足以制其死命。君其以巨炮往，幸为国努力。"

顾明森视图，则见此桥适在敌军之后，去本国大军之阵地可五里许。

参谋长又指图上一小山言曰："顷据吾国第五师陆少将报告，谓彼处左近但有一处可见桥，即此小山之巅，其地虽匪妥，然吾辈亦不得不一冒是险。唯君其志之，炮当隐于山后，发时庶不致为敌人所见。适者炮兵总司令官有电话至，谓已于山上见得一至安妥之地，怪石突起，或蹲或立，蹲者如狮，立者如人，大可借为屏蔽，渠当乘君未往以前先为君准备一切也。"

三

天半明月，流波下泻，溶溶然烛山坳。树为月光所笼，筛影于乱石间，枝叶都极分明。树影中有物庞然，黝以黑，如巨魔独立，张其口，仰天噫气，则巨炮也。

此巨炮之次，有人趺坐于地，翘首望月，厥状至闲适。口中且低哦，似骚人雅士入山寻诗料者，则顾明森大尉是。盖顾大尉于十一时许即偕一电话传令兵登山，炮则已于一小时前由辎运兵一大队潜运至是。山上果如参谋所言，都已准备，且装电话与大本营及炮兵司令部通。顾明森上山后，无所事，则唯枯坐以俟破晓。举眸四瞩，但见疏星丽天，犹闪烁如金，月色似霜华，被山巅山腰山跌间，尽成一白。月不及处，则作灰褐之色，隐约中如有鬼影离立，阴森怖人。特大尉有胆，则亦无慑。伫久之，意颇弗耐，翘盼长天，双瞳欲涸。不知经几许时，月始徐落，残星亦渐隐，晓色抉云幕外透，犹熹微。

大尉欠伸而起，舒其手足，斗闻其电话传令兵忽失声而呼，举手遥指天末。遂仰视，则见一黑点方微微而动，大仅如苹婆之果，既而幻为深黄色，似傅金然，则已受朝曦映射也。取望远镜视之，审为气球，以高故，先受日。而此山则仍在灰褐色之影中，似人之熟睡未醒。越十分钟许，始见远处一最高峰上，染一抹玫瑰之色，娇艳无伦，徐徐及于山谷，弥望皆绛。须臾，此朝日之光，若变为生物，自此峰跃登彼峰，瞬息间诸峰乃皆被日，一一都发奇彩，而此小山亦在日中，红如浴血。盖大地于是揭幕矣。

顾明森大尉精神乃立奋，亟以炮口向河上之大桥，度其距离，可九千七百码。当是时，陡闻电话机上铃声铿然作，大尉即舍炮取电话筒，问曰："谁软？"

听筒中作声曰："君是否即顾明森大尉？"

大尉答曰："然。君为谁？"

曰："此间为炮兵总司令部。顷得气球报告，谓敌人之马兵及步兵二大队已在前山之后，将向桥进发。君已以炮口瞄准乎？"

大尉曰："已瞄准矣，但俟其来，一鼓歼之耳。"

听筒中又曰："兹事殊快人意，据气球报告，彼二大队似系敌国最精之兵，去君处已近，只一里许。君其磨厉以须，勿令若辈一人生还也。"

大尉欣然答曰："谨遵命。"

铃声又作，二人之语遂止。

大尉乐甚，亟手远镜，望桥以待，心跃跃然陡加其速率。

阅数分钟，已见马兵一小队来桥上，旋乃自十数人增至数十人，自数十人增至数百人，观其制服确为彼国之精兵。而大尉犹不发其炮，以为此数尚弗足以禁其一轰。马兵之后，即为步兵，短小精悍似皆善战，续续上桥，为数可五百人。一时桥上马步兵乃有千人，密如丛林。

大尉至是遂发炮。炮发，全山为震，顾弹乃弗中桥而落水，水飞溅而起，如壁立。大尉见状，不觉失声而呻，则即瞄准续发其炮。弹嘶然出，桥上立大乱，敌人出不意，惧骇。而步兵已死其半，马兵亟跃马向前，残余之步兵则各仓皇返奔。人马纷乱，互相践踏，惊呼之声彻天。大尉悦，复发第三炮，弹适捣其中心爆，红光四射，继则黑烟起幕，桥上如浓雾。烟散。桥已去其一角。落水者甚众。大尉遂又向桥之东部发炮。桥断，马兵死者过半，余皆入水。刹那间，水中已为人马所充塞，流为之断。大尉拊掌向天而笑，意乃得甚。居顷之，大炮已寂然，水上亦寂然。

四

顾明森大尉既占胜利，将军以此小山形势尚不恶，拟即据为阵地，控制敌军。因遣步兵炮兵各一队来守，而委大尉为司令官。

是日凌晨，敌将之派其精练之马兵步兵两大队过桥也，意在厚其左翼之军力，以抗吾军。既闻全数被歼，则大失望，且愤。知炮发自小山，即欲报复。夜中立遣大军抄山后来攻，为势至猛，似必欲夺得山上之巨炮而后已。吾军之步兵悉伏于壕沟中，发枪御敌。炮兵则各争发其机关之炮，歼敌军无算。然终不少退，猛进弗已。生力军且大至，为数已倍，竟围山数匝，徐徐而登。吾军军力薄，乌能四面受敌！而所备弹药亦弗多，力支一时许，已告竭。步兵为状，亦渐不支。

顾明森大尉乃大骇，遂知此山不久且下坠入敌手，然而此巨炮实大有利于吾国全军，何可为敌所得？脱欲舁之下山，在势弗能，唯有力卫是炮，至于最后之时。吾军或有一人尚生，必不弃炮而去，誓以死守。遂以斯意诏其所部之炮兵，诸炮兵佥大奋，并力御敌，而敌终弗却，去山巅已近，寻且掷其火药之包，飞集如雨。包发，炮兵死者过半，势益蹙。厥后敌军竟齐上其刺刀于枪尖，如潮决堤，一拥而上。

顾大尉为敌枪猛击其颅，仆地而晕。比苏，斗觉面上湿且冷，张眸始知为雨。时方昉昉而下，状如绠縻。虽受雨，头脑尚觉沉瞀，亟起坐极目四瞩，以在洞黑中，乃一亡无见。少选，始见数尺外有黑影庞然而大，隐约中识为巨炮。

大尉见炮，遂省前事，心大痛，念平昔生死相共之健儿，都歼于此一场血战之中，宁不可痛？已独延此残喘，偷生人世，弗能与渠辈把臂于地下，而此全军命脉所系之巨炮，又复堕入敌人之手，明日敌人或且利用之以歼吾军。思之能无心痛。念至是，心乃立决。决于破晓以前，使此巨炮成为废物，不能复发。然计将安出？

良久踌躇，山上皆敌人，雨一止，且为渠辈所见，无可幸免。今兹务必从速着手，斯能集事，少一濡滞，则立败。遂匍匐于地，向炮蛇行而进，且进且筹思，念将如何使此巨炮失其效力。但凭赤手，虽一螺钉亦无从拔，何由毁之？如欲挟以俱去，则即具无获举鼎之力，亦万难措手。若堵石于炮管，事或可成，特费时多，敌军去此才数码，必且发炮。策未决，身已进至炮后，遂悄然起立。视炮，则炮尾之机关门方辟，知敌军之炮手已准备，一俟有警，立发是炮。顾大尉悄立弗动者可一二分钟，筹维此堵炮之策。正焦急间，斗得一策，策之来疾乃如电。念唯有堵之以身，最为便捷，敌人亦不致遽觉。计定，即自炮尾之机关门中探身以入炮管。既入，亟以足勾门使阖。

入后不及一分钟，忽闻排枪之声砰砰然，起于山下，左近亦有一小炮訇然发。大尉知山下必为吾军并力来攻，冀夺回此山及山上之巨炮，于是希望之心乃立生。望敌人败北，炮仍入吾手。顾此希望斯须已变为恐惧，惧已匿此炮管之中，一为同伴所见，必且目为无胆之怯奴，加吾以腹诽。男儿死耳，讵能当一怯字！生而蒙辱，毋宁以死为得。念既，即坚握其拳，作微呻。是时两方面鏖战至烈，各不相下，弹丸如跳珠，着巨炮上悉悉作声。须臾，攻者似已甚近，大中华民国万岁之声隐约可闻。

大尉乐极，亦欲高呼万岁于炮管之中以和之，声未作，斗闻足声杂沓而至，殆敌人又以援军来，枪声炮声一时乃四起，瞬即寂然，则吾军退矣。

顾大尉恨甚，双拳坚握，指爪几透其掌，身蜷伏炮管中，手足都弗一伸，苦乃万状。炮管固不甚广，若欲挤彼至死。身贴钢亦冷，血管似将凝结为冰。无聊已极，则微仰其首引眸外窥。时天已晓，晨曦尚淡，而山边嵯岈之石已了了可睹。方眺望间，炮声与枪声又历乱而起，厉且近，然不在山上，意两国大军殆交绥于附近。

大尉闻声，精神为之一振，逆料发炮已在指顾间，炮一发，吾之痛苦即可了，而吾国大军势在必胜。吾虽弗能亲睹诸同伴凯旋，死后心亦良慰。

念时，闻炮后隐隐有人语声，钩辀莫辨，继即觉炮管已动，转向右方。此际大尉但见前有松树，青翠欲滴，照眼似带笑容。既而闻开炮尾机关门声、实弹声，旋又闻人语声，似发令者。于是炮口徐徐起，松树遽弗见，依稀见远山上有黑影点点，连亘弗断，细审其状，知为本国军队。此炮所向，即向军队。敌人似将乘此发炮，以报昨晨桥上之仇。

炮就未发，大尉忽萌思家之念，念其父，念其母，念其妻，今方目断云天，盼已无恙归去。觉知吾身乃在炮管之中，去死仅一间，身死后名亦立死，弗能从为国而死之诸英雄后、同列于光荣之题名单上，直类与草木同腐也。惝恍间似见其爱妻倩影，衣蓝色衣，盈盈立门外，嫣然作娇笑，力扬白罗之帕于头上，曼声呼"大中华民国万岁、顾明森大尉万岁"。即此呖呖莺声，今亦荡漾于其耳际；而爱妻之后，则为白发盈颠之老父，危立弗动，作謇容，似告人谓其爱子此去，乃为祖国宣力者；屋之内，为老母，方伏而哭，哭声似亦隐约可闻。

大尉至是，心几粉裂，直欲失声而呼，而炮尾人语之声又作，炮口又少高，殆已瞄准。大尉当此生死关头，为国牺牲之志遂决，力以爱国之念，排其思家之念，毅然俟一死，不复作他想。灵魂中似作声曰："为全军之大局故！为大中华民国故！"遂嚼齿力啮其唇，遥视天半玫瑰色之云，莞尔而笑。笑时，已闻炮尾下令发炮之声，则即大呼："大中华民国万岁！"

呼声未绝，而炮已发。

炮声嗤然，初不作巨响。烟散。敌军中人俱大愕。则见炮发初未及远，但着于数十码外一高树上。树顿着火。时有一炮手颤手指炮口，惊呼曰："趣视，趣视！此炮口中如何有血？"

众亟趋视，则果然。血方自炮口潺潺下滴，如小瀑布状，良久，犹未已。将实弹重发炮，而远山上之军队已过。刹那间，陡闻山后有哗呼声，则大中华民国之军队已登山矣。敌军不及抵御，人各仓皇下山，弃甲曳兵而走。诘朝，大军亦获大胜，敌军尽没。入晚，遂凯旋。时则小山上巨炮中之血犹未干也。

亡国奴家里的燕子

我是一只燕子，我是一个中华民国亡国奴家里的燕子。

我在我主人家的梁上做窠，一连已十年了。年年的春分前后，我总同着我的妻飞回来，衔泥负草，修补我们的窠，哺育我们的儿女。我们来来去去，甚是快乐。闲着没事时，便在庭中回翔，或是啄那地上的落花。

我主人家里，从八十岁的老太太起，到一个五岁的小官官，全和我们感情很好。还有一位十四五岁美貌的姑娘，往往抬高了粉脖子对我们瞧，嘴里"啧啧"地娇唤着。瞧她两边颊上堆着两个笑涡儿，好似贴上两片玫瑰花瓣，好美丽啊！

这样过了十年，我们直把主人家当作一个安乐窝了。每天和我的妻双栖画梁上，相对呢喃时，便也做出一派和乐的声音。我们还暗暗地祝颂主人家多福多寿，长享太平之乐，我们也可永久依附他们，一年年很安乐地过去，不致有无家之苦咧。

谁知这近几年来，我们主人家的情形却忽然有了变动。先前他们一家快快乐乐的，只听得笑声、牌声、丝竹声、悲婉娜声。现在霍地一变，变作了叹息之声，不但是主人愁眉不展，连那主人的女儿也黛眉双锁，再也不见那贴着玫瑰花瓣似的笑涡儿了。常听得他们说什么五月九日国耻纪念啊，又夹着什么二十一条、二十二条的话。主人的儿子从学堂中回来，擎着一面五色国旗，也咬牙切齿地嚷嚷着道："抵制日货！抵制日货！只有五分钟热度的，便不是人，是畜生！"瞧他红涨了脸，愤激得什么似的，我们在梁上呆看着，也不知道是怎么一回事。

第二年春分后，我和我的妻依着年年老例，重又飞到主人家画梁上来了。哪里知道刚到门口，就大大吃了一惊，原来那两扇黑漆铜环子的大门，有一扇已跌倒在地，屋子里也腾着一片哭声、骂声、呼喊声，我们诧异着，一同飞到里面，见我们的故巢已打落了。有许多恶狠狠的矮外国兵挤满在客堂中，都握着枪，枪头上插着明晃晃的刀。有几柄刀上，却已染了紫红的血迹。

我张着眼寻主人时，见他蹲在一面壁角里，被一个握着指挥刀的矮外国人揪住了。听得他强操着中国话，不住地骂着道："亡国奴！亡国奴！"到此我才明白，原来中华民国已亡了，我的主人已做了亡国奴，我便是中华民国亡国奴家里的燕子了。

这时我好生悲痛，止不住掉下几滴眼泪来。我这几滴眼泪，恰掉在客堂外阶沿的一角。这阶沿的侧面，正有一个十四五岁的孩子躺着。我仔细瞧时，顿时吃了一吓，原来见他胸口开了一个碗儿大的创口，血还不住地流着，不用说，早已死了。他的两眼怒睁着冒出血来，颊上凝着两滴冷泪，也带着红色。他的两手中还紧紧地握着那面五色国旗，死也不放，手背上的肉却已被刀尖剁得烂了，一片模糊的血肉，把那黄蓝白黑的颜色也染红了。可怜啊！这便是我们中华民国的国旗。

我正哭着，吊我的小主人。猛听得里面起了一片尖锐的怒骂声，我即忙抹了抹眼泪向里面望去，陡见四五个矮外国人嬉皮涎脸地挟住了一个女郎，从内堂出来。我瞧这女郎时，不是我主人的女儿是谁？唉！她不是一个金枝玉叶的千金小姐么？怎么给那些矮人们如此轻薄？我心中虽想给她打不平，却又无可奈何。那时但见她没命地挣扎着，一边不住口地骂。可怜她究竟是一个弱女子，一会儿竟晕去了，好像一朵无力的海棠，倒在一个矮人的臂间。

呀！天杀的！……天杀的！……竟做出这种该死的事来么？……呀！……四五个矮人……竟……竟……

我不忍再看，急忙回过身去，同我妻飞上西面的屋脊，一颗小心儿几乎要炸裂了。我妻也悲愤万分，扑在我肩上，抽抽咽咽地哭道："亡了国，竟有这样的苦痛么？可怜的亡国奴！可怜的亡国奴！"我说不出话来，只在屋脊上跳来跳去，一边哭，一边痛骂那万恶的矮外国人。

正在这当儿，忽又听得客堂中怒吼一声，似是我主人的声音。我即忙瞧时，却见主人打倒了那握指挥刀的矮外国人，从壁角里跳将出来，去救他的女儿。说时迟那时快，猛听得砰砰几响，五六个弹子都着在我主人身上，立时把他击倒在地。我震了一震，正待飞起，忽又听得我身边嗤的一响，可怜我的妻一个倒栽葱，从屋脊上掉将下去，原来是中流弹了。我急喊一声，飞下去瞧时，早躺倒在地，没了气息。

我痛哭了一场，也不愿再见那些矮外国人作恶了，便没精打采地飞了开去。可怜我主人国亡家破，我也弄得无家可归，连我亲爱的妻，也为这残破的中华民国牺牲了。

明年春上，我勉强压住了悲怀，再来瞧瞧我主人的家可变作了什么样子。只见那屋子已装修一新，门上挂着一面太阳的旗子。我不忍再进去，料知我往时做窠的所在，早已变作别姓人家的新画梁了。我含悲忍泪地一路飞开去，心想古人有"呢喃燕子，相对话兴亡"的话。如今我孤零零的，还有谁和我相对啊？飞过人家屋脊时，听得麻雀们唧唧叫着，似乎也变了声口，改说外国话了。更张眼向四下里瞧时，但见斜阳如血，照着那中华民国的残水剩山，默默无语。

亡国奴之日记

嗟夫，嗟夫！万里秋霜，长驻劳人之足；一腔热血，难为故里之归。予不幸竟为亡国之奴矣！向以为亡国云者，初匪实有其事，特文家故作危辞，用以点缀行墨，讵意今乃竟成实事。大好河山，匪复自有，而四万万黄帝之裔，遂亦伈伈俔俔听命于人。

前此有国之时，弗知爱国，今欲爱国，则国已不为吾有，徒宛转哀号于异族羁绊之下，莫能一伸。曩者鞭策牛马，使为吾役，以为牛马贱矣，而今兹即欲沦为牛马，亦不可得。九阍窎远，呼吁无门，果能撒手一死，即足以了此痛苦，或且诞登天上，依吾祖国之魂。生不为自由人，死当为自由鬼，顾此生死之权，亦已操诸他人，生固无聊，死乃弗能。一若人世间万劫不复之苦，必令吾人一一备尝之而后已。嗟，吾亡国之民，惨苦乃至此耶！峨峨之山，嶔崎如故；汤汤之水，浩瀚依然。然而此山此水，则已易其主人，并其一拳之石、一勺之水，亦都属之新主。纵横九万余里，直无吾人厕身之地。

予自祖国亡后，栖息祖国之土者，凡年有半，所受楚毒，不可纪极。中夜搬踊，往往拊心而悲。卒乃亡命出走，遁迹穷荒，苟延此奄奄一息，聊为无家无国之鲁滨生矣。溯自去国以来，草荣木替者瞬已三更。飘泊他乡，望断家山之月，百忧千愁，丛集吾身，几使吾身弗能复举。衔悲揽涕，汲汲无欢，东望祖国，但有泣下。偶检地图视之，已无吾祖国名字，旧时颜色，亦复尽变，每于斯时，辄为慨息。有时永夜彷徨，吊影茹叹，惝恍中似闻国人呻吟号哭之声，时随东海涛声而至，钩辀格磔，弗能复辨，知吾祖国国语，亦已荡然无存矣。年来羁迹他乡，欲归不得，含哀懊㑊，靡复沦脊。欲寄愁于天上，天既弗纳，将埋忧于地下，地非吾土，则不得不寓之于文字，文字有灵，或能少解吾中心悲缠耳。

以下日记，为吾三年前在祖国时所记，而祖国亡后一年半中吾民哀哀无告之史，已尽于兹。吾为此记，吾心滋痛，吐之难为声，茹之难为情。盖吾握管时中怀无限之痛苦，欲吐又茹者矣。然而吾心愈痛，吾乃愈欲出此日记以示大千世界有国之人。凡此一字一句，实为吾缕缕之血丝丝之泪凝结而成。俾使后之览者洞知天下亡国之苦，而各各爱其宗国也。某年某月某日亡国奴某和泪志于太平洋中一荒岛上。

九月十日

今日滨暮，斜阳抹屋角，色惨红，如涂人血。晚风飒然来，恍挟鬼哭之声，听之令人魄悚。市上室似悬磬，都作可怜之色。未逃之家，尚有老弱坐门次，目惨红之斜阳，掉头而叹。小鸟觅食街上，啁啾悲鸣，似亦和人太息。斯时为状，盖已至惨矣。

阿兄蹀足自外归，掩抑不作一语。就问外间消息如何，则泪已潸潸而下，但谓六国之师已长驱入京，擒总统去，幽于某国使馆中，胁迫甚至。百僚尽降，无一死节，且有出妻孥以献，资彼外兵行乐者。富人之家，都已树顺民之旗，箪食壶浆，以媚外兵，似悦其来灭祖国也。贫家一无所有，无以为献，则扶老挈幼以逃，逃又不知胡适，匪填沟壑，即听胡骑践踏耳。赳赳之士，本所以执干戈而卫社稷者，今乃解甲弃兵，委命于敌。大局如斯，祖国亡矣！

阿兄言既，泪下如雨。老父亦噈然而哭，哭久之，始含哀语吾兄弟曰："不意尔父以白头老人，尚复身受此亡国之苦。后此仰面看人，如何能堪？苟前年即以病死，宁不甚佳？顾乃故故弗死，而吾六十余年托命之祖国，今乃先吾死矣。"

老父言时，汍澜弗能自已。予与予妇，亦相持而哭。予子三龄，生小不解事，见乃母恣哭，泪被其靥，则吐其小舌舐之使干，复呜呜然歌，以逗母笑，初不知彼身已为亡国之余孽也。老母卧病于床，闻声弗解所谓，尚探首帷外，微声问何事。阿兄亟趋前，强颜慰之，谓弟及弟妇以细故有所不欢，初亡他事。老母遂无语。入晚，星月俱死，而天半尚深绛如血。乱云叠叠然，若以人肉之片缀合而成。乱云中有异星，状似毛瑟，明光溥照，彻夜弗黯。

老父指星微喟曰："国之将亡，固应有此不祥之兆也。"

夜中时闻远处有枪声，声声到枕。

嗟夫！不知彼外兵杀吾同胞几许矣！

九月十一日

晨起忽大雨，雨脚髟髟，历数小时弗绝。天心殆亦怜吾祖国之覆亡，故下此一副痛泪耶。阴雨中杜鹃苦叫，厥声绝惨，似方唤吾祖国之魂。鹃声雨声少寂，则隐隐闻枪声号哭声相继而起，似在十里以外，令人闻之，心肺皆碎。朝来道路喧传，谓外兵将至，行且大屠村人，夷此全村为平地。于是人咸悚悚惼惼，罔有宁心。小康之家，他徙者又十之四五。

予妇凤娇怯，平昔偶闻雷声，尚掩耳辟躄，依吾如小鸟，至是则益辀张，掩袂雪涕泥予出走。予性謇特且倔强，谓国既亡矣，去将焉适？况阿母病，在势亦难恝置。壁上龙泉，方夜夜作不平之鸣，果敌人来者，吾剑当饱啜其血。帝天在上，实式凭之。予妇无语，唯有饮泣。

予力慰之，且纵声呼曰："汝为吾妻，则当助吾仗剑杀敌耳。奈何恣哭，哭则匪吾妻矣!"

妻固爱予,闻语少止。而邻家夫妇啜泣之声,方嘤嘤入吾耳膜,酸楚直劈心房,不忍卒闻。午餐时,阿父阿兄及予妇均屏食弗进,相对唶叹。予则据案大嚼,一如平时,谓将长养气力,准备杀敌,俾使知吾中国人中亦正大有人在也。

午后村人逃者益众,各捆载其所有以去,仓皇中什物时时狼藉,不敢拾取,一若彼如狼如虎之外兵,已踵其后者。逃者愈众,秩序愈乱,强者争先奔越,细弱不得前,都被践踏,号哭之声上彻天衢。间有宵人,益复恣意为恶,每乘人弗备,攫物而逃。村中官长,畏死特甚,已于三日前携其妻妾、财货,不知所往。若辈之腿,似犹较小民长也。予睹此乱离之状,泪已簌簌而落。私念统国无人,百政矫诐,坐使吾庄严灿烂之祖国,土崩鱼烂,至于斯极。然吾小民何辜,乃亦受此惨毒耶!

九月十三日

今日外兵果至矣!凌晨七时许,即闻胡笳之声,呜呜然起于村外,似嘲似讽,似又写其得意,笳声中若曰:"中国亡矣!中国亡矣!"未逃之家,闻声则皆张皇,妇孺尽匿草堆中,虽气塞弗顾,或则举室中什物,力堵其门。

须臾,外兵已麇至,六国之帜,猎猎然受风而翻,先至村长署前,摘吾国旗下,投之溷圊,即树彼六国之帜以为代。一时村中外兵密布,在在皆是,或碧其眼,或绀其发,或如巨魔,或如侏儒,面上都作倔犟狠暴之色,望之令人震慑。斯时村长署中,已为一统将所据。署前墙上张一文告,半为蟹行之文,半为不规则之中文,略谓:

尔国总统,无力治国,坐使尔小民陷于水深火热之中,弗可猝拔。故吾六大国代彼为之,奄有尔国,从此尔小民即为吾六大国之小民。毋得违抗,敢违抗者，立杀无赦。

以下尚有军律十数则，语多恣睢，读之发指。

半小时后，忽有外兵六七辈，排闼而入。予刀已半出于鞘，作势欲前顾，为阿父牵掣而止，而刀则已为若辈所见，六七人奋身扑予，夺予刀去，继以大笑，声磔磔然乃如怪鸮。予妇见状，惶悚已极，方将避入卧内，遽为若辈所擒，一一与之亲吻。

予妇大号，欲脱不得，间有一人且作佻佻之声曰："美哉！东方绵羊也。绵羊无怖，吾辈初非豺狼，今且与汝西方之甜心跳舞者。"

语次，遂拥予妇，蹲蹲而舞。予妇已晕，色朽神木，并呼声亦寂。至是予弗能复忍，立脱老父之手，怒扑而前，如虎出柙，猛乃无艺，即力劈六人，夺予妇。方相格间，一枪柄陡着予顶，予仆地晕绝，后事乃一不之省。

比苏，则见外兵已去，室中无复完状，如被盗劫。予父予妇，都已失其知觉。阿兄偃卧室隅，呻吟弗已，趋前视之，则额际已被刀创，长五寸许，血尚汩汩而出。予亟问状，始知予晕时，阿兄适归，即发手枪，创其一人。贼辈大怒，并力与格，卒以众寡不敌，为一佩刀所创，痛不可支，立踣于地。贼辈遂尽毁室中物事，呼啸而去。

予闻语，既悲且怒，两拳坚握，指爪几透掌背，即裂巾浥阿兄创血，嚼齿言曰："此巾上之血，一日不褪其色泽，吾即一日不忘此仇。祖国虽死，吾心永永弗死。"

语至是，阿父及予妇已苏，则相持而哭，悲哽不能成语。哭未已，而内室中哭声亦作，始忆予子适方酣睡，兹已醒矣。予妇亟起飞步入内，居未久，忽躃踊大号而出，曰："阿母死矣。"

九月十五日

嗟夫，嗟夫！阿母死矣！阿母之死，实彼虎狼之外兵死之也。盖暮年之人，实已不堪受惊，矧在病中，一惊遂绝。阖家痛哭累日，卒弗能返阿母之魂。自是予既无国，并无母矣。

阿父伤心尤甚，时时累唏，既哀祖国，复悼亡人，忳郁无复聊赖，尝语吾兄弟曰："祖国既亡，汝母又死，吾老矣，偷生胡为？脱从汝母长眠地下，尚不失为一有福之人。祖国之事，汝曹图之，吾无能为，唯有从汝母行耳。"

吾兄弟力慰之，悲始少杀。然阿母殡殓诸事，乃亦大费周章。

首必关白统领，始能成殓。市椠须纳税也，殓须纳税也，葬须纳税也。缘彼军署中已定新章，通告全村，一体遵率。无论生也，死也，畜犬也，畜猫也，畜鸡豕，畜牛羊也，均须纳税，始得无事。村人居宅、窗户有税，阶梯有税，梁柱墙壁有税，人家婚丧，则婚券，有税，柩槥有税，宴客亦须纳税。且每次宴客，不得过十人以外，人多恐有变也。

村人或有顽梗不从，擅敢逃税者，则当处以十年监禁，或流放于五千里外。揣其意殆欲尽置吾人于死地而后已，然吾亡国之民，生杀由人，纵彼苛政如虎，亦唯帖然曲从已耳。

嗟夫，亡国之民！

九月二十日

六国之议决矣，以吾国分为六部，由彼六国统治，曰北，曰南，曰东，曰西，曰东北，曰西南。闻今日已在京中签字，行将宣布天下。吾村中外兵欣喜若狂，军署中置酒高会，以为庆祝。盖瓜分之局，至是定矣。阿父及吾兄弟闭关聚哭，悲不自胜，以香花鲜果，祭吾五色国旗，载哭载拜，与之永诀。而外兵狂歌哗笑之声，时时入耳，直裂吾人之心，至于粉碎。

嗟夫！同处世界，同是人类，天胡厚于彼而薄于吾耶！

九月二十五日

六国统治之文，昨已宣布，凡吾国人无不泪零。吾村处于东北，遂在侏儒种统治权下，其他五国之师均已撤去，易以侏儒兵两千。军署中亦易一侏儒为之长，其人长可三尺，蜂目而豺声，鼻钩曲，如鹰喙，两颊横肉隆起，状似恶魔，村人见之，罔不悚息。

溯自六国之师入村以来，所以苦吾村人者已至，横征暴敛，民不聊生。向之受于万恶政府下者，今复受之于异族。不特此也，凡吾村中男女，罔不躬被奇辱。女子口辅，几于无一不著腥膻；男子则听其呼叱，听其扑挞，复须以笑容相向，始能自保，苟反唇者，饮弹死矣。故吾人每出，往往俯首不敢仰视，深恐一披若辈逆鳞，必且无幸。亡国之民，凡百但有忍受，何有于人道，更何有于公理？天心仁慈，亦但相彼强国之人，安得矜怜吾哀哀无告之群黎，而加覆庇？盖亡国之奴，匪特见绝于人，且亦见弃于天矣。

今日凌晨，又有一伤心之事，益吾忉怛。邻家有儿，年甫七龄，夙兴嬉于门前，意滋自得。陡有一金铃小犬，掉尾而至，猖猖然向儿狂吠，儿怒投之以石，顾石甫脱手，而一弹已中其颅。缘此犬为一侏儒兵所有，此弹亦即出彼手也。儿中弹立仆，惨呼而绝。迨其父母闻声出视，则彼侏儒兵已扬长率犬自去。父母痛哭久之，即抱儿尸，至军署中，哀署长伸其冤抑。署长弗应，麾之门外。二人枕藉阶下，长号弗去，如是久久。

署长乃怫然出，厉声谓二人曰："亡国之奴，一死又何足恤？尔二人既爱而子，吾即送尔二人从彼同行，可矣。"遂命门前守卒枪杀之。

村中之人，无敢发一言鸣此不平者。阿兄愤甚，怀枪欲出，卒为阿父沮格而止。

嗟夫！天，世上果尚有人道有公理耶？果公理人道尚未澌灭净尽者，则当哀吾穷黎，毋令彼虎狼残人以逞也。

十月二日

今午十一时许，军署中忽下令，遍检全村，人家所有刀剑悉数见收，并一纸刀之微，不得隐藏，有隐藏者，即以叛逆论罪。然而军署所搜，不特刀剑，凡属珍贵之品，亦都挟以俱去。人唯束手听命，弗敢与争，盖枪弹有眼，辄好宅于吾人腹中，唇吻一动，则枉死之城，亦立启其扃矣。

军署左近之公地上，忽设一巨桌，桌上有刀二，系以铁索，墙上榜有文告，略谓：民间禁贮寸铁，所有菜肉之类，必携至此间宰割。凡尔村人，切切无违。于是每值午暮，村人麇集巨桌之次，争切弗已。旁有侏儒兵四人为监，有争执者，立予格杀，故人皆噤如寒蝉，缄默不声，一时但有刀声，则则作响，群人愤无所泄，则泄之于菜肉，每嚼龈力下其刀，似即以此菜肉为侏儒之兵者。

然亦但有菜蔬，肉初无有，试思亡国之奴，焉得复有食肉相耶？

每日之晨，则见此桌下辄有一二人僵卧血泊中，良以亡国余生，生亦无憀，故宵深自刎于此。天下悲惨之事，无以加兹。彼侏儒之兵，本无人心，纵使桌下陈尸如山，亦殊漠然无动。每得一尸，则贻之彼国医士，供其解剖。以是吾人死后，必受断脰刖足洞胸抉心之惨，尚不能全此遗骸，长眠地下。

嗟夫！世界虽大，直无一寸一尺为吾亡国奴立锥地矣。

十月八日

日来军署中杀人滋夥，日必十数人。署后行刑场上，草为之赭，溪水粼粼，乃亦带血而流。天下文明之国，本无断头之刑，顾对吾亡国贱奴，在彼尚云匪酷。

今日死者凡十二人，其一为少年，年方二十许，以毁谤彼国获罪。其人颇英英有丈夫气，临死不屈，痛骂弗绝于口。头颅着地时，目眦尽裂，似犹腐心于国仇也。其一则为女郎，娇好如玫瑰之蓓，闻以受辱于侏儒，投碗创贼头，故亦处死。至是则泪华被其粉颊，婉转娇啼弗已。其他十人，为村中农父，以抗税暴动见絷。十人皆起起无所畏慑，视死有如归去，眼赤如血，尚怒视侏儒之兵，停注弗瞬。行刑时，彼侏儒之兵以为杀鸡可以诫猴，则力迫吾人往观，十二颗之头一一而落，全场观者，乃皆痛哭而去，而侏儒兵哗笑之声，方磔磔然与哭声相应。阿父归时悲甚，泪如堕糜。午餐晚餐，均力屏不进。夜深梦回，犹闻其搥床叹息声也。

嗟夫！阿父心碎矣。

十月十九日

今晨有二村人偶语街上，为一侏儒兵所见，指为谋叛，捉将军署去。闻将监禁三年，以儆余人。又有一人以书札封口，亦见执。书中但为寻常朋友间道候之词，初无一语侵及彼众，顾亦监禁一年，以为不遵军署约章者戒。予悲愤填膺，恻恻欲死。中夜无寐，但与阿兄相对饮泣。

嗟夫，苍天！汝断吾腔可，沥吾血可，寸剐吾四肢百体可，毁吾屋宇可，屠戮吾父母妻子可，然汝必还吾以自由，还吾以真正之自由！

十月三十日

夜来阴云如墨，幂天半，无复纤光，全村似入墨水壶中，而为状又类鬼窟。夜鸟哀鸣，作声如哭，顾乃不知发自何许。鸟声少寂，又闻鬼哭，啾啾然匝于四周，彻夜弗已。盖侏儒兵入村以还，杀人多矣。予既不能入寐，则挑灯读越南、朝鲜、波兰、印度、缅甸、埃及六国亡国之史，一时两袖淋浪，都渍泪痕。念吾泱泱大国，胡亦弗能自存于世界，竟从彼六国之后，同为人奴，穷蹇帖屈，无敢自伸。夫以四万万之国民，而无以保此东亚片土，清夜扪心，能无惭汗？恐彼六国之奴，亦且笑吾拙耳。读罢，孤檠已炧，而曙光亦微透入吾疏棂，度彼侏儒之兵，又将磨刀霍霍，准备杀人矣。噫！

十一月三日

日者彼侏儒种忽于村中开学校三所，强迫吾村中子弟及四十以内之男子入校，读彼国之书，操彼国之语。有拒绝不往者，立杀无赦。予椎心泣血，愤不欲生，知彼狼子野心，日益勃发，不特灭吾祖国，且将灭吾祖国文字矣。闻他村及国内其余各部，亦多如是。迨至数十年数百年后，吾祖国四千年来历劫不磨之文字，必且绝迹于世界。仓颉有灵，当亦慨息地下，谓后人之不作也。

夜中读法兰西大小说家阿尔芳斯桃苔氏[①]《最后之课》一篇，篇中言一八七〇年德意志攻入法兰西，迫阿尔萨斯人读德文事，行间泻泪，沉痛无伦。吾今自誓当吾祖国文字语言寂灭之最后一刹那，纵使吾身不在此世，亦当效彼阿尔萨斯之教师，含此万斛酸泪，躄踊九邙山下，仍以吾祖国之语，嘶声呼祖国万岁也！

十一月十五日

有一十一二龄之小学生，翔步过街，口中朗然高唱童谣。中有"杀尽侏儒种，还吾好河山"之语，为一侏儒兵所闻，将趋前擒之。童固矫捷，返身

---

① 今译为都德。

立奔，越街三四，逃入其家。兵亦穷追弗舍，竟擒之而去。

父母长跽请命，悍然弗顾。此童寻受鞫讯，处鞭笞之刑。行刑时，童之父母复被迫往观。童卓立行刑台上，手反翦，褫衣暴其背，行刑吏手三角之鞭，力鞭童背，每一鞭下，血肉随鞭而飞。童宛转哀号，如羔就宰。父母掩面不忍观，但有痛哭。鞭至百，背肉尽脱，童痛极而晕，哭声亦咽。行刑吏意得，挥其鞭于头上，厥声呼呼然，似亦鸣其得意。而鞭上血丝肉片，乃飞扑观者之面，观者皆泣下，侏儒兵怒，逐之四散。

童受刑后，一息奄奄，已不绝如缕。父母号哭以归，未及日殂绝矣。兹事之惨，实为从来所未见。予今枯坐斗室，拈笔记此，灯影幢幢中，恍见彼童辗转鞭下之状，而哀号惨呼之声，亦尚荡漾吾耳。吾心匪石，能不寸裂？笔著纸上，泪亦随落，一片啼痕，湿透蛮笺十幅矣。

嗟夫，苍天！汝心何忍，乃竟听彼虎狼虔刘吾民，无有已时耶！

十一月二十一日

昨有友人自南方来，挟护照无算，历艰苦无算，始得到此，而一身所有，亦于此一行中荡然矣。友固别有主人，非受侏儒种统辖者。其来也，实为苦虐，然而吾人之苦，亦何尝次于南方！友直出虎口而膏狼吻耳。吾二人阔别数载，至是则相持大哭。

回忆当年相见，尚为有国之人，握手言欢，乐乃无极。而今则囚头丧面，同为人奴，餐血饮泪，但求一死，顾此一死，亦尚不可即得也。哭少间，吾友始以南方同胞之惨状，缕缕相告。予则悲哽无言，但以日记示彼。"无端天地忽生我，如此河山竟付人"，读三韩遗民之诗，有同慨矣！

十二月一日

今日薄暮，斜阳黯澹如死，尖风薄衣袂，冷入骨髓，与吾友出外同步。遇一三韩少年于窄巷中，斜眸睨予而笑，如嘲如讽，意似轻予。

予弗能耐，盛气问曰："汝笑胡为？"

少年笑如故，冷然曰："亡国之奴，胡咄咄逼人如是！果能以此状向彼军署中人者，则吾服汝有胆。"

予大声曰："汝非亦亡国奴耶？"

彼少年复冷然曰："亡国固也，然吾人但为一重之奴隶，而若曹则为六重之奴隶，此着吾犹胜汝耳。"语既，长笑自去。

予与吾友木立移时，痛哭而归，从此杜门蛰处，裹足不复出。

十二月七日

嗟夫，嗟夫！吾挚爱之阿父，今亦弃吾去矣！阿父初无疾病，第以邑郁所致。自祖国覆亡以来，时辄搵泪喟叹，未及两月，须发尽白。盖天下之足以斫丧人者，匪特光阴，忧伤憔悴，为力较光阴伟也。

阿父临终，痛苦似已尽祛，额上皱纹，都化乌有。忽展辅莞尔而笑，笑久之，即向吾兄弟索国旗，怀之胸次，如慈母之乳其婴雏也者。已复亲之数四，语吾兄弟曰："吾今死矣，一死之后，痛苦亦了。自问一生无罪，或能诞登天上，依吾国魂。至吾遗骸，则可付之一炬，归于溟漠，然后收拾余烬，扬之东海。祖国已无干净之土，何地可以葬吾。且亡国贱奴，死而速朽，奚必留此坏土，更供后人讪笑。他日祖国残魂，果得汝曹拯拔，则吾魂纵陷泥淖，亦所诚甘。此祖国之徽，汝曹当什袭珍藏。须知老父躯壳虽死，心实未死，尚冀其破壁飞去，风翻于日所出没处也。老父行矣！汝曹为国自爱。"语次，则复亲其国旗，一笑而绝。

予与阿兄均大恸，吾妻亦痛哭而晕。哭声方纵，而侏儒之兵，已来干涉矣。嗟夫，嗟夫！笑既弗能，哭又不得，岂吾亡国之奴，并此哭笑弗克自由耶？

十二月十三日

夜来雪花怒飞，天地俱白，意者天亦有知，故特为吾祖国服丧也耶。中怀憭慄，愁逼夜长，因与阿兄挑灯读越南亡国史，相对哽咽，弗能自已。读未半，得义士阮忠巽事，不觉为之起舞。

阮忠巽者，越南少年，见祖国沦亡，愤不欲生，遂杀其妻子，率族中子弟五百人，编成决死军，与法人搏战于喀桑团柏间。十进十捷，所向披靡，敌畏之如虎。会有奸人通敌，诱阮深入，敌凭险筑垒困之，始败。法将令寸磔以徇，子弟五百人，无一免者。忠巽临死，有绝命诗云：万缕血花能障海，九原雄鬼本无家。亡国英雄，其亦可以风矣！

予读已，即回眸注阿兄面悄然言曰："阿兄勉旃。"

阿兄亦顾予曰："阿弟勉旃。"

遂各亲吾国旗，久久无语。

十二月二十九日

晨五时，曙光甫抉，云幕外透，忽闻门外有辘辘之声。就窗隙外窥，见为囚车，监以侏儒之兵。车上无马，而以老囚十数人拽之前趋。车中载妇孺无算，殆往军署去者，至以何罪见絷，则不可知。即此辈老囚，亦初无罪，只以偶出一语，侵及彼族，遂致困于犴狴，备受缧绁之苦。然而吾人亦何一不在此无形之犴狴中耶？

尔时诸老人彳亍雪中，弥觉艰苦，中有一叟，殆在七十以外，须发已如银丝，观其驮背龙钟，弥复可怜。行少滞，则彼侏儒之兵挥鞭力策其背，计行十数武，而鞭亦十数下矣。老人不敢较，力支其羸弱之躯，冒死而前，顾亦于晓风中颤动弗已。足跣不履，受冻而溃，血涌出如泉，地上积雪，斑斑都着红痕。复行十数武，老人忽仆，侏儒兵下鞭益力，似将以鞭扶之起者，而老人唯有哀号，惫弗能起。

予睹斯状，血管中怒血已沸，立探袒衣，出一密藏之手枪，向彼侏儒兵续续而发，侏儒兵着弹遂仆。他兵大哗，群奔吾屋，阿兄方起，不及抵抗，立死刺刀之下，予妇予子，亦均被杀。予隐身几后，发枪御敌，直欲尽歼群丑，于心始快。来者七人，卒乃一一都死。于是出至屋外，释诸老人及囚车中妇孺去。入屋抚阿兄妻子尸，纵声一恸，草草瘗之屋后，立标为志。次即挟枪佩刀，飘然出走，狂奔十余里，不遇一敌，乃入一森林而息。

此记亦即记之森林中者，而今而后，予遂为无家无国之身矣。噫！

十二月三十日

嗟夫，嗟夫！予今别吾挚爱之祖国去矣！峨峨者祖国之山耶，汤汤者祖国之水耶！小别须臾，会有见期。当小子生还之日，即日月重光之年。天长地久，斯言不渝。今后小子虽栖息穷荒，去国日远，而耿耿此心，则仍祖国心也。别矣，祖国！行再相见！

周瘦鹃曰：吾草斯篇，吾悄然以思，悁然以悲，恢然以惧。吾心痛，如寸刲。吾血冷，如饮冰。吾四肢百体，亦为之震震而颤。吾乃自疑，疑吾身已为亡国之奴，魑魅魍魉，环侍吾侧，一一加吾以揶揄。于是吾又自问，问吾祖国其已亡也耶，然而此中华民国四字，固犹明明在也。吾祖国其未亡也耶，则一切主权奚为操之他人，而年年之五月九日，奚为名之曰国耻纪念之日？吾尝读越南、朝鲜、缅甸、印度、波兰、埃及亡国史矣，则觉吾国现象，乃与彼六国亡时情状一一都肖。吾乃不得不佩吾国人摹仿亡国，何若是其工也！

于是吾又悄然以思，悁然以悲，恢然以惧，设身为亡国之奴，草兹《亡国奴之日记》。吾岂好为不祥之言哉？将以警吾醉生梦死之国人，力自振作，俾不应吾不祥之言，陷入奴籍耳。尝忆十年以前，英国大小说家威廉勒茍氏草《入寇》一书，言德意志攻入英国，全国尽陷，虽凭理想，几同实录。夫以英国之强，茍氏尚复发为危辞，警其国人。今吾祖国之不振如是，则此《亡国奴之日记》又乌可以不作哉？吾记告成，乃在凄风苦雨之宵，掷笔汍澜，忧沉沉来袭吾心，惝恍中似闻痛哭之声，匝于八表；摩眼四顾，则又杳无所见。而冥冥中若有人焉，作释迦大狮子吼，朗然谓吾曰："是汝祖国之魂也，方在泥淖中哀其子孙，加以拯拔耳。"国人乎，汝其谛听！

瘦鹃又曰："此日记，理想之日记也。吾亦愿此理想，终为理想。"

卖国奴之日记

序

予曩作《亡国奴日记》，尝为之雪涕无数，当夫着笔之际，盖亦疑己身为亡国奴矣。今为斯作，体卖国奴之意，作卖国奴之口吻，又几自疑为卖国奴。其络绎于行墨间者，多无耻之语，为吾人所不欲道、不屑道者。顾吾欲状卖国奴，状之而欲逼肖，则不得不悍然道之，其苦痛为何如。此书之作，冷嘲与热骂俱备，而写末路之窘促，穷极酣畅，盖区区之意，即在警吾国人，俾知卖国奴之可为而不可为耳。

大中华民国八年五月九日

瘦鹃识于紫罗兰庵

唉，我是个什么人？我的皮肤是黄黄的，我的眼睛是黑黑的，我说的是中国的语言，我写的是中国的文字；我世世祖宗，是中国的人，我周身血管中，流着中国人的血。如此我可不是个中国人么？

但是全中国的男女老幼却都不当我是中国人。一见了我，便戟手大骂道："你不是我们中国人，你是外国人的走狗，没志气没良心，没一丝中国人气味的。这中国一片干净土上，可容不得你这个人面兽心的恶贼奴。"我有几个好友，一向殷勤握手，杯酒往来，很知己很密切的。如今一见我，却好似遇了鬼，忙着避开去，连正眼儿都不向我瞧一瞧。有的瞅了我一眼，嗤嗤地冷笑几声。唉，我好好一个须眉男子，为什么给人家奚落到这般田地？这不是我自作之孽么？

每天早上起来，取各处新闻纸翻开一瞧，大半是记着我的事和痛骂我的文章。我那很荣耀的姓名上边，已加上了个卖国奴的头衔。这卖国奴三字，实是世界中一个最耻辱最难受的名词。要是骂我是牛，骂我是马，骂我是乌龟，骂我是杀人放火的强盗，倒也罢了，偏偏骂我是卖国奴。从此以后，我额上好似把烙铁烙着这三字，永远不能擦去，且还深深地刻在我骨上。将来我死了，肉体都烂完，我这几根贱骨留在世界中，依旧磨不了这卖国奴的恶名。就是我现在不论到哪里，渡过太平洋大西洋，飞过东半球西半球，赶到世界的尽头处，或是跳出地球，直到八大行星里边，那恶名也好像插了翅，跟着我，缠在我身上，凭你用了一万把钢刀来劈，也劈他不开。

我虽到了深山中无人之境，没人嘲笑我痛骂我，但我本身总是个卖国奴，我精神上和良心上的痛苦，比了人家嘲笑和痛骂更觉难受。况且山中豺狼虎豹，都知道爱它们窟宅爱它们同类的，倘见我这么一个卖祖国卖同胞的恶人，可不要把我生吞活剥么？

唉，罢了罢了，事已到此，还有什么话说。半夜里钟定人静的当儿，摸着心想想，总觉得有一万个对不起祖国对不起同胞的所在。不见如今国已亡了，做了人家的属国了，四万万高贵的同胞，也缚手缚脚做人家的奴隶了。我千万的家产，本是靠着卖国挣起来的，现在已给外国人夺去了。我的父母已不认我是儿子了，我的妻妾已不认我是丈夫了，我的兄弟已不认我是弟兄了，我的儿女已不认我是父亲了。我的亲戚朋友，已和我断绝关系了。我在这世界上，从前是热烘烘的，大家都捧着我，到如今却成了个单身汉，一个人踽天踏地，不知道把这身体放在哪里才好。抬起眼来望天，仿佛听得天上怒声说道：你这贼，你这没良心的卖国奴，我不愿覆你。低下头去看地，又仿佛听得地下怒声说道：你这贼，你这没良心的卖国奴，我不愿载你。天既不覆，地又不载，国既亡了，家又破了，想不到一个有作有为、轰轰烈烈的好男子，却变作了个无国无家、天诛地灭的大罪人。

至于那亡国后的惨状，说来也觉伤心，凭着我这一张嘴、一支笔，怕也说他不完，写他不尽。森森血波，卷去了五千年祖国；荒荒泪海，葬送了四百兆同胞。放眼瞧去，但见那血红的斜阳，冷照着无数颓井断垣，做出一派可怜景色。但剩几头无家可归的燕子，还在那里呢喃上下，似乎相对话兴亡的一般。唉！天翻地覆，鬼哭神号，把好好一面庄严灿烂的五色国旗，掉在泥淖里头，使那亲爱的同胞，一个个都做了牛马奴隶。

这就是我卖国卖同胞的良好成绩，虽把我千刀万剐，也抵不了这罪恶的。唉！一念之错，种下了恶因，千里之谬，便结了个恶果。今天五月九日，是个国耻纪念日，也是我祖国灭亡的大纪念日。我只一见了日历上"五月九日"四字，就中了寒似的，忔愣愣地颤个不住。心中不知怎么，像有千万支的小针，在里边乱刺乱戳。

清早无事把日记簿看了一遍，打算给全世界做国民的人瞧瞧。要知为了千万金钱，卖去祖国，祖国亡了，钱仍没有。往后任你把金钱堆上天去，可不能再把祖国买回来。愿大家看了我日记，知道无国之苦，不要学我做卖国奴，临了也像我这么下场呢。祖国亡后第一周年纪念日卖国奴某某志。

一月三日

今天是新年第三日，积雪刚化尽，一轮红日烘在窗上，做着美满之色，好似向我贺年一般。书房中一株绿萼梅，檀心半吐，绿沉沉的，十分好看。还有那兰花的一脉清香，散在四面，更薰得人心也醉了。

我信步踱到客堂中，抬眼四望，见我宝藏着的许多字画已挂了几幅最精的出来。桌上几上，还陈列着几十件名贵的古董，真个琳琅满目、古色古香。单是这些字画古董，我已花了几万块钱咧。想起从前读书时，要买一本西洋书也没有钱；现在一做大官，飞黄腾达，腰包里钱已装饱了。别说是买些字画古董没有什么稀罕，就要买人家的灵魂，也买得到。不见我手下那些掇臀捧屁的人，我只略略使几个钱，就什么都肯做，不是把灵魂卖给我么？思想起来，好不有趣。

正在这当儿，我那老妻恰出来，她平日间本打扮得像孔雀一样，今天是年初三，更加上了几倍美丽，几乎把她所有珠翠钻玉，全个儿戴在身上。

当下我向她上下打量了一会，笑着说道："今天你不但像孔雀，更好像凤凰了。记得二十年前，你在新年中怎么样？穿一件半新旧的玄色花缎皮袄，戴上了两个金戒指，你就欢喜得什么似的。"

我老妻听了这话，啐了我一口道："你不要单刻薄我了，二十年前你又怎么样？不是穿一件竹布长衫，提着网篮上东洋去么？你们男子生在中国，不论做什么，总比不上做官好。国家虽越发穷，你们却越发富了。"

我点头微笑。

一月五日

昨夜在八大胡同窑子里闹了一夜，灯红酒绿中真觉得魂销心醉了。今天睡了半天，午后才起来，想起夜来的事，还津津有味。

吃罢饭，部中已有一叠公文送来。我一瞧便头痛，想大年初五，怎么就有公文，真累死人了。自管搁在一边，等到明天再说。在兰花前立了半晌，闻了一会香味，想上一个姓罗的老友家里打扑克去，只不知道怎么，很觉懒懒的，老大地不得劲儿。

随手在书架中取了一本李完用小传，坐在沙发中翻着观看，想象李完用这种人，真是个识时务的俊杰。高丽全国要算他是第一个明白事理的人，他见国家弄得不像样了，就索性做个买卖，把万里江山全都卖给了人家，不去管小百姓哭着叫着，自己早发了一大注意外之亡国财了，安安稳稳做个亡国大夫，还能讨外国人的欢喜，依旧给他安富尊荣，世世子孙吃着不尽。谁说卖国奴做不得呢？

现在我瞧这中国也弄得不像样了，我们做官的，谁也不爱钱？这一宗好买卖，不要被人家占了先去，我可要试他一试咧。

二月九日

今夜我家开了个夜宴会，请了几个东国的政客和资本家，座上还有那姓罗的老友和一二同事做伴客，济济一堂，热闹非常。

最荣耀的就是那几位上国的名人，一起都到，和我十分亲热，说我们中国人才，无论外交内政，要算我坐一把交椅。这种宠语，真个铭心刻骨，一辈子忘不了的。我对于那东国，本来很崇拜很敬爱，我们这中国，可就不在我心坎上。瞧上下百事，哪里比得上东国？

就是东国国民，也都是上天的骄子，聪明伶俐，人人可爱。别说是上流社会中人了，就是一个化子，也使人见了欢喜的。那时我就把这意思在席上演说一回，又擎了酒杯，喊三声"大东国万岁"。他们一行人见我这样讨好，甚是快乐。

内中一个年长的竟赶过来和我亲嘴，又抚着我头说道："中国人中，也唯有你最可爱，我永永欢喜你。"

呵呵，我今夜真荣耀极了。夜半将过，大家益发高兴，便招了许多妓女，唱曲侑酒，又唤我两个小妾出来，行那青衣行酒的故事，直把那几位上客灌饱了迷汤，这一下子可也是一种外交手段呢。

席散时已两点多钟，我便用自己汽车，又雇了十多辆，一个个送他们回去。这一夜的盛会，直是我年来最快乐的事。

二月二十二日

今天姓罗的朋友来访，便同到书房里细细地谈心。这老罗本是我最知己的朋友，他一向居着重要位置，也像我一样崇拜东国。凡是对于东国有什么银钱上的事，政府中总派我们两人去办。另外有一个朋友姓张的，在东国做地皮大掮客，也是我生平好友。我们三个人，彼此志同道合，分外投契。

这老张久住东国，自然更和东国人接近。所往来的都是东国数一数二的大人物，有时还能拜见东国圣上大皇帝，真荣耀到了万分。一连三年，他真好似住在三十三天堂之上，不想回来。他曾写信给我，说恨不得归化大东国，做个大东国民呢。我也很赞成他的意思，但望这中国亡后，我们就能像淮南鸡犬，拔宅飞升，一个个到东国去逍遥咧。

那时我和老罗说了些闲话，便讲起我们中国财政上的困难，任是管财政的本领怎么大，但是巧妇难为无米之炊，可也没有法儿想。我们曾经手过一二十种借款，随意把铁路林矿抵押，算来已借到了好几千万。虽然国家产业上大受损失，只送给大东国受用，也一百二十个情愿。借款越多，我们回扣越大。就我家产二千多万，也都从借款上得来的。况且国中小百姓最容易说话，听我们怎么样做去，从不敢哼一声儿。我们便把这偌大中国半送半卖，给东国做一份大礼物，他们却还昏昏沉沉，在鼓儿里做梦呢。

三月八日

早上十点钟时，我刚从床上醒回来。喝了一盏燕窝汤，逗着小妾们调笑。连那洋台上一只鹦鹉，也咯咯磔磔学着掉舌起来。正在这时，忽有一个婢女取了封信进来，拆开一看，原来是政府中一个姓窦的送来的，唤我午后一时到他家里去走遭，说有很要紧的事要和我商量。

这姓窦的是政府中第一个大人物，手中握着军国大权，势力极大。他说一句话，谁敢不听？手下有个姓齐的，也是很厉害的人，翻云覆雨，要算他一等名工。并且生着个苏秦、张仪的舌子，死的能说得像活的一般。平日喜欢搬弄是非，经他一说，便无事变作有事，掀起天大的风潮来。因此人家替他题了个绰号，叫作小扇子。他说什么话，那老窦百依百顺，没有不听的。这回写信来唤我，大概又是他在那里捣鬼呢。

用过午饭，我就坐了汽车，直到老窦家里。那小齐和老罗也都在着，大家在密室中坐定，锁上了门，怕被旁人偷听。

当下老窦就向我说："现在国库空虚，实在窘极了，没有钱如何做事？向各处罗掘，也弄不到几个钱，没法儿想，只得再去借款。你向来和东国熟悉的，对于借款这种事又很有经验，这事可又不得不拜托你了。"

那小齐也接着说："现在世界中最富的国度，谁也比不上东国，他们当国的又非常慷慨，我们要借多少，总依我们多少。这回须得大大地借他一批，多用几天，不要零零碎碎，一转眼就没有了。国家没有钱，倒不必管他，最怕的便把我们也带在窘乡里头，这可不是事呢。"

我点头笑道："要借几个钱，那是很容易的事，只消我一开口，东国的人，谁也肯借钱给我。横竖我们国产很多，任便押去一些，有什么稀罕，只求东国人中意罢了。老罗也说，借款的事，有我们两三人在着，东国没有不帮忙的。中国有这么大的地方，哪一个不爱？我们正不必忧没钱使用。譬如女孩子有三分姿色，样样肯依从人家，还怕没有饭吃，生生饿死么？"

小齐忙道："着啊着啊，事儿成了，我们大家都有利益。"

半点钟后，商量定妥，我和老罗一同辞了出来。到门口时，他涎皮涎脸地向我说道："老哥，我们又有发财的机会来了。"

三月二十七日

这几天来，为了借款的事，天天忙着和东国的政客大资本家接洽。那老罗也跟着我跑，一会儿上东国使馆，一会儿上六国饭店，一会儿上国务院，一会儿上银行，一会儿又在东国政客和大资本家的寓中。真个脚跟无线如蓬转，忙得头也昏了。一面又写信到东国去，托那姓张的地皮大掮客在东国方面周旋一切。

可是借款的事，虽说容易，到底也不是一说就能成功的。我们为自己发财起见，不得不担些辛苦。昨儿有一个老同学从南方来，特地赶来看我。我恰恰从东国使馆回到家里，没口子嚷着忙。

那老同学说："你做官也好几年了，手头钱已不少，何必如此劳动，自己寻苦恼吃。加着所做的事，也总不免有一二件对不起良心的，万一闹出来，可要受人唾骂呢。"

我回他说："我们一做了官，就好似着了迷，一时不易丢手。觉得在位时有权有势，什么都很有趣。至于良心两字，委实说早就没有的了。我们要怎么样，就怎么样，可也顾不得受人唾骂。这就叫作笑骂由他笑骂，好官我自为之。心中存着这两句格言，还怕什么来?"

那老同学怕我生气，也不敢多说什么，末后道了声珍重，兴辞而去。

四月一日

今天借款已告成了，一共是三千万。把东北两处的林矿作抵，限期十年，利息七厘五。我在这上边又得了一笔很大的回扣。因为这一宗买卖，不像以前那么零碎，数目很大了。

有人说那边的树林，实是中国最大的富源，所出木料，用他三百年也用不完。如今白白送去，岂不可惜。但我可也顾不到许多，没有这香饵，怎能去钓那三千万来？我瞧中国的命运不过三年，最多也不到三十年，管他能用三百年、三千年，国亡后一样是给人家受用的，何不趁早在我手中送去，既换到一笔钱，又买东国人的欢心，又借此见我们中国的一片厚意，可不是一举三得么？那几棵树留着做什么用？难道等亡国以后，给四万万人做棺材不成？

下半天三点钟，已和东国代表订了约，这事总算定了。

四月二日

午刻十二点钟，我家又开了个宴会，专请东国名流，祝贺这回借款的成功。一切酒菜都分外讲究，请了第一等有名的厨子，担任烹调，足足花了三四百块钱。那许多名流一齐到来，共有三四十人，也有文官，也有武官，真个猛将如云、谋臣如雨。这都是东国大皇帝的股肱，我直当他们像天上大神一般。

酒酣耳热，大家高兴非常，都起来唱一支东国的国歌和祝颂东国大皇帝的一首长诗。从前我在东国留学时，早就预备有今天做外交大官的地步，因此唱得烂熟。此刻便也立了起来，和着他们高唱，一时间心血来潮，觉得自己已不是中国人，不受中国的俸禄，倒像也做了东国的人，在东国大皇帝陛阶之下泥首称臣的一般。

唱罢了歌，内中有几位新从东国来的，没有见过我夫人和小妾，都说要见一见，好赏识赏识中国美人的姿态。我哪敢不依，连忙唤下人们传话进去，不多一会，她们三人已打扮好了，袅袅婷婷地出来，逐一和列位上客握手行礼。这种事她们原惯了的，所以并没一丝羞涩的模样。霎时间十多个人都拍手欢呼，说今天才见到中国的美人了，好美丽，好美丽。其余二十多人也和着拍手，我听他们赞赏妻妾，觉得脸上平添了一重光彩，心中更高兴起来，便又打发下人往八大胡同去找个有名的乐师来，唤小妾们合唱一出《武家坡》。她们俩本是窑子出身，《武家坡》又拿手，弦索声动，那珠喉也和着婉婉地响了起来。一出唱完，大家又拍手喝彩，小妾们含笑谢了一声，便同着夫人进内去了。

当下二十三人都来和我握手，说你们中国妇人真了不得，怎么大半都会唱曲子？八大胡同里的姑娘们不要说了，怎么官眷们也会唱起曲来？我含糊答应，并不和他们说明白。

我如今做这日记时，仿佛还听得他们一片赞美声咧。不过我写到这里，却记起了前清时的一件事。记得有一回也在很高兴的当儿，恰有一个满洲的亲贵在着。那时我位置还小，对着王公大臣，自然格外奉承，忙唤小妾唱了一曲。后来不知怎么，被人知道了，有一个嚼舌头的文人做了一首诗嘲笑我，我曾在报上见过。至今还记得，那诗道："郎自升官妾按歌，外交手段较如何；三年海外终何用，未抵春宵一刻多。"想起了现在的事，不免起一种感触呢。

四月七日

这几天欧洲和会中传来一个消息，说我们的外交问题已完全失败，给东国占了胜利去。试想我们中国懦弱到这个地步，哪里配得上说什么外交？更想去和东国的外交家较量，那更好似螳臂当车，未免太不量力了。

平日间我常和政府中人说，对于东国的外交，不妨让步。彼此是兄弟之国，何必斤斤较量？他们要什么土地、林矿、铁路之类，尽可送些给他们。譬如弟弟问哥哥要个饼吃，做了哥哥，难道好意思拒绝他么？所以这回失败，也是情理中应有的事。谁教他们如此小家气，中国二十二行省，大也大极了，割去一小块，算得什么？譬如牤牛身上拔根毛，又何必和人家认真呢？最可笑的是那些小百姓，一点儿不懂什么，居然也说起爱国来。其实这中国是我们大人先生的中国，谁要你们爱他？我们大人先生倘要把中国送人，也不许你们说一句话。小百姓也说爱国，真放肆极了。

四月九日

我那姓张的朋友已从东国回来了，他年来做地皮捐客，十分得手，和东国上下非常亲密，直好似自己人一般。我经手一切大小借款，在东国方面他委实很出力的。这回回来，也就为了欧洲和会先有中国外交胜利的消息。他一听得东国失利，急得什么似的，因此赶回来，想在政府中活动，暗暗使我们中国的外交一败涂地，也算报答东国几年来的知遇之恩。这种有情有义的人，真是世界中少有的了。

他一回国，先就赶来瞧我，我把东国的情形问了一番，又问起东国大皇帝对我们的意向。知道大皇帝因为我们很能替东国尽忠，十分嘉奖，将来中国亡时，我可不怕没有官做呢。接着我又问他路上的情形，一路可平安么？

他说："路上倒很平安，因为临行时，曾密托各处巡警设法保护。不过在东国京城旧桥车站上火车时，却受了一些虚惊。有三十多个该死的留学生，忽地握着小旗，赶上车站来，扯住了问我，从那年来到东国以后，经手过多少借款，订过多少密约，又做下了多少丧权辱国的事？我面皮虽厚，听了这番话，脸儿也顿时涨得绯红，竟像了个猢狲的屁股，一时吓呆了，兀地回不出一句话。他们又说道，你既爱卖国，为什么不把老婆也卖掉了。那时我夫人正在旁边，羞得头也抬不起来。亏得有几个东国巡警见义勇为，把他们驱散了，我们才能上车。一路在火车中，我心中老大地不快，直把那些狗留学生恨得个牙痒痒的。想我如今回国去了，算便宜了他们，往后再来时，可要和他们细细算账。后来在神窗地方上船，我那夫人又和我闹将起来，一边哭，一边诉说。说父母清白之躯，不知道早晚多晦气，才嫁了你，如今平白地受人污辱，有冤可没处申呢。我先还不则一声，听她一个人闹去，后来忍不住了便回她一句道，你不要唠叨了，我卖国得来的回扣，不是我一个人享用的，你也用过不少。到此她才没有话说，但还不住地哭，面上泪渍，到了中国还没有干咧。"

我听他说完，便安慰了他几句，说："这种事不算难受，从前淮阴侯韩信曾受胯下之辱，并不计较，何况是听他们嘴上骂骂呢。我们做官已好几年了，面皮练得厚，肚子练得大，挨骂受气都要耐得下。这一着老哥怕比不上我了。"

这时天已入夜，我就留他吃了夜饭，谈到深夜才去。

四月二十日

中国外交失败的消息，如今已证实了。民心甚是激昂，又发起电报狂来，东也一个电报，西也一个电报，拍到政府中，无非是请政府设法补救的话。呵呵，世界中有这等不解事的人，要知外交怎么失败，全是我们在暗中牵线，别说补救不易，就要补救时，我们也不让他补救呢。

同事中有几个呆子，这几天也闹着爱国，见了人便皱着眉说："中国真糟极了，这样下去，怕不免亡国。"这种人平日呆呆的，只知埋头在公文中办事，今天上条陈，说实业该怎样提倡；明天上说帖，又说吏治该怎样整顿。一天到晚，只在那里说梦话，不想和东国大人物联络联络。将来中国一亡，他们一定饿死，怎能像我们永远保着富贵荣华呢？

现在他们尽自忧急，我却分外得意，日中在家里睡觉，或是和小妾们调笑，借此消遣。晚上到八大胡同去喝酒打牌，不到天明，决不回家。这真是人世间的极乐国土，不但使人乐而忘倦，直使人乐而忘死咧。光阴容易，白发催人，我已四十多岁的人了，趁此不寻些快乐，还等什么时候。至于中国亡不亡，又干我什么鸟事啊！

四月二十四日

前天我父亲在兴头上，请了许多亲戚朋友，在家里小叙。我本来架子很大的，对于从前一班亲戚朋友，早就不大理会。今天碍着父亲面子，不得不做个伴客，敷衍一下子。不道小妾佩春忽又麻烦起来，嬲着我替她表兄谋事，又说要借一千块钱，应个急用。我给她缠不过，匆匆忙忙取了个折子给她，唤她自往银行中提一千块钱好了。

这夜佩春回来，和我说："那折子并不是提钱的，却是个大借款贴水息折。已请人看过，据说很秘密、很要紧的。现在这息折存在我处，你可打算要不要？"

我一听这话，大大吃了一惊，暗暗骂自己太糊涂了，怎么胡乱把这万分重要的折子给她。万一宣布出去，可就要我性命咧。当下忙道："这折子非同小可，你快取来还我。"

她笑着说："还你没有如此容易，须有交换条件。"

我说："你们女人家，有什么条件不条件？快还了我，别说玩话了。"

她却正色道："我并不说玩话，当真有条件在这里，你可能依我不依我？倘依我的，我便原封不动地还给你，要是说一个不字时，我可……"

我不耐道："你快说来，这样半真半假地呕着人，算什么来？"

她顿了一顿，便伸着五个纤指，数了一数，娇声说道："条件不多，不过三条罢了。第一条，你以后须得许我自由，不能约束我的身体，譬如我今夜宿在外边，就宿在外边，你不能干涉。第二条，须得抬高我身份，和正夫人一样，对于家中上下的事，都有全权过问。第三条，须得给我十万块钱，做个零用之费。"说完，竟取了张纸出来，要我签字画押。

我见她条件很严酷，哪肯答应？但那秘密要件掉在她手里，又不敢不答应。一时我倒给她逼得无可如何，只索忍痛签下了字，心想这女孩子倒也是个外交家，这一副辣手段煞是不弱，可不是个女中铁血宰相俾斯麦么？

那时她把签字的纸瞧了又瞧，似乎很满意。这才笑孜孜地掏出那折子来，双手还给我，一面还说："以后留心些，不要再掉在旁的人手里，怕要断送你老头皮呢。"

我好生懊恼，给她个不理会。

五月一日

今天早上有一个好友气嘘嘘地赶到我家里来，说这几天为了欧洲和会上中国外交失败的事，国内爱国的潮流已涨得很高。一般人对于接近东国的官员，都有一种恶感。听说京城里学生们已在暗中会议，打算有所举动，表达他们的爱国，你须要提防着呢。

我听他这话，毫不在意，嗤地冷笑了一声道："多谢你关怀，但据我眼中瞧来，学生们都是小孩子，最多也不过开开会、演说几句，可闹不出什么事来，我倒并不怕他们，看他们怎样好了。"

这当儿那老张和老罗恰一同到来，他们听了，也付之一笑，说："这有什么大惊小怪，小孩子们识了几个斗大的字，满口子说着爱国，要闹可就闹不起来，我们且看着吧。"

那朋友见我们不信他的话，也就没精打采地去了。

五月四日

下半天三点钟光景，我刚吃过了饭，那老张忽又同着个东国朋友跑了来，大家谈论赞助东国外交的事。

正在高谈阔沦的当儿，猛听得门外起了一片呐喊之声。他们两人谈得高兴，似乎没有觉得，我不知就里，即忙溜到外边去看看风色。刚走近大门，听得外边喊着我姓名，又骂着"卖国奴，卖国奴"，沿街的窗也打开了，抛进许多白色的旗子来，上边都写着字，也瞧不出写些什么。我见来势不妙，正想进去通知老张和那东国朋友，不道轰的一声，大门也坍塌了。我一吓一个回旋，拔脚就逃，跑到后面，想开了后门出去。只怕外面也守着人，便想了个狗急跳墙之计。好容易爬上了墙，向墙外跳去，究竟我不是日常运动的人，身手不大灵捷，跳下地时便摔伤了腿。我想，这一下子，曹国舅不要变了个铁拐李呢。起身走时，蓦觉腿子很痛。然后就昏过去了。……醒回来时，我的心还突突乱跳，按也按捺不住。暗想我到底是卖国奴不是呢，其实我何曾真个卖国，这几年来不过经手一二十种借款。如今政府中单靠着借款度日，大家又挥霍得厉害，越借越多，地产林矿铁路之类，一起做了抵押。到十年二十年后，期限到了，天上没有钱掉下来，地下没有钱涌出来，可把什么东西去还债？那地产林矿铁路之类，少不得送给人家了。仔细想来，我当真是卖国，但是卖国的人，不是我一个，卖国的罪，我也决不承认。要是大家逼我时，我可只索向东国溜了。

用过早饭，忙变了装，赶到老罗家里去。探望家人，问起昨天的情形，据说那些暴徒都是学堂里的学生，打开大门涌进来时，那老张和东国朋友都着了慌，正想逃走，不道学生们已进了客厅。一见便嚷道："他就是姓张的，也是个卖国奴。"当下便拥上前去，要和他算卖国账。

那东国朋友自然帮老张的，不许他们走近。这么一来，大家生了气，都喊着"打，打"。索性拿住了老张，按倒在地，拳脚像雨点般下来。那东国朋友前后招架，可也没用，看看老张头面上血渍模糊，知道已受了重伤，连忙把身体覆在他身上，学生们才住了手。这时我父亲在里边听得了声音，出来瞧什么事。学生们说："这是卖国奴的父亲，该打。"因此也挨了几拳，其余妻妾们倒承他们照顾，没有受辱，同着父亲一起逃出来。可怜我那许多古董都遭了劫，被他们捣个粉碎。正在这当儿，不知怎么又起火了。

我听了他们一番讲述，心中又怒又恨，只苦的没处发作。但能咬牙切齿，把这回事记在心上，将来不报仇，可算不得个大丈夫呢。

当下我又和老罗说了几句，劝他留心些，说我和老张已吃了苦，第三个就轮到你，你可不要大意啊。老罗灰白了脸，忔愣愣地颤着说："从昨天以来，险些吓破了胆。晚上睡了，时时惊醒。听得一点声音，就当学生们打进来咧。因此连夜唤了一百多个警察来，看守后前门，这样才安下了心。现在我只求祖宗保佑，算便宜了我这遭，没的也遇了学生们毒手。"

我道："你求祖宗没用，还是自己留心一些，我瞧京城里总不稳，想到天津去暂避几天。"

我父亲和妻妾们都赞成，就借着老罗的汽车，悄悄地同往火车站去。可怜我那两辆簇新的汽车，也早已被学生们捣毁了。

五月八日

我做这日记时，已安安稳稳地在天津了。目下第一件事，就上一封辞职书到政府中，一则假意辞职，二则替自己洗刷卖国的罪名。唤秘书起草，洋洋洒洒做了两千多字。我明知政府中少不得我，无论如何，不但不许我辞职，定要很恳切地挽留我。果然辞职书上去了不到两天，挽留的命令已下来了。看那各地的报纸，自然都有一种讥笑的论调，说我狡猾，说我奸诈，骂我卖国奴。我也不放在心上，只要不再来烧我宅子，不来打我羞辱我就是了。

我到了天津以后，打算静静地伏在家里，不走出去。可是京城里既如此，难保天津不是如此，我这个脸和一头头发，这京津两处几乎人人都认识。要是也像老张一样，挨他们一顿打，我这身体不大结实，怕要死在他们乱拳之下呢。唉，我这姓名上边，已顶了个卖国奴的头衔。以后任是到哪里去，总不大稳妥，也须学那三国时代曹孟德死后做疑冢的法儿，造他七十二座疑宅，更用了七十二个和我脸子相像的人，扮做七十二疑人，如此或能保住我本宅，保住我本身呢。

饭后有人从京城里来，说老张在医院中，伤势甚是厉害，怕有性命之忧。查他伤处，全身足有好几十处。头上伤八九处，连脑骨也伤了。好好的学生，竟做出暴徒的行径来，把国家堂堂的大官打了个半死，像这样无法无天闹去，世界还成世界么？

五月九日

今天是五月九日，就是往年签定东国二十一条件的日子。这一件事，区区曾替东国效力不少。明知这二十一条件签定后，中国就好似害了半身不遂症，以后便给东国束缚着动弹不得。委实说，这一下子直断送了半个中国。然而凡是有利东国的事，我总当仁不让，尽力做去。何况是半个中国，就把全中国断送了，又怎么样呢？

可笑那些小百姓，闲着没事做，又在那里闹着开会演说，牛头不对马嘴地胡说几句。多半又把我们三四人做挨骂的材料，又把这一天叫作什么国耻纪念日，真真奇怪极了。试想，把国家地皮和各种权利送人，好似朋友亲戚间节边送礼，怎么配得上一个耻字？又譬如大少爷生性慷慨，手头有着钱，随意结交朋友，大家瞧了，总说这人好阔，也万万配不上这个耻字呢。

午后老张有信息来，据说伤处已平复一些，人渐清醒，大约性命总能保住了。本来吉人天相，断不致一打就死，老天正要留着我们效忠东国，预备将来做东国大皇帝至忠不二之臣呢。

五月十二日

那天闹事的学生们，被警察拿到了十多个，已拘禁起来。政府中为他们得罪了我，主张严办。不道旁的学生们都是一鼻孔出气的，全愿自己投到警察厅去，要求把十多人释放。倘不放时，他们可要约齐了京城里全城两万多个学生一起投入官中，听凭拘禁。一面又有几个书呆子去替学生们说好话，十多人竟全放了出去。

唉，还有什么法律，还有什么公道？今天放了他们，往后定然又要闹出事来。小小学生，不知道用功读书，敢干预国家的大事，还敢侮辱上官，但愿秦始皇再生，把他们一齐坑死呢。

五月十六日

学生们益发放肆了，天天在那里闹开会，闹演说。听说街头巷口都聚着无数的人，流氓无赖挤了一堆。他们手中都擎着白旗，无非是得罪东国人的话。警察驱逐他们，一时也驱逐不去。最该死的，全城十多处学堂都罢了课，二万多个学生到处乱闹。这还了得，大家不是要造反么？他们这么闹，听说有两个条件，叫作外争主权、内办国贼。

仔细想去，好不可笑，中国这样没用，不是从今天起。根已种了好久，所有主权大半操在外国人手中，现在凭你们嘴上喊喊，就肯把主权给你么？至于办国贼，那更是做不到的事。他们所说国贼，不消说就是我和老张、老罗。不知道暗中不止我们三个人，不但不敢做到一个"办"字，连放也不敢放我们走。就退一步说，把我们办了，也不过面子上敷衍。不见以前许多复辟犯、帝制犯，原个个都要办的，现在不是个个逍遥自在么？总之我们中国人的事，不过大家哄骗大家罢了。

五月三十日

呵呵，有趣有趣。京里头的军警，我一向当他们没有用，这几天居然发起威来了。瞧他们满街拿学生，好像拿强盗一般，打咧骂咧，毫不留情，拿一批总是好几十人。最爽快的要算马队，远远见有许多人聚着，便像打仗时冲锋杀敌一般，豁喇喇地冲将上去，踏伤的踏伤，打伤的打伤。像这种人真是中国有志气的好男儿，当时虽没有上战场打德国人，这样也就够了。况且捉拿学生时，也抵得过战场上拿德国俘虏，一样替国家出力，可没有辱没军人的身伤。

内中有一个军官，更明白事理了。拿学生时，有一个学生向他说道："我们爱国，你也是中国人，难道不爱国么？"

他毅然决然地答道："我不是中国人。"

这一句话何等老辣，何等简练，从来中外的历史上，爱国家不知多少，谁能斩钉截铁地说出这种话来？将来中国亡后，他一定像我们一样前程正远大呢。

六月二日

呵呵，有趣有趣，学生已拿到一千多个了，都拘禁在一个大学堂中。前后都用兵队围住，搭了营帐，真活像战时的模样。听说学生们关在里头，已有一二天没东西吃，好生生地饿死他们，这也算替我报了一小半仇。恨我不能赶到那里，瞧瞧他们挨饿挨骂挨打时，又是怎样一副嘴脸。问他们再要爱国，再要办国贼不要呢。

呵呵，这几天我真得意极了，一天到晚横竖没有事，不是打牌，便和小妾们调笑。也常有朋友从京里来探望我，问我摔伤了腿，已好了没有。其实并没有伤，不过抽了抽筋，早就好了。即使受了伤，一跛一拐也不打紧。不见东国从前有一个大名鼎鼎的大宰相，也是跛脚，将来我也做宰相时，可不是和他鼎足而二么（惭愧惭愧，中国有一句成语是鼎足而三，但是两个人只得说二了）。今天看报，据说学生手中的国旗被军警扯碎了不少。这国旗在东国和欧美各国原是很尊重的，但我们中国的国旗可没有什么稀罕，投在毛坑里也好。可是我心目中没有旁的旗，正有一面很美丽很堂皇的太阳旗在着呢。

六月五日

　　昨天我到京里去打探消息，却听说政府中忽收到上海无数的电报，像雪片一般飞来。说上海城厢内外，全体都罢市了。为什么罢市呢？据说是要求两件事，第一放学生，第二办国贼。要是有一件做不到，他们就不开门。该死的小百姓，你们做生意吃饭就是了，管什么国家大事。学生放不放，和你们有什么相干？国贼办不办，也和你们有什么相干？他们使出这种手段来，倒带着三分辣味，要是牵动旁的地方一起罢市，政府中向来很胆小的，经不得一些风波，被大家逼不过，少不得要牺牲我们几个人。

　　唉，我先还当和我们做对头的，不过几个学生，照如今看来，却已动了天下公愤，这个如何是好？难道我这十年来根深蒂固的地盘，就在这一遭铲起来么？呵呵，不要忙，不要忙，看政府中可有这办国贼的胆力没有。当下我就赶到政府中，恫吓了一阵，说我已来了，你们是不是认我国贼，要办不要办？我是国贼，谁不是国贼？大家见我怒鹙哥哥似的，都吓碎了胆，忙向我赔不是，说没有这话，尽请放心好了。一边便安慰我，送我出来。

　　这一下子总算是很有面子的。

六月六日

　　今天我上医院去探望老张，老张果然好多了。但是头上还缚着一重重的绷带，好似印度人的包头一样。

　　他一见我，甚是欢喜，说这回遇这无妄之灾，委实睡梦中也没有想到。他们说我卖国卖国，我自己却并不觉得，不过和东国接近一些，经手一二借款罢了，这一顿打岂不冤枉？那时也亏得东国朋友左右招架，才没有给他们打死。进医院后，也亏得列位东国名医尽力救治，才把我从死神手中夺将回来。有了这回事，我对于东国方面，倒又加上了一片感激之心。要是此身不死，往后还得设法补报呢。

我也道："东国对我们几个人，真个仁至义尽，恩深如海。未来的日子正长，我们尽能报答大恩。不见中国二十二行省，还不少富源，尽够给我们贡献东国。不过现在有一件事很觉困难，你可知道了没有？四日以来，政府中连接上海电报，说全城都已罢市，要求放学生，办国贼。他们眼中的国贼，自然是指我们两人和老罗了。我最怕的就是上海一罢市，像传染病般牵到旁的地方，也一起闹起罢市来。事情越闹越大，政府中定要害怕，临了没法儿想，便把我们垫刀头。虽说不到个'办'字，我们的位置可就不保了。在我们个人呢，原没有什么舍不得，手头有了一二千万，以后尽能逍遥自在。国亡了，我们便到东国去做个长乐老。所为的只因对于东国方面，还没有尽力图报，以前零零碎碎地送些林矿铁路，还难为他们一大笔使力，可算不得什么。要是地盘不倒，我们就能随意办几件大礼物，暗暗送去，不要他们花一个钱，也尽我们一些微意。地位失了，就有许多不便，对东国怕脱不了'忘恩负义'四字呢。"

老张听了这话，也皱着两眉，老大地不快。一会忽道："这个不用担心，任是地盘动了，我们尽能暗中活动。好在手下喽啰很多，都是我们提拔起来的，我们有什么话，谁敢不听？"

我道："这话也不错，我们且见机行事吧。"

接着又谈了一会闲话，方始分手。

六月九日

不了不了，事情竟闹大咧。其余南京、杭州、苏州一起罢市，连天津也罢市了。看南方报纸，说家家店门上都贴着"不除国贼，不开门"的纸条儿，学生们虽放了，仍是没用。政府中已派人疏通，说大家这么闹，似乎不得不下罢职的命令了，趁此暂息仔肩，往后仍能上台，政府中一片苦心，还请原谅呢。我先还不答应，说你们逼我走，我可不走，这些事都为了政府处处懦弱，放大了小百姓的胆，才惹起来的。

那时我父亲在旁，苦苦求我，说事已如此，你也好放手了。要是再干下去时，不但你自己危险，还不免累及老父。我听了这话，才又勉强上了辞呈，这一回政府一定批准，只等着免职的命令下来好了。

唉，自以为十年做官，内外都有了势力，一百年也不会倒，谁知今天偏偏倒在那些小百姓手中。哼哼，我走便走，你们不要太得意了，我可不是好惹的，总有一天报你们的仇，才知道我手段辣不辣呢。

六月十四日

我和老张、老罗免职的命令已下来了，我心中好气，一天到晚，只是着恼，好像拿破仑滑铁卢大败后，接到了远放孤岛的消息一般。满肚子的恨气没处发泄，便在下人们身上寻事，打了三个，撵掉了一个，妻妾们见了害怕，不知道躲到哪里去了。

傍晚时老罗赶来，脸上却带着喜色。我怒道："你还快乐些什么？难道没有见命令么？"

老罗道："就为这命令一下，我的心才安了。自从五月四日那天，老张挨了打，你宅子烧了一半，我就提心吊胆，一个多月没有好睡。手头已有了钱，官也不用做了。"

我道："你官虽丢了，东国的大恩未报，你难道就算了么？"

老罗道："那一二十批借款，也好算报了一些恩。况且这里官不做，将来难道不能到东国去做官不成？到那时再报大恩，也不妨呢。"

我听到这里，不觉点了点头，因为到东国去做官这句话，正中下怀。不想老罗也有这个心，真叫作英雄所见略同了。

七月五日

我免职后，住在团城，一切都由政府供给，十分舒服，自己还立了个厨房，在饮食上分外考究，千金下箸，甚合我的身份。每天没有事做，便坐在廊下看看杜诗，也好算得雅人深致了。

小妾佩春向来在外边乱逛，管她不住。近来倒也收了心，常常伴着我，或是捺琴，或是唱歌。那一串珠喉，唱得像大珠小珠落玉盘的一般，到此我不觉想起目下这个地位，很像是苏东坡，像佩春那么解事，又不是现现成成一个朝云么？今天饭后，猛觉胸中气闷，便唤佩春唱了一出《空城计》。

唱罢，我笑着说道："我近来也像在这里唱《空城计》。"

佩春忙问为什么，我道："你不见这团城形势，活像戏台上西城的布景，我便是个诸葛武侯呢。"

佩春笑道："人家都说你是小曹操，你自己倒又充起诸葛亮来了。"

我啐了她一口，她还吃吃地笑个不住。

七月八日

我虽罢职闲居，没有什么事，应酬却依旧很繁。因为有许多老友常来探望，大概都来安慰我的。我也常向他们说道："这几年来国家经济困难，全靠借款。一般武人，谁不是靠我度日？就那些学生，没有我也怎能安心读书。现在大家异口同声，都说我卖国，可不是太没良心么？况且从前办选举时，议长议员也哪一个不用钱？多的十多万，少的也一两万，这些钱都是卖国的钱，为什么用下去了，现在骂我是卖国奴，其实自己骂自己呢。"

他们听了，都一叠连声地答应着齐说，外边的话，你老人家不用放在心上。譬如半天上一轮明月，偶然被浮云遮了一遮，一会儿可又重放光明了。

八月二十日

呵呵，我们一走，国事可就不像样了。政府中要借钱，已没有借处。大家没钱用，有的也丢手走了，不走的便想尽了种种法儿，助着政府向百姓头上刮去，但是刮来的钱，零零碎碎的，怎能像借款那么多。南北和议，搁了好久，这边既不肯让步，那边又不肯让步，好像火山般郁了好久，便又爆发起来。这一交手可益发厉害，就是南北自己方面也意见不合，自己和自己厮杀。一时，二十二行省到处烽烟，土匪也趁此起来，乱抢乱杀，一个中国便变作了一块大糟糕，弄得不可收拾。

我瞧了这情景，暗暗害怕。想别的不打紧，我所有财产都散在各处，这一下子我可糟了。事有凑巧，老张和老罗恰恰到来，就和他们商量这事。他们也像我一样正在担忧。大家商量到深夜，才得了个主意，想学明朝吴三桂的法儿，请东国派大兵来平乱。第一要求保全我们财产，不许损失一丝一毫；第二要求赏我们官职，和他们自己的大官一样看待。当夜就唤了个亲信的秘书，起草一封结结实实的请愿书，暗中送往东国。这事倘能做到，不但保全我们身家财产，也是向小百姓表示报仇呢。

九月十日

秋雨秋风中，中国竟亡了。抬开眼来，但见天地失色，不论一山一水都带着愁惨的样子。山中堆着无数的死尸，男女老小，血肉狼藉，下边给狗狼大嚼，上边还时有野鸟飞下来，啄了一会，便衔着一片肉一根骨飞去了。河中也有死尸，有的没了手脚，有的少了半个头。连河水也变作通红，渐渐流去，仿佛在那里呜咽。

城中但见东国的兵士，擎着亮晶晶的枪，不住地往来。街头巷口，都贴着东中合璧的安民告示，只是并不见人在那里瞧。因为死的人太多了，不死的也伏在家里，不敢出来。别说是人，连狗也害怕什么似的，不知道藏匿到哪里去咧。一天到晚，人虽不见，却时时听得哭声，断断续续地送入耳中。有的女人哭着丈夫，有的父母哭着子女，也有小儿失了慈母，啼饥索乳之声。远处还不时有刀枪的声音，大约又是大兵示威，在那里杀人呢。

夜半人静时，我一个人坐着瞧那壁上灯影，似乎见无数带血的鬼，对我恶狠狠地看着。耳边又似乎听得他们吐舌骂道：你这贼，你这卖国奴，杀死我们的是你，灭亡中国的是你，你且等着上帝最后的裁判。到此我大吃了一惊，痴坐椅中，忒愣愣地颤个不住。

九月十九日

我从国亡以来，常有一种很奇怪的感觉。不是悔，不是恨，不知怎么，总觉得心中不安，又像失落了什么东西。除了吃饭睡觉以外，没有旁的事做，兀自往来走动，数着自己的脚步，或是数地上的砖块。两眼注着地，心儿不觉大动起来，暗想这一尺一寸之地，虽说我自己的，其实已不是我们中国的土地了。就是我祖宗的坟墓，本来也在中国地面上，很清净很安全的。但他们坟墓的所在，如今却被我做子孙的连带着送给人家，料他们在黄土之下，白骨也要翻身呢。

九月二十一日

呀，不了不了，我也变作个穷人了。这两天中，连得各方面消息，说我银行中存款和各处五六百万的地产全都被东国人没收了，我投资的一切事业也一起倒闭了。这么一来，我几年来辛辛苦苦卖国得来的钱，已去了四分之三，所剩的不过是家中有限几个钱和妻妾们一些首饰。以后的日子正长，如何度日？我当时向东国请兵，原为了保全自己财产起见，不道反生生地断送了。

当下我便向东国官员们交涉，请他们把没收去的存款地产一概发还。谁知他们却一反脸，给我个不瞅不睬。再请时便勃然说道："你们亡国奴，还配来和我们大国上官说话么？国也不是你们的了，何况这一点子私产，照理你不待我们没收，先该恭恭敬敬地贡献我们，才合着顺民两字。况且你这些钱这些地产又是哪里来的？不是从前靠着我们挣起来的么？现在原该还给我们，还有什么话说？以后再来闹时，可仔细你性命。"

我哪敢和他们顶撞，只得叹息着退了回来，一面又亲自写了封很长很恳切的信寄往东国政府，请实行请兵时的两个条件。

晚上老张和老罗慌慌张张地赶来，说所有财产也被东国没收去了。当下我就把自己的事告知他们。三人对哭了一点多钟，你也不停，我也不止，大家这副眼泪，也不知道从哪里来的。

末后还是我先住了哭说，我们不用哭了，国亡家破，原是我们自己求来的，怨不得天，也怨不得人。本来世界中断没有甘心做亡国奴的人，我们却似乎很甘心，于是卖国卖国，到今天把我们的身家性命也卖掉了。

十月四日

哎哟，这是哪里来的话，我那该死的秘书竟忘了我平日豢养之恩，宣布我最后大卖国的罪状，不但把我骂得个狗血喷头，连老张、老罗也给他说得体无完肤。

他在宣布之前，还写一封信给我，说祖国给你一手卖掉，现在已灭亡了，你大概也心满意足了。但你瞧了亡国后同胞的痛苦，你那漆黑的心可动也不动，算来亡国不过一个月，痛苦已如此，将来十年百年，叫同胞们如何受得？没有你这个浑蛋和那两个天杀的，中国可也没有这灭亡的一天。当时我脂油蒙了心，替你们起草做了那封请兵的请愿书，到如今已万分懊悔，觉得我也是卖国奴一分子，一百个对不起祖国，一百个对不起同胞。因此今天决意把你们大卖国的罪状宣布出来，给全国同胞们瞧瞧，好知道二十世纪的中国，正有比秦桧、吴三桂更不要脸的人在着。也得想个处分之法，要是听你们安安稳稳做长乐老，世界中可没有公道、没有正义了。我宣布之后，自己便向东海中寻个死路，结果这条性命。一则借此忏悔，向全国同胞谢罪；二则做了一个月亡国奴，滋味已尝够了，万死不愿再尝下去；三则我死后好化作一个厉鬼，缠在你们三个天杀的卖国奴身上，使你们没有安乐的日子。

我看了这信，真好似曹孟德听祢正平击鼓痛骂，何等难堪呀。这个如何是好，他要是当真宣布出去，我就做了全国同胞的公敌，不论哪一个都能来骂我打我，任是打死了，也没有人能替我洗刷罪名。如今谁也不可靠，只索花他一二万送给那东国驻在这里的总督，请他派兵来保护吧。

十月十一日

唉，天哪，如今大家都知道我是罪大恶极的卖国奴了。我父亲一见我，就好似见毒蛇一般，天天关在一间小屋子里念经拜佛，不问外面的事，吩咐下人，不许我再接近他。我心中虽不快，也无可如何。有时走过他门外，常听得长叹之声，大概也懊悔生了个卖国的儿子呢。

这一天来，我住宅外常有人聚着，在那里指点议论。有的横了眼，对着我屋子瞧，眼中红红的，似乎要冒出火来，把屋子烧掉，变作一片白地。幸而门前已有东国兵武装看守，他们也不敢做出什么事来。但那沿街一带窗上的玻璃，都被人掷石子，碎了不少，连里面东西也打碎了好几件。有时我闷得慌，冒着险出去，竟有许多人跟在后面，不住地骂"卖国奴"。一片片的石子砖块都向我身上飞来。有一班顽童更是可恶，不知道哪里去弄来的秽物，裹了纸抛在我头上，弄得个淋漓尽致，臭不可当。回来浴了三四回，还带着余臭，难道这就合着遗臭万年的那句话么？

从此以后，我伏着不敢出去。但是看看家里的人，也已换了一种面孔。男女下人对着我都没了敬意。我的命令，也渐渐违抗起来。有时唤他们买一件东西，他们口中答应着，去了好久，却不见来。往后见了他们问时，说早已忘怀了。我虽很生气，只也不敢发作。唉，卖国奴到底做不得的。

十月二十日

东国政府中已有信来，全是一派轻薄的话头，说你所有财产，暂时由东国保护着，免得被旁人占去。将来中国光复时，定然一起还给你，决不食言。至于来我们东国做官的事，更万万不敢从命，因为我们大小百官都很爱国的，生怕放了你一个卖国的人在里头，不要带坏了。这譬如一篮梨子，内中要是有一只烂了，其余的梨子，末后也一起烂。况且你喜欢卖国，中国既卖掉了，将来高兴时，倘再卖掉我们东国，岂不是引狼入室么？所以这件事也不敢请教的。

我得了这信，好生纳闷，想我请兵卖国，原为这两件事，他们当时已默许我。现在把祖国送给了他们，就全都反悔了，从来强大之国，只有强权，本来不和弱国讲信义讲公理的。何况我是个卖国的人，又做了亡国奴，更不能和人家讲信义讲公理。

唉，以前我简直没了心肝，不知道祖国的可爱，今天送铁路，明天送林矿，到此我才懊悔咧。

十一月二十五日

呀，这是哪里说起，佩春竟不见了。这几天神色冷淡，对我原不大理会，晚上锁上了房门，不许我宿在她那边。问她为什么，说是有着病，也不知道是真是假。大概为了我大卖国的罪恶已经宣露，因此有这种表示。唉，这也是我自作孽罢了。

今天早上起来，见她房门开着，人已不知去向。所有四季衣服，一共四五百件，大半很值钱的，不知怎么，却剪得粉碎，堆在壁角里。一切珠钻宝石，足值好几万块钱，也把铁锥子捣碎了，抛散满地。

我瞧了好生奇怪，想她可是发了疯不成。赶到床边看时，一眼望见床上铺着一张挺大的纸，上边写着道：我虽是个女子，却也知道一些大义。自问清白之躯，从前落在烟花队中，已辱没了爷娘，现在更做你卖国奴的小老婆，岂不是第二重辱没爷娘？昨夜我便立下决心，走出这污秽耻辱的屋子，任是饿死冻死，也一百二十个情愿。你平日给我的许多衣服首饰，我一件都不取。因为这些东西，未始不是用卖国的钱换来的，上边正涂着同胞的膏血，用了不能安心。但我也不愿意留着给你受用，或是将来给东国人没收去，因此费了一夜的工夫，把衣服剪碎，更把那首饰用铁锥子细细研磨，好容易研碎了。我走咧，你良心发现时，还是早些死吧。

我瞧了心中一阵子痛，便大呼一声，晕倒在地。

十一月三十一日

午时我肚子好饿，忙唤下人们开饭。唤了好久，才有一个老妈子赶来说，今天不能开饭了。一年的租米都已吃完，今天上米店籴十石，不道店中一口回绝，说不愿意卖给卖国奴吃。连上了五六家，都是这样说。不但如此，那小菜场上卖菜卖肉的也合了伙，说不愿意把菜肉卖给我们，要饿死了我们才罢。这当儿厨子和下人都在那里打铺盖，说要停工家去了。

我听了这些话，好似当头打一个霹雳，呆了半晌，说不出话来。少停，下人们果然一个个捆着铺盖赶来，要一个月的工钱。我不许，说你们倘留着，以后工钱加倍。他们却坚执不肯，说任是加上三倍四倍，也不愿再把卖国奴奉着做主人。这一句话仿佛一拳打在心坎上，我立时着恼起来，说你们走便走，这一个月的工钱可不发了。他们哪里肯罢，竟磨拳擦掌，预备动蛮。

我没法儿想，便说去唤账房先生。

内中有一个小厮答应着赶去，一会儿却气吁吁赶回来，说账房中银箱开着，账房先生已不见了。我怔了一怔，忙赶去瞧时，果然见银箱开得大大的，四五万的现款都被那贼卷着走咧。当下只索把我自己藏着的钱取了一百多块出来，打发下人们散去。一边忙去瞧夫人，和她商量个吃饭之法。

不想到她房中，但见桌上留着一封信，我知道又有变卦，急汗如雨。那信中说，嫁你二十年，暗中受了无限痛苦，如今带着孩子们回母家去。他们也不愿再见你，说有了个卖国的父亲，一辈子蒙着耻辱咧。

我咬了咬牙齿，又去瞧那第一个小妾，也留着一封信，说那账房先生多情多义，终身可托，已跟着他一同去了。

我瞧瞧这一个宅子中，已只剩了我一个人和那闭关自守的老父。去撞门唤父亲时，里边却只是念经，老不回答。我吐了一大口血，晕倒在房门之外。

十二月一日

唉，我竟变作一个无家无国的人了。昨夜夜深时，忽来了一百多个工人，悄悄地在后门下了火种，放起火来。我从睡梦中惊醒，忙去唤父亲，父亲依旧不理。我连嚷火起，把门打得震天价响，他只冷冷地说道："我不幸做了卖国奴的父亲，今夜烧死了，也算替你向全国同胞谢罪。"说完，自管念佛。

这时我好似发了狂，飞一般跑将出去，跑了好几里路不曾停脚。天明时才在荒野中醒回来，苍茫四顾，简直没了侧身之所，只得向北方走去，打算投往蒙古外沙漠，掩盖我卖国的罪恶，等着一死完了。打定主意，站起身来，猛听得树上有一头乌鸦在那里叫，也似乎骂着道：卖国奴，卖国奴。